CB073393

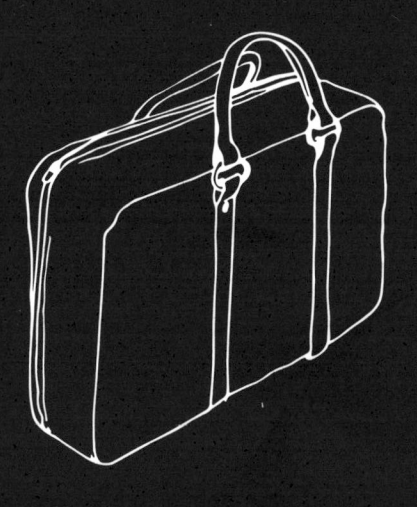

NEM TUDO TEM QUE SER SEU

NEM TUDO TEM QUE SER SEU

Jami Attenberg

PRIMAVERA
EDITORIAL

POUCO ANTES

1

Ele era nervoso, e feio, e alto e estava andando de um lado para o outro. Não havia muito espaço para isso na casa nova, que era só alguns quartos em fila debaixo de uma série de ventiladores de teto que giravam lentamente e uma variedade de relógios de parede barulhentos. Ele ia de um lado do apartamento ao outro imediatamente – e a velocidade era tanto um sinal de fracasso como de sucesso –, então voltava ao começo, girando os pés pelos calcanhares, roçando-se contra o chão, contra a terra, contra o mundo.

Aquele caminhar todo veio depois do charuto e do uísque. Ambos não foram satisfatórios. A garrafa de bebida estava perto demais da janela havia meses, e o sol da tarde a arruinara, fato do qual ele só agora se dava conta, o uísque tão amargo que o tivera de cuspir. E ele também tossiu o charuto todo, pois a fumaça fazia cócegas em sua garganta vingativamente. Tudo o que ele adorava fazer, fumar, beber, caminhar para esquecer as frustrações, tudo aquilo havia acabado. Ele fora ao cassino naquele mesmo dia para ficar com o pessoal mais jovem. Tentando acompanhá-los. Mas até lá esse prazer acabara rápido. Perdeu mil dólares e foi ao banheiro. Qual o sentido daquilo? Poucas coisas lhe davam alegria, ou o mais próximo do que alegria pode ser. Alívio, sempre fora o que ele considerava: um alívio do aperto da vida.

Sua esposa, Barbra, estava sentada no sofá, uma postura fria, os ombros relaxados, a cabeça largada, sem nem sinal de sua existência. Mas ela olhou para o marido quando ele parou na frente dela, e então relaxou a cabeça de novo. O cabelo pintado de preto, o queixo flácido tocando ligeiramente o pescoço, mas, mesmo assim, aos 68 anos de idade, continuava pequena, delicada e com os olhos sempre expressivos. No passado, ela fora o grande prêmio – ele a havia conquistado, pensava, como um bicho de pelúcia em uma barraca de jogos. Ela folheava a *Architectural Digest*. *Aquele tempo passou, querida*, pensou. *Esses objetos não estão mais à disposição para você*. A vida deles havia se tornado uma desgraça.

Aquela era uma hora excelente para ele admitir que estivera errado todos aqueles anos, para confessar todos os seus equívocos, para pedir desculpas pelos erros. Para quem? Para ela. Para os filhos. Para todos os outros. Aquele teria sido o melhor momento para reconhecer os crimes que ele cometera e que os havia colocado naquela situação. Seus erros plainavam girando como um caleidoscópio em sua frente, cacos vivos de culpa em movimento. Se ao menos ele fosse capaz de juntar os pedaços em uma visão mais ampla, gerar uma compreensão das suas escolhas, de como ele acabou no lado errado. Talvez sempre estivera lá. E sempre estaria. Ao invés disso, ele estava com raiva por causa do gosto do uísque, e sugeriu para a esposa que, se ela cuidasse melhor da casa, nada disso teria acontecido, e que talvez pudesse parar de mexer na porra do termostato e deixar a temperatura como ele gostava. E ela virou mais uma página da revista, entediada com o uísque dele e com suas reclamações.

– O cara lá de baixo falou alguma coisa de novo – disse. – Sobre isso. Ela apontou para as pernas dele. Aqueles passos todos, dava para ouvir do andar de baixo.

– Eu posso andar na minha própria casa – retrucou.

– Com certeza – ela respondeu. – Mas talvez seja melhor não fazer isso tão tarde.

Ele marchou até o quarto batendo ruidosamente os pés no chão, e se lançou de cabeça na cama. *Ninguém me ama*, pensou. *Não que eu me importe.* Por um momento, ele acreditou que encontraria o amor novamente, mesmo agora, já velho, mas estava errado. *Sem amor, tá bom*, pensou. Ele fechou os olhos e se deixou ter uma última série de pensamentos: uma praia, com a areia de um branco impenetrável, um céu azul estático, e o som de pássaros próximos, uma coxa, e seus dedos passado sobre ela. Não era uma coxa específica. Mas era o que estava ali num repositório de partes do corpo em sua memória. Sua mão imaginária apertou a coxa imaginária. Para machucar. Ele esperou pela excitação, mas sentiu falta de ar. Seu coração parou. *Me liberta*, pensou. Mas ele não conseguia se mexer, o rosto contra o travesseiro, um som abafado. Um aroma de roupa recém-lavada. Um campo de lavanda, a cor fria e líquida da flor interrompida por jorros brilhantes de verde. *Me liberta*. Aquele tempo acabou.

■■■

Noventa minutos depois, chegou um paramédico chamado Corey, respondendo a sua última chamada do dia. Garden District, ataque cardíaco, homem de 73 anos. A esposa do paciente deixou que ele e seu parceiro de trabalho entrassem na casa sem dar uma palavra, e ficou olhando-os trabalhar do vão da porta do quarto até finalmente se sentar na poltrona da sala. Fria, gélida. Os olhos saltados, parecendo os de um sapo. O tique-taque de uma fileira assustadora de relógios de parede sobre ela. Muitos diamantes em suas mãos e pescoço. O paramédico subconscientemente tocou os dois brincos de diamante que tinha em sua orelha direita, um deles presente de sua ex-mulher; para comprar o outro, economizara escrupulosamente. Antes de partirem, o paciente já na maca, Corey disse à esposa o nome do hospital para onde levariam seu marido. Não recebeu qualquer reconhecimento verbal. Ela simplesmente continuou encarando-os. Ele acenou com a mão na frente do seu rosto. Não estava com muita paciência. Sempre dormia pouco. A última coisa de que precisava era ter de levá-la também.

– Por favor, moça – disse.

Ela soltou o ar, como se estivesse prendendo a respiração com os pulmões cheios, e, depois, começou a puxar o ar, ofegante. Se ele não a tivesse visto antes, juraria que ela tinha acabado de voltar à vida.

2

Alex deitada na cama, mas sem dormir. Os pés flexionados. O ar-condicionado à toda sem motivo. Calças legging, uma camisa larga de tecido macio, meias de caxemira, um presente de aniversário de quatro anos antes, quando ela ainda não tinha se divorciado e havia um homem que ainda a queria bem. O laptop com a bateria a 29% sobre suas coxas, aberto em um dossiê jurídico no qual ela digitava incessantemente, como se a intensidade com que seus dedos batiam nas teclas de alguma forma ajudasse com o caso, o que não era possível.

Alex, com aquelas sobrancelhas monstruosamente grandes, sem piscar, os lábios finos, sérios e tensos, e a delicada membrana de sofrimento com que ela se esbarrava, quase a acariciando; por conta da familiaridade, agora, lidar com a tristeza fazia-a sentir-se bem. Não tinha bom ou ruim; era tudo sensação.

Alex estava sozinha nesse verão em uma casa em um *cul-de-sac* em uma subdivisão de uma cidade a 45 minutos a oeste de Chicago. Sua filha não estava lá, estava com o ex-marido. Na mesa de cabeceira, uma caneca de chá de valeriana, que ela tomava toda noite, mesmo que nunca tivesse funcionado como deveria. Como se ela dormisse de verdade. Era ligadona que nem uma lâmpada, porém afixada e segura. Mas era um hábito, o chá. *Talvez algum dia me faça dormir.*

O telefone tocou. Era sua mãe, com quem ela raramente falava, exceto uma ou outra conversa desagradável ocasional. Trocavam fatos básicos da vida. Ela desistira dos pais havia muitos anos. As coisas nunca seriam honestas entre eles. Então por que se preocupar em ter qualquer relacionamento com aquelas pessoas? Ela atendeu ao telefone de qualquer forma. Ninguém liga tarde assim para dar notícia boa. Se ela não atendesse, ficaria acordada a noite toda imaginando o que poderia ter sido. Melhor saber logo.

A voz de Barbra parecia frágil e tenra, rouca e doce ao mesmo tempo.

– Tenho uma notícia – disse.

O pai de Alex estava no hospital. Provavelmente morreria. Alex suspirou.

– Foi isso que *eu* falei – disse sua mãe.

A frase era boa, Barbra às vezes era engraçada, e Alex se divertia com isso, mas Alex não riu. De qualquer forma, o que sua mãe queria saber era se ela poderia ir a Nova Orleans imediatamente.

– Preciso de alguma ajuda – disse a mãe.

Barbra nunca lhe pedira nada, exceto que a filha fosse agradável e, às vezes, que fizesse silêncio – ambas expectativas pouco realistas, Alex sempre pensara.

– Vou amanhã – respondeu Alex.

No fundo, quase eroticamente, ela estava empolgada. Agora, era verdade. Agora, as coisas poderiam ser diferentes. Agora, ela nunca iria dormir.

3

No Griffith Park, Gary apreciava o sol se pôr sobre Los Angeles com um olhar direto e intenso. Ele buscava claridade enquanto seu pulso diminuía. Ele vinha fazendo caminhadas todo dia desde que chegara, entre uma reunião e outra, o que era difícil, especialmente no final de agosto. Todo dia de manhã, caminhava determinadamente em círculos em volta do reservatório Silver Lake, cedo, quando ainda estava fresco, e fazia uma caminhada sem pressa no Griffith Park à tarde, passeando pelas trilhas empoeiradas até chegar ao observatório. Ele passava por entre hordas de turistas contentes e imóveis, com as câmeras ao alto, treinados para esconder todos os ângulos ruins. Ele nunca conseguia esticar as pernas em casa, em Nova Orleans, pelo menos não assim. Hoje, enquanto caminhava, tentou não pensar em nada. O objetivo era esse. Tentar zerar o cérebro.

Duas horas antes, ele havia comido uma coisinha para ajudá-lo a não pensar em nada. Era coberta com chocolate.

O celular tocou, e ele não atendeu porque era sua mãe. E por que ele ia querer falar com ela? Ela havia reaparecido em sua vida recentemente, junto com seu pai, após vários anos de uma distância razoável e saudável. O acordo tácito de décadas para que ficassem cada um no seu canto do país colapsara espontaneamente: eles haviam se mudado para Nova Orleans – e quem sabia o porquê? Certamente não fora pelo desejo sincero de construir uma conexão emocional com ele e com sua família. Proximidade não era coisa deles, dos pais. Contudo, ambos estavam, semana sim, semana não, na sua sala de estar, aguardando que ele lhes oferecesse uma bebida. Atendesse suas necessidades. Isso enquanto eles conheciam sua esposa e sua filha, que ele gostaria de proteger deles – se pudesse, construiria uma parede para separar os quatro. Agora estavam todos conversando sem parar. *Batendo papo. Não é suficiente jantar com minha mãe regularmente? Agora tenho de atender seus telefonemas também?*, pensava

Voltou a atenção para o sol e o tom de rosa-claro que o cercava. Zerar não era exatamente certo. O que ele buscava era a ausência de considerações femininas. Queria poder não se importar mais com o que elas pensavam ou sentiam. Passara a vida toda se importando, o oposto do pai, que nunca dera a mínima. Não queria mais aquela vida. Queria o nada. Falta de atividade na cabeça.

Menos em relação à filha, Avery; ele sempre se importaria com ela.

Sua mulher mandou uma mensagem de texto logo depois. Ele viu seu nome, mas não consumiu o comentário que vinha abaixo. Havia uma série de mensagens dela em sequência às quais ele ainda não havia respondido, e, se demorasse mais, talvez fosse obrigado a fazê-lo. Pensou: *Se a mensagem de texto desaparecer do meu campo de visão, ela deixa de existir? Ela se torna só um pensamento que alguém teve em algum momento. Eu estou chegando a algum lugar aqui*, pensou. Ele cerrou o punho e o levantou. *Preciso ficar olhando para essa merda desse pôr do sol por mais cinco minutos e sei que vou entender tudo. Não vá embora, pôr do sol, não ouse morrer agora, seu pontinho laranja e rosa. Não agora que eu estou quase entendendo tudo.*

O telefone tocou de novo, e era sua irmã.

Exceto pela minha irmã também, pensou. Seu plano de não se importar tinha ido por água abaixo.

Ele sempre queria falar com Alex, porque ela não era só sua irmã, era sua amiga também e, além do mais, os dois haviam sobrevivido juntos àquela casa em Connecticut, e ele naturalmente tinha o instinto de aceitar sua mão quando ela a estendia, apesar de que deveria ter esperado um pouquinho mais antes de atender, porque esse trio comunicativo mãe-esposa-irmã não podia ser coisa boa, e não tem coisa pior para estragar um pôr do sol do que um telefonema. Mas era a Alex, e ele a amava, então atendeu, e ela estava tão esbaforida por conta da notícia do ataque cardíaco do pai que parecia quase jovial, coisa que qualquer um acharia inadequado, mas não ele. Ele estava do lado dela, e ela do dele, e, quando terminou de falar com ela, o sol já tinha sumido, e ele se viu chorando.

Lá estava seu momento de claridade. Pois, ao passo que ele gostaria de apagar qualquer pensamento sobre mulheres, talvez, mais que isso, ele gostasse de apagar qualquer lembrança de seu pai. E agora isso parecia possível. Finalmente.

Ali por perto, uma mulher parou após terminar a caminhada. Ela olhou para Gary, suas pernas longas, sua camiseta apertada manchada de suor, seu rosto cheio de emoção, seu nariz grande e notório, os cachos de seu cabelo encharcados pelo suor da testa. *Ele está chorando*, pensou. Isso é só tocante ou é um sinal? Não sabia dizer. Olhou para suas mãos enormes. Não viu anel. Pensou consigo mesma: *Se eu tiver que sair mais uma vez com um homem que conheci pela internet, vou pular desse penhasco — não vou fazer isso de novo, não consigo, não consigo mais.*

A mulher era instrutora de Pilates; ela oferecia treinamento pessoal para os ricos que não tinham como sair do escritório ou de casa. Era excepcionalmente boa no que fazia. Tinha lista de espera. Seu corpo era perfeito. Era dona do seu próprio apartamento. Mas não importava. Nada daquilo importava. Ela não conseguia encontrar ninguém.

Ela estudou seu contorno e pensou: *E se é ele? Por que não? E se ele virar a cabeça agora, olhar para mim e sorrir? Talvez isso signifique que ele pode vir a me amar. Por favor, por favor, por favor,* pensou, mesmo vendo que Gary havia se virado e começado a descer o caminho tortuoso que o levaria para o resto de sua vida. Por um instante, ela se sentiu um fracasso. Mas a culpa não foi sua, moça. Ela nunca teria como saber o que se passava com Gary.

4

Depois do café da manhã, Avery estava deitada na cama de baixo do beliche, os olhos úmidos e sonhadores, olhando para os nomes das garotas que já haviam dormido ali antes dela, rabiscados na parte debaixo da cama de cima. Quem sabia que havia tantos nomes assim? Quem teria assinado ali primeiro? Abby, Natasha, Tori, Latoya, e mais algumas dezenas. Créditos por ter deitado ali. Avery queria acrescentar seu nome, mas não tinha certeza de que existia como as outras. Ou, por exemplo, como as cobras. Era o Fim de Semana das Cobras no acampamento. Elas existiam, pois sabiam sua razão de ser. Elas rastejam e caçam. Avery tinha doze anos; e o que ela fazia? Comia, respirava e o dever de casa. Mas o que ela havia conquistado? E se a razão de ser dela eram as cobras?

Pensou nos espécimes de *Homo sapiens* que amava. Sua mãe, seu pai, sua prima Sadie – a quem ela não via nunca, mas com quem falava constantemente por mensagem de texto –, sua avó, supunha, seu avô... A porta da cabana se abriu. Era uma inspetora, Gabrielle, a que tinha pelos fora da linha do biquíni. Avery a tinha visto no lago. Todo mundo tinha visto os pelos saindo por debaixo do maiô. Avery não sabia se isso era ruim ou bom. *Eram só pelos*, ela pensava. *Por que eu não sei? Por que eu não consigo decidir? É fácil com cobras. Com cobras, eu sei.*

Gabrielle se aproximou de Avery, e disse delicadamente que precisavam conversar. Todas as outras meninas da cabana disseram "Oooh" ao mesmo tempo. As duas saíram da cabana e caminharam um pouco. A menina mais velha colocou a mão sobre o ombro de Avery e o telefone em sua mão. Celulares eram proibidos no acampamento, e Avery sentiu uma pequena emoção de tê-lo novamente em suas mãos. Ela considerava o celular um amigo. Ele estava lá quando ela precisava, e quando ninguém mais estava. Ela sempre podia mandar uma mensagem. Sempre haveria o Instagram. Sempre haveria vídeos de cobras. No telefone, a mãe de Avery lhe contou sobre o avô: que ele estava doente, no hospital, e que poderia vir a falecer.

– Achei que gostaria de saber – disse. – Sei que vocês eram amigos.

Eram? No caminho de volta para a cabana naquela manhã já escaldante de agosto, Avery pensou em todo o tempo que havia passado com o avô nos últimos seis meses. Ele a havia pegado na escola e a levado para passear pela cidade toda em seu carro novo enquanto tagarelava sobre sua vida e seus negócios. No primeiro mês, ela prestava atenção, mas entendia muito pouco do que ele dizia. Nos meses seguintes, só ficava olhando pela janela e imaginando animais e árvores e a grama e um rio e a orla, onde os homens ganhavam a vida pescando ostras e camarão. Mas, mais recentemente, ela voltara a escutar, e percebeu que todas as histórias eram ruins, que ele fazia coisas ruins. Mesmo que ele achasse que era o herói na situação.

Ao mesmo tempo entediada e intrigada, ela perguntou ao avô se o que ele fazia não era ilegal.

— Ninguém é inocente nesta vida. Todo mundo é criminoso, pode confiar. Menos você, acho. Você é bem inocente, não é?

— Eu não sei o que sou — disse, e era verdade.

— Não mude nunca, garota — completou o avô.

Mas não pareceu nem um pouco convincente para Avery. Soou mais como uma afirmação do que uma ordem. Aí ele acendeu um charuto e o carro ficou cheio de fumaça. Ela abanou a mão para tirá-la do rosto. Ao fim da viagem, ele disse:

— Não vamos contar à sua mãe que eu estava fumando perto de você. — Ele deu uma nota de cem dólares a ela. — Se ela perguntar, vejamos, diga que nós encontramos um amigo meu que estava fumando.

Ela olhou para a nota sobre sua mão e de novo para ele, em silêncio, chocada. – Você é difícil – disse ele, que lhe deu outra nota. Olhou-a com orgulho. – É um bom talento de se ter.

Ela fez que sim com a cabeça para aquilo tudo.

Ela gostava de dinheiro, achava. Dinheiro era o tipo de coisa que era para as pessoas gostarem. Mas agora Avery era uma mentirosa. Até aquele momento, ela não era mentirosa, mas agora, subitamente, era. Quem havia feito aquilo? Ele ou ela?

Vinte anos depois, ela namoraria um homem que fumava charuto. Ele não fazia bem a ela; o relacionamento era bastante angustiante, na verdade. Eles estouravam um com o outro, e brigavam sobre política, sobre o patrão dele, sobre como Avery não conseguia entender como o rapaz podia se prestar a trabalhar para ele, sobre moral, sobre ética, sobre o capitalismo. Ficaram juntos por muito mais tempo do que deveriam, e toda vez que ele fumava charuto, Avery odiava o cheiro, mas, por algum motivo, mesmo ela reclamando de muitos comportamentos dele, sobre o charuto ela nunca dissera nada. Depois que o relacionamento acabou, ela se deu conta: *Eu devia ter começado ali, pelo charuto. Teria tudo terminado muito mais rapidamente.*

Quando retornou à cabana, suas companheiras estavam todas se esticando e cochichando na varanda enquanto ela tentava entender o que sentia. Ela sabia que tinha alguma coisa de errado com o avô. Que, no mínimo, seria melhor para ela se ele não estivesse por perto. Mas, ao mesmo tempo, pensou: *Morte é triste. Ninguém deveria morrer. Nenhuma criatura viva merecia morrer.* Ela sabia que era natural. Que havia ciclos. Seus outros avós haviam morrido. (Eram pessoas muito melhores do que seu avô, disso ela sabia também.) Mas alguém, em algum lugar, ficaria triste por causa do avô. Então, chorou. Quando chegou ao beliche, deitou-se de novo no colchão e pegou uma caneta. Ao lado do nome das outras meninas, escreveu o seu. E, ao lado do seu, o dele. *Victor.*

5

Eram dez da manhã, e a casa acordou Corey antes que estivesse pronto. Parte da fundação tremia quando caminhões passavam em Claiborne. A rampa de acesso à rodovia ficava a meio quarteirão de distância; e o tráfego parecia infinito. A ex-mulher de alguém que colocou o telefone no viva-voz durante um telefonema inteiro, como se o mundo inteiro estivesse interessado em seus assuntos. Isso além das três crianças, uma que mal tinha largado as fraldas, e todo mundo indo e vindo conforme desejavam. Corey havia dormido em um sofá no segundo quarto depois do quintal, que antes fora o escritório. Toda hora, uma criança ou outra passava batendo os pés para ver os programas de que gostavam na TV extra quando não concordavam quanto ao que colocar na TV grande do quarto da frente, ou quando o mais velho, Pablo, adolescente, ia fumar cigarros no quintal. Além do mais, eles gostavam de ficar com ele, e ele amava muito a todos, ria com eles, brincava com eles e zombava deles. Como poderia brigar com crianças que tinham vindo para o ver o pai?

Fora isso, era quase como se o quarto fosse só dele. Ela havia levado um rack de roupas no qual pendurava os uniformes, suas calças jeans e suas camisetas, todas passadas. Seus sapatos ficavam enfileirados embaixo. O retrato da família – sem Corey – estava pendurado na parede. Três crianças de cabelos escuros sorriam, todas com graus diferentes de estabilidade dentária: nenhum dente de leite, aparelho, sem aparelho, e Camila, com seus brincos reluzentes de argola, a pele rósea do decote e olhos tristes. A foto havia sido tirada no final do seu processo de divórcio. Corey gostava de ver a todos ali de qualquer forma, e fingia que a foto havia sido tirada quando ele estava no trabalho.

Estava disposto a trabalhar com a situação. Era direito deles ir aonde quisessem. Mas não podiam, de vez em quando, considerar o fato de que ele havia chegado em casa tarde do trabalho?

A casa não é minha, ele lembrou a si mesmo. *Não sou eu que faço as regras.* Ele chegara ali, cheio de dívidas, nove meses antes. Algumas pessoas ruins com quem ele dividiu casa, contas da escola que não iam embora, aquelas crianças ali na frente dele, que não saíam de graça. Não conseguia sair daquela situação, não importava o quanto tentasse. Mesmo assim, tinha noção da sorte de ter acabado em um lugar seguro e sólido. As crianças estavam na escola; a casa, limpa. Mas ele queria mais. Não conseguia deixar de sonhar com uma vida sem qualquer barulho. Não era uma pessoa calma, mas achava que poderia vir a ser uma se morasse no lugar certo. Uma força silenciosa, estável e poderosa no mundo. Como um ninja.

O único lugar realmente silencioso era o quarto da Camila, mas dormir lá com ela significava todo tipo de problema, e, além disso, ela gostava de lembrá-lo quem pagava as contas ali, o que tirava qualquer tesão que ele tivesse. De qualquer forma, ela não vinha sendo muito receptiva recentemente. Corey representava todo tipo de problema para ela, também, ele reconhecia. O casamento havia acabado porque eles não conseguiam parar de brigar. Dinheiro era o tema principal, mesmo disfarçado de outros assuntos: sexo, comida e vários conflitos estéticos. Cansados, nos últimos meses, haviam chegado a uma situação tranquila entre os dois. Contanto que não fingissem que poderiam ser um casal, que essa coisa de marido e mulher viria a funcionar algum dia, podiam dividir a casa. Aquela casa barulhenta que nem o inferno.

Mas ele tinha um plano. Havia uma mulher nova na vida dele: Sharon. Corey achava que ela não o amava. Ele ainda não a amava também, mas acreditava que poderia amar, ou algo próximo a isso. Ele não estava muito certo sobre ela – sobre quanto amor ela tinha em si. Sharon era, ao mesmo tempo, acolhedora e impenetrável. Mas ele estava trabalhando naquilo. Em três dias, seu plano estaria em curso. *Ainda tenho lenha pra queimar, galera,* pensou. *Ainda tenho charme.*

DE MANHÃ

6

Alex, em Nova Orleans. As coisas tinham mudado, agora estavam em movimento; um rio congelado havia muito derretia dentro dela, e as corredeiras estavam se formando. Agora, apesar de que nunca diria isso para ninguém, ansiava pela morte do pai, para que finalmente pudesse saber a verdade sobre ele. Victor Tuchman estava deitado, inconsciente, em um leito hospitalar a cinco quilômetros de distância do seu hotel. A morte certamente chegava para ele, então por que importava se era agora ou mais tarde? Quando o médico lhe deu o que, para outros, seria uma má notícia sobre o curtíssimo tempo de vida do pai, ela quase disse: "Promete?".

Alex chegara à cidade dois dias antes, e tinha muita coisa para fazer, telefonemas com vários parentes e alguns sócios da sua época de empreiteira, uma seguradora, um banco. Ela também teve uma longa conversa com o administrador do hospital sobre os passos a tomar se seu pai viesse a falecer, incluindo uma menção vaga ao fato de que o corpo teria que ir para um legista para um exame *post mortem*, detalhe que prendeu a atenção de Alex por um instante – por conta do ano que passou na defensoria, sabia que somente se requisitava o exame de um legista se houvesse investigação criminal –, mas que foi deixado de lado prontamente, exceto para que ela dissesse a si mesma: *Problema até no fim da vida, não é, pai? Sério?*

Em meio a tudo isso, de quando em vez, tentava capturar o olhar distante e nebuloso da mãe, para dizer a ela que a hora ia chegar; que não teria mais ninguém atrás de quem poderia se esconder, nem razão para manter segredos da filha. Sua mãe fora leal ao marido durante todos esses anos, e comumente agia mais como sua *consigliere* do que como esposa, e Alex sabia que Barbra não diria uma só palavra ruim sequer sobre Victor antes da morte dele. Mas agora Alex tinha certeza de que, algum dia, talvez em breve, ela conseguisse tirar isso da mãe. Talvez até antes do funeral. Talvez hoje. Alex sabia que a história deles era muito mais do que aquilo, e estava determinada a descobrir o que era.

Era patético, mas ela sabia! Ah, como sabia. Na verdade, racionalmente, por que ela se importava tanto? Houve um tempo em que foi profundamente fascinada pelos pais. Ela ansiava por mais informações sobre eles. Quando criança, brincava com portas e gavetas trancadas, ajoelhava no chão e desvendava o closet, ficava à espreita do lado de fora do escritório do pai quando ele fazia telefonemas de trabalho até que a mãe dissesse "xô" para ela.

Quinze anos antes, finalmente reconhecera a falta de sentido de tentar descobrir a verdade sobre um homem que nunca fora condenado por nada, e uma mulher que trancava as emoções dentro de si havia décadas. Além disso, claro, a própria vida adulta real de Alex havia começado: tinha aquele primeiro emprego (um dentre muitos) em Chicago, aí o casamento com um homem lindo e imperfeito, seguido do nascimento de uma criança de pensamento claro, bonita e amável que era péssima em matemática, mas muito inteligente sob outros aspectos – em geral, uma existência que ela não necessariamente consideraria rica ou vibrante, mas que definitivamente era plena. Quem tinha tempo para correr atrás de pessoas altamente talentosas em não serem pegas? Por que se preocupar com aquilo quando havia muita coisa bem na sua frente com que se preocupar?

Mas, de repente, tinha essa possibilidade, essa oportunidade que havia aparecido três dias antes, numa hora em que ela conquistara espaço emocional o suficiente para se importar de novo com aquelas pessoas. O que Barbra achava de Victor? Por que ela havia ficado com ele? E será que ele era pior do que Alex achava que era todos esses anos?

A busca demandava aliados. Ela tentou obter pelo menos algum apoio da sua cunhada, Twyla, que estava sentada em uma cadeira de lona ao seu lado. As duas estavam no hotel de Alex, no terraço, na piscina, sofrendo com a névoa do calor, suando entre dois enormes *ombrelloni*. Não sabiam a que horas Gary chegaria, então ela convidou Twyla para passar algumas horas consigo, uma pausa para as duas de todo o estresse relativo ao pai.

— Isso aí, piscina do hotel! — ela disse quando Alex a telefonou.

Depois que chegou, Twyla passou os 45 minutos seguintes lutando com a ideia de pedir ou não um drink àquela hora do dia, até que Alex finalmente pediu um para ela, que Twyla agora bebericava contente, como se tivesse tomado a decisão ela mesma.

— Você acha que Barbra vai abrir o jogo depois que o meu pai morrer? — perguntou Alex.

— Como assim? — disse Twyla.

Twyla tinha uma voz rouca e cabelos extremamente loiros, montes deles, sem qualquer penteado. Casuais, baseavam-se unicamente em sua própria loirice e tamanho. Ela cheirava a batom, que reaplicava constantemente; sua bolsa estava cheia de batom barato, e dissera a Alex que os comprava compulsivamente toda vez que passava em uma farmácia, sempre em busca de uma nova cor favorita. Ela usava um biquíni *tie dye*, e uma quantidade tão grande de protetor solar que sua pele havia rejeitado, deixando uma camada grossa de si por todo o seu corpo. Alex provavelmente poderia ter retirado o excesso com a unha.

— O que eu quero dizer — disse Alex — é que ela nunca reclamou dele, sério, a vida inteira, pelo menos não que eu tenha visto, e era algo tão abstrato quando acontecia. Ela dizia "seu pai", depois suspirava e pronto, acabou. Mas tem que ter coisa aí. São quase cinquenta anos de verdades. E sentimentos — ela acrescentou, com um tom inocente. — Talvez seja bom para ela dizer isso tudo em voz alta.

— Acho que isso não combina muito com a sua mãe — disse Twyla. Ela bebericou sua margarita de novo. — Ela só quer que todo mundo fique tranquilo. E satisfeito.

— Será? — Alex perguntou. *Ela queria que ele ficasse satisfeito, e só*, pensou.

Twyla protegeu os olhos do sol com a mão e olhou o luminoso pátio de cimento branco.

— Nossa, como eu queria um cigarro. Você acha que tem problema fumar aqui? — Então, voltou a atenção para o telefone e começou a digitar furiosamente.

Por sobre o ombro, Alex notou que estava tentando chamar a atenção uma mulher chamada Sierra descarrilhando uma seleção estridente de emojis a partir do que parecia ser um vasto arsenal digital. Gary já estivera em Los Angeles para participar de reuniões, na tentativa de melhorar sua carreira, e a filha deles estava em algum tipo de acampamento na natureza que durava dois meses, e, na ausência deles, Twyla aparentemente havia voltado, e Alex estava gostando dessa versão dela. Flexível, descontraída, ligeiramente decadente, mais parecida com aquela menina sapeca do sul que havia casado com o seu irmão quinze anos antes. Enquanto isso, a filha de Alex também havia viajado. Estava no Colorado com o pai (supostamente fazendo uma caminhada, mas provavelmente na frente de uma série de telas), e Alex havia planejado aproveitar o tempo em que ela estivesse fora, mas aí seu pai teve o ataque cardíaco e, no sentido contrário, isso a fez se tornar cada vez mais ela mesma, a versão de si que ela não queria ser.

E como teria sido o verão dela se isso não tivesse acontecido? Ela teria dormido até mais tarde nos finais de semana, mas trabalhado também até mais tarde nos dias úteis. Talvez tivesse ido a alguns encontros e, com sorte, transado, o que a teria deixado tanto com uma sensação de plenitude quanto de vulnerabilidade. Alex teria passado alguns dias seriamente tentando descobrir como ser essa próxima versão de si mesma após o divórcio, coisa na qual ela ainda não havia começado a pensar — ficara tão ocupada com o processo do divórcio e administrando a felicidade da filha que não tivera um dia só para simplesmente ser. Não havia tido tempo para lidar com as amizades também; as pessoas haviam desaparecido, ou talvez ela tivesse. Tinha, de fato, colocado isso no calendário, no fim de julho: "Resolva-se". Mas escreveu a lápis.

— E se saber todas as sujeiras me deixar feliz? — perguntou Alex. — Ouvi-la contando a verdade pelo menos uma vez. Ela é a minha mãe. Ela não deveria querer a minha felicidade?

Twyla colocou a mão oleosa sobre o ombro de Alex.

– A morte é difícil para todos – disse.

– Twyla! Você não quer saber a verdade? – Alex estava desesperada por algum tipo de compaixão.

Por um instante, enquanto uma brisa suave balançava seus cabelos, Twyla ficou em silêncio e tranquila. Abriu a boca para dizer uma coisa, depois outra, e aí finalmente concluiu:

– Não quero ofender, mas por que eu deveria me importar? – perguntou. – Não foram eles que me ferraram? – Tomou o último gole do drink. – E aí? – disse. – Tomo outra?

■ ■ ■

No quarto do hotel, Alex imediatamente sentiu falta do terraço, onde ela ficara apartada do mundo. Olhou para o canteiro de obras do terreno vizinho pela janela. Uma construção exilada do resto da cidade, sem amor, sem completude, por toda a vida, mas cedeu e ligou a TV. Ela fora criada assim: havia TVs em praticamente todos os cômodos da casa: cozinha, sala de estar, em todos os quartos, no escritório do pai, no pátio, suficientemente longe da água da piscina. O único local onde não havia TV era a sala de jantar, mas era comum que a TV da cozinha estivesse ligada durante as refeições, à vista do assento do pai, na cabeceira, para que ele pudesse se esticar e ver o placar do jogo. Ter clareza de pensamento era algo perigoso naquela casa. O ruído de fundo era o que fazia a casa continuar funcionando. Aí ninguém precisava articular palavras; as conversas deram lugar ao ruído da TV em cada quarto. Um baixo nível de ruído era o que o pai desejava. Exceto quando ele queria silêncio total, claro. Qualquer coisa que o acalmasse, ele conseguia.

Naqueles dias, não tinha nada de tranquilizante na TV. Todas as notícias eram ruins. Nosso presidente era um idiota e o mundo estava caindo aos pedaços: ela pensava nisso todo dia.

Alex se esparramou de barriga para baixo na cama e ficou assistindo às pessoas falarem. Que horrores viriam? Não dava prazer ficar sabendo, mas, mesmo assim, ser informada deles satisfazia uma parte de si. As pessoas podiam estar satisfeitas e infelizes simultaneamente; isso ela sabia havia muito tempo. E era decisão dela o lado da balança em que colocava o dedo. Mais recentemente, tinha escolhido a infelicidade. Parecia mais fácil, de certa forma.

Contudo, ela era mãe, um cargo que a forçava a pelo menos agir como se se sentisse um pouco satisfeita. O iPad apitou: era a filha, Sadie, ligando para ela pelo FaceTime do Colorado. Alex colocou a TV no mudo, mas ativou a função *closed captions*. Vai quê...

Alex e Sadie acenaram uma para a outra. Notou o sorriso de Sadie, com um clarão metálico do aparelho mais caro e longevo da história da humanidade, como algum musical adorado e sentimental da Broadway. Sadie rolou para ficar de barriga para cima, levando o iPad consigo, o cabelo esparramado em volta de si na cama. *Olha como minha filha é bonita*, pensou Alex. Era a cópia do pai. Um quarto coreana, um quarto sueca e metade russa. Qualquer coisa podia ter acontecido. Por sorte, havia puxado ao pai.

– Como está o vovô? – perguntou Sadie.

– Ainda está doente – respondeu Alex.

– Tipo doente... tipo que ele vai ficar bom depois ou doente tipo que ele vai morrer?

– Não vou enrolar. Ele está muito doente e inconsciente, e provavelmente vai morrer.

– Você está triste?

– Triste eu não sei. É um sentimento novo, diferente dos que eu já tive – respondeu Alex. – E você?

– Eu não conhecia ele muito bem, então só vou me sentir mal se você estiver se sentindo mal, porque eu te amo – disse Sadie.

Nossa!, pensou Alex.

– Você é uma ótima filha, sabia? – disse. – Como estão as coisas por aí?

Desde que Sadie chegara em Denver, seu *feed* do Instagram estava cheio de fotos de dispensários de maconha, e Alex havia reclamado com o marido sobre o assunto, ao que ele respondeu: "O que você quer que eu faça? Eles estão em tudo quanto é lugar. E ela não está fumando maconha. Não posso evitar que ela tire fotos por aí quando não estou com ela". Alex, então, havia tido uma conversa com a filha: "Você está fumando maconha?". "Não, mãe." "Você pode me falar se estiver." "Mãe." – Alex sempre se preparava para o pior todas as vezes em que conversavam.

– Bom, o papai tem duas namoradas – disse Sadie.

– Como você sabe disso?

– Porque eu conheci uma delas. A gente foi jantar com ela, o nome dela é Natasha, ela é legal. E a outra a gente encontrou no shopping.

– Talvez ela seja só uma amiga.

– Não, ele apertou a mão dela muito forte. Eu vi.

– OK – disse Alex. *Esse cara*, pensou, *provavelmente está comendo todo mundo em Denver. Bom, o Bobby pode fazer o que quiser. Ele sempre fez.*

– Aí ela disse que tinha ligado para ele na noite anterior, e ele disse que o telefone estava desligado porque estava vendo um filme comigo, só que ele não estava vendo um filme comigo porque ele estava vendo um filme com a Natasha. Tipo, ele nem pensou duas vezes. Simplesmente mentiu para aquela mulher, e eu fiquei ali sem entender se era pra eu mentir também ou não.

Alex levou a mão à cabeça.

– Um minutinho, querida – disse, e virou o iPad para o lado para que Sadie não visse a reação que teve, que foi uma transmutação total do seu rosto em uma expressão de nojo.

– Mãe?

Alex mutou a ligação e deu um grito, aí abriu o áudio novamente e voltou a câmera para si.

– Desculpa, recebi uma mensagem.

– Então, o que eu faço quando esse tipo de coisa acontece? – perguntou Sadie. – Eu minto ou não? Eu faço o quê?

Alex se deu conta de que aquele era um momento importante para o desenvolvimento de sua filha. Uma pergunta havia sido feita, e merecia uma resposta responsável. Ela poderia ensinar a Sadie sobre honestidade, e sobre como ela merecia ser tratada por um homem, mas também que era possível amar alguém, mesmo essa pessoa tendo defeitos muito, muito, muito profundos. (E, se era para ela ser justa com o ex-marido, que era possível também ter atração por duas pessoas ao mesmo tempo, ou até mesmo dois relacionamentos distintos, mas essa era a linha de defesa dele, não dela.)

Ou será que ela deveria dizer a Sadie que o pai dela não conseguia manter o pinto dentro das calças, e que, além disso, ele nunca o fizera, pelo menos não em nenhum momento desde que ela o conhecera, nem no colégio, quando ele tinha uma namorada e a estava traindo com ela, nem quando eles moravam juntos em Chicago na faculdade de Direito, nem depois que se casaram e se mudaram para o subúrbio, onde ambos estavam igualmente entediados, mas, de alguma forma, ela conseguiu manter a fidelidade, enquanto ele não. Não havia uma época sequer em que o pênis daquele homem tivesse ficado onde deveria ficar. Ao invés disso, vivera sua vida como um pênis voador, diletante e festeiro, como se fosse um garoto rico, DJ celebridade, recém-chegado a novos mercados, Londres, Paris, Ibiza, só que, ao invés de cidades, era a vagina de uma assistente.

– Sabe o quê? Deixa-me falar com o seu pai – disse Alex.

Ela assistiu à filha caminhando pela nova casa do marido, um apartamento num andar bem alto. Janelas, luz, janelas, luz. Um quadro com uma foto de uma moto? *Isso não pode estar certo. Com certeza não.* Ela ficou tonta com a imagem pulando e tremendo no iPad, então, quando a filha finalmente chegou ao que parecia ser a sala, lugar em que, até onde se via, só havia móveis brancos – *meu Deus, quem na vida tem tanto móvel branco assim?* –, estava um pouco nauseada. *Derrama alguma coisa nesse sofá branco, Sadie,* pensou. *Em tudo.*

– Querida, nos deixe a sós um minutinho – disse Alex.

– Mas o que eu vou fazer sem o meu iPad? – perguntou Sadie.

– Leia um livro – retrucou Alex.

– Mas todos os meus livros estão no meu iPad.

– Pode usar o computador do meu escritório – Bobby falou. – Mas não olhe nada além da internet.

– De uma tela para a outra – disse Alex. Ela olhou o marido olhando a filha, e, depois, uma porta se fechando.

– O que houve? – perguntou.

– Nossa filha gostaria de saber o que fazer quando encontra algum dos seus casinhos por aí – disse Alex.

— Isso não é justo. Eu gosto bastante da Catherine. Ela tem mestrado em Serviço Social. É muito inteligente.

— Olha. Sua filha é prioridade. Ela só passa dois meses por ano aí. Será que você pode manter o pinto dentro das calças durante esse período e, quem sabe, também não mentir na frente dela?

— A minha vida tem que parar só porque ela está aqui? Meu Deus do céu, como ela o odiava. Ela o odiava.

— Sim — respondeu. — Por favor, estou implorando, Bobby. Coloque ela em primeiro lugar.

■ ■ ■

O ex-marido se esticou no sofá, descansando a bochecha em um travesseiro, os fartos cachos de cabelo escuro contrastando lindamente com o couro branco. Deve ser a foto de perfil dele no Tinder. Eu daria like. Aquela beleza, aquele ar vagamente estrangeiro acomodado em uma sensibilidade americana, era parte do porquê de ele ter conseguido tudo o que queria. Ele era inteligente, com certeza. Era um bom advogado. Mas seus sócios extremamente brancos também gostavam do fato de que seu último nome era Choi, o que dava a eles a impressão de que expandia o perfil da empresa, que preenchia requisitos. Não eram muito discretos ao esconder isso dele. Juntos, Alex e Bobby haviam sofrido com o fato de que abriram os braços para ele de forma tão cínica. Virar sócio com tão pouca idade era uma bênção; ele tinha empréstimos estudantis ainda não pagos da época da faculdade de Direito, ao contrário de Alex, cujo pai rico havia coberto a conta. "Pega o dinheiro", ela disse, "vamos usá-lo para fazer algo de bom". Eles concordaram que ele iria aconselhar minorias e separar um percentual do salário para doar para algumas organizações sem fins lucrativos. Ele fizera ambos. Mas, claro, as pessoas que ele aconselhava eram belas e jovens mulheres. Agora ele estava morando em Denver porque iriam abrir uma filial da firma. Com certeza havia uma longa fila de pupilos.

— Você está certa — ele disse. — Eu posso ser um bom pai.

— Pode — ela respondeu.

— Eu só precisava que você me lembrasse disso. Desculpe. Me faltou consciência. E não achei que iria encontrar a Catherine no shopping. Eu nunca vou ao shopping! Só fui porque Sadie queria ir. Vou parar com a brincadeira. Vou ser um bom pai. Eu sou um bom pai. Você sabe disso.

Olha como ele pode ser afável e gentil. Ajustou a câmera ligeiramente. Agora a luz vinha por trás. Era um retrato de si mesmo, moldado para o prazer do espectador. Ela não acreditou nem um pouco no que ele disse.

— Como está o seu pai? — perguntou.

— Ainda não morreu.

— Bom — disse Bobby —, ele vai chegar lá em algum momento.

Ficaram sem dizer nada por um instante, pois o que mais dizer? Ele sabia tudo o que havia para saber sobre o pai dela. Bobby escutara todos os seus segredos, pelo menos até dezoito meses atrás. Soube de todas as vezes em que o pai desapareceu durante sua infância, com frequência, por semanas, a mãe incapaz de oferecer algum tipo de explicação sobre o lugar vazio na mesa de jantar. Várias ameaças. Ela o vira batendo em Gary de vez em quando. Pensou no malote que havia no escritório do pai e, também, antes da internet, nas revistas pornográficas que havia na garagem. *Que tal dar um roupão e um prato de sopa para aquelas meninas?* pensava Alex. O que um homem queria com centenas de revistas pornográficas? "Variedade", Bobby respondeu quando ela perguntou, sem nem pensar duas vezes. Não eram itens de colecionador: haviam notoriamente sido usadas. Aquelas páginas haviam sido bem viradas. Isso sem falar das coisas que Victor fizera no mundo real, algumas das quais ela sabia, mas nem todas. Seu instinto lhe dizia que ele deveria estar preso, devia mesmo. Se não estivesse à beira da morte. Vai morrer sem que nenhuma parte desse comportamento tenha sido questionado. Ela nunca o ouvira pedir desculpas uma vez só sequer na vida. Seu pai só tinha um lado, e deixavam que tivesse, porque ele era o pai.

– Então. Tenho um monte de coisas para fazer aqui – disse.

Ela não conseguia mais olhar para aquele homem realmente lindo. Ninguém que se casa se imagina divorciado.

– Toma tenência, Bobby – disse.

Ele tirou o olhar dela para outro lugar, mexeu a câmera de novo, e o sol bateu no seu queixo e no papo embaixo dele. Os dois estavam ficando velhos, ela teve o prazer de constatar. *Não eu somente,* ela quis dizer, *você também.*

Ele levantou-se e a levou por mais um passeio sacolejante pela casa. A vista de uma montanha, o céu azul, uma nuvem pequena como uma tossida. Ficou enjoada. Tirou os olhos da tela para o horizonte da TV. Um procurador falava para a câmera. Mais uma acusação contra um político. Do lado de fora do quarto do hotel, no fim da rua, um guindaste se virava. Do outro lado do país, sua filha aparecia na câmera.

— E aí, bonitona? — disse Alex. — Está sozinha?

— Estou. Ele já voltou para a sala.

— Seu pai não é uma pessoa ruim — falou. — Mas, às vezes, ele não é uma pessoa boa também.

— Eu sei — respondeu. — Mas é para eu mentir ou não? — Sadie parecia entediada. Aquele negócio de bom/ruim ela já sabia. Mas como ela poderia saber a coisa certa a fazer o tempo todo?

— Posso responder depois? — perguntou Alex.

━━━━━━━━━ ■■■

Oito andares abaixo, na sala de ginástica, Alex corria consumida pelo ódio. Ela expurgava, pela corrida, a raiva que tinha pelo ex-marido, um homem que a confundia e que agora era, em grande parte, inútil para ela. Expurgava também o ódio que sentia pelo pai, 73 anos de desonestidade e controle. Expurgava o ódio que sentia de si mesma, enraizado em si desde jovem, a partir de um conjunto hipnotizante de influências: coisas que seu pai lhe dissera, coisas que sua mãe não dissera ou fizera, revistas, TV, garotas com quem ela fizera o Ensino Médio, uma centena de homens que assobiavam para ela na rua, e os Estados Unidos em geral. Ela se odiava, ela se perdoava. Ela os odiava, mas não os perdoava. Ela corria. Fazia as piores caretas do mundo quando se exercitava; disso ela sabia, porque se via nos espelhos das paredes da sala de ginástica. Ali, naquele hotel, havia um outro espelho, no qual viu que franzia a testa. Suada e com a testa franzida, as bochechas vermelhas como as de uma criança, o cabelo solto e mal-arrumado, a camiseta grudada no peito. Seus braços eram bonitos, no entanto. *É, olha esses braços.* Ela correu ainda mais rápido. Ela os odiava. Por que ela tinha de perdoá-los? Por que era sempre ela que tinha que ser o adulto da situação? Ela precisava tanto assim ter uma solução final para essa questão? Alex se viu rosnando e, depois, gritando: "Fodam-se eles! Foooooooodam-se eles".

Levantou os braços vitoriosamente e correu assim até a máquina desligar sozinha, emitindo um som breve que a parabenizava por ter terminado o exercício.

7

Barbra, caminhando até a Saint Charles Avenue, seguindo a linha do bonde, sob a sombra dos carvalhos, passando por mansões solenes, todas com um nível de manutenção requintado e rigoroso. O sol se levantava por detrás dela, e o verde das árvores ia se revelando lentamente. Colares de contas típicos do Mardi Gras, o Carnaval de Nova Orleans, de vez em quando lançavam um facho de luz. *Pelo menos as árvores são bonitas*, pensou. *Bom, as árvores são bacanas. Meu marido está quase morto. Três dias já no hospital. Vou precisar lidar com isso em breve. Mas, primeiro, preciso caminhar.*

Ela passaria o dia todo no quarto do hospital, talvez o dia seguinte também, até chegar a hora dele. Era bom manter a conta dos passos antes que isso ocorresse. Uma faixa de plástico e tecnologia amarrada no pulso em meio a várias outras pulseiras douradas os contava. Isso tudo para espairecer a cabeça antes que uma névoa de sentimentos descesse sobre ela.

Olhou as mansões da avenida, como fazia todo dia. *Eu tinha uma de vocês*, pensou com amargor. *Lá em Connecticut*. Ela tinha saudades de Connecticut. Ficara surpresa por sentir falta de um lugar, por sentir falta de qualquer coisa. Mas eles haviam feito a vida lá. E ela gostava dos adornos suburbanos de lá. Em teoria, sabia o que era para gostar em Nova Orleans, mas estava com 68 anos, e, se não buscara toda a alma que a cidade supostamente possuía em abundância antes, não tinha mais certeza de por que o faria agora. *Eu quero o frio de Connecticut. Quero que o ano tenha estações.*

Pelo menos tinha o Audubon Park, as árvores escandalosas e enormes, dobradas e cheias de umidade e verde e vida, centenas de anos de existência, sua neta Avery lhe dissera certa vez, bochechuda, bonitinha, com um cabelo loiro e grosso e rabo de cavalo, pernas atarracadas e sardas. "Mais velhas que eu?", Barbra havia perguntado de forma seca. "Muito mais velhas que você", Avery respondera.

Todas as vezes em que ia aos parques de Nova Orleans, contemplava a vida ao ar livre de uma forma em que nunca o fizera anteriormente, e tudo por causa de Avery, que estava vidrada em ciência e natureza e animais e insetos e plantas – e formas de vida em geral. O único momento em que as duas realmente haviam se conectado havia sido quando Avery admirara um anel de ametista e diamante no dedo e Barbra dissera sem atenção: "Ah, você gostou? Vou deixar para você no testamento". Não fosse isso, Avery estava sempre mencionando fatos que não necessariamente Barbra tinha interesse em saber, apesar de ter noção de que era importante que escutasse, que era esse tipo de coisa que as avós faziam, ou seja, achar os netos fascinantes. O único animal que Barbra realmente apreciava era o cisne, que era exatamente o seu tipo: vistoso, silencioso, belo, refinado e relativamente distante. Era isso que ela buscava hoje em sua caminhada no parque. Algo que acalmasse sua mente.

Claro, Avery achava os cisnes sem graça. Seu interesse era mais voltado para criaturas mais sujas, sórdidas e perigosas, aquelas que tinham histórias de verdade, como o ratão-do-banhado, um roedor gordo, um animal parecido com um castor que estava destruindo os charcos porque comia as plantas e gramíneas necessárias para sua sobrevivência. Haviam visto uma série deles uma vez, em um aviário de um parque nos subúrbios. Barbra e Victor levaram Avery lá no ano anterior e os viram no rio que atravessava o parque. A imagem deles dera calafrios em Barbra, mas a neta ficara encantada por poder compartilhar com os avós o que sabia sobre eles, incluindo a história da espécie, como os ratões-do-banhado haviam sido trazidos da América do Sul a Louisiana no final do século XIX, devido ao interesse que sua pele despertava, mas escaparam e passaram a viver em áreas silvestres nos anos 1930. "Mas não era para esse ambiente ser a casa deles", disse Avery com pesar e empolgação. "E aquele pântano nunca vai voltar a ser o mesmo."

Victor parecia fascinado pela força silenciosa e pelo foco do ratão-do-banhado, e continuava perguntando a Avery mais e mais sobre o assunto, mas Barbra achava que, por ela, podiam morrer ali mesmo. Estava quente, ela suava, sua maquiagem escorria, queria estar com sapatos mais confortáveis, e quase não conhecia aquela criança, que tinha laços sanguíneos com ela, certo, mas isso não era evidente. E começara a pensar em como o marido era um homem ruim a quem ainda amava, e como ficara com ele todo esse tempo, depois de tudo que lhe fizera. Eram todos pensamentos desagradáveis, mas viu uns cisnes por perto. Saiu de perto do marido e dessa criança misteriosa e caminhou em direção aos pássaros belos e elegantes que deslizavam sobre a água. Seus olhos se tranquilizaram, ela parou de suar e, por um momento, achou que ainda havia beleza no mundo.

Agora ela caminhava pelo perímetro do parque procurando pelos cisnes de novo. *Apareçam*, pensou. *Venham até mim. Se eu vir um só, consigo aguentar o resto do dia e tudo mais o que vier depois. Por favor, só quero um diabo de um cisne.*

Ela virou uma esquina e lá, finalmente, estava a ave, navegando, a água intocada e estática exceto pelo rastro do cisne. Barbra se permitiu sorrir, apesar de, claro, odiar aquelas rugas em volta de sua boca. O sol estava forte e a pino. Era quase hora de ir visitar Victor de novo.

8

Ao lado do leito de Victor, Twyla folheava a Bíblia. Não sabia se acreditava em qualquer coisa, mas estava lendo; só precisava de alguma coisa em que se agarrar naquele momento. Tudo havia se despedaçado, e ainda estava se despedaçando, e continuaria a se deteriorar no futuro próximo. Mas ali estava um homem que morria. Não importava o que tenha dito, o que tenha feito, ainda assim era o avô de sua filha. E alguém à beira da morte. E só estava lá pela vontade de Deus.

Os pais de Twyla haviam sido cristãos, e, portanto, ela também era, ou pelo menos havia sido desde criança, quando eles ainda controlavam sua vida. Iam à missa aos domingos, mas o pai não gostava do padre, pois ele falava demais sobre o fogo do inferno, criticava demais o que os outros faziam, e o pai estava só procurando paz, consolo e uma chance para agradecer a Deus por tudo que dera a ele. A mãe não se importava com o padre tanto quanto o marido: ele tinha uma opinião, e a estava compartilhando. Ela achava que liberdade de expressão era importante. Gostava particularmente dos cânticos, de louvar em voz alta e de estar conectada a um grupo de pessoas. Conversaram sobre irem a uma outra igreja pelo que pareceram meses, mas finalmente ele deu o braço a torcer. "Não tenho tempo para ficar dirigindo por todo o Alabama em busca de um sermão de que eu goste", disse. "Então, ele vai ter que servir."

A concessão da mãe foi um sermão de outro tipo. Quando voltavam da igreja, de tarde, quando o tempo estava agradável, a família se sentava sob o gazebo, com o bosque de nogueiras adornando a paisagem como se, também, fossem uma família, para terem o que o pai chamava de "discussões cristãs". Na maior parte do tempo, era ele que falava, sobre a Terra e a natureza e das bênçãos de Deus, de como ser uma boa pessoa, todos assuntos agradáveis, mas o pai não era um bom contador de histórias, então as mensagens começaram a ficar repetitivas. Tinha um número máximo de vezes em que ele poderia ler o Sermão da Montanha, ou contar a história de Francisco de Assis. Twyla ficava entediada. Ela tinha seis anos de idade. Seu olhar começou a vagar. Havia um formigueiro, umas abelhas. E nozes quase prontas para cair dos galhos de uma árvore.

"O dia foi longo", disse a mãe. "Vamos deixar ela brincar. Hoje é domingo." O pai ficou decepcionado. Ele fez que sim com a cabeça, e ela viu o couro cabeludo rosado do pai através do cabelo dourado penteado à perfeição. Seus braços eram musculosos e tinham sardas. Ele usava uma camisa de botões de manga curta. Ela o amava. Ele era o papai. O papai dela. Ele folheou um pouco mais sua Bíblia cheia de marcas; ele tinha mais o que dizer. "Tudo bem. Estou ouvindo", ela disse.

E esse foi o dia em que ela havia inventado aquela expressão de olhos vidrados dela. Ela era criada para agradar ao pai, mas lhe fora útil a vida toda. Quando ela estava com aquela expressão, a maioria dos homens achava que ouvia o que diziam, e a maioria das mulheres sabia que a conversa havia terminado.

As coisas que a Bíblia nos ensina..., pensou naquele quarto de hospital. Sentiu o peso da cópia que tinha nas mãos.

Vou te dar o melhor que posso dar agora, Victor, pensou. *Vou estar aqui para você nesse momento. Depois, vou embora.*

Sem pensar, puxou um tubo de batom da bolsa e colocou nos lábios. Depois, começou a rezar.

… 9

Gary, no day spa coreano na rua Wilshire, deitado de barriga para cima na sauna de carvalho a 70 graus de temperatura, vestido com um roupão de algodão duro que pinicava. Uma hora antes, um homem de meia-idade com mãos imaculadas, a quem ele fizera uma piada de mau gosto sobre sua esposa Twyla, que envolvia batizar o nó de sua gravata com o nome dela, da qual o massagista não havia rido, não porque não era engraçada (apesar de não ser engraçada), mas porque ele não falava inglês muito bem. *Eu sou um lixo*, Gary pensou, *de qualquer forma*.

Ao seu lado, na sauna, dois homens jovens, brancos e magros como uma lua crescente, trocavam sussurros e tocavam um a ponta dos dedos do outro. A intimidade dos gestos doía como pequenos cortes em seu coração. Ele não estava a fim de testemunhar o amor dos outros. *Quando você sente, eu tenho que sentir também*, pensou.

Suas emoções se agruparam, esperando a hora de escapar, que poderia vir a qualquer momento. Ele as vinha mantendo trancadas fazia dias, e aqueles dois homens, cujos murmúrios agora eram audíveis, não o estavam ajudando a ser a pessoa que ele queria ser. O homem que ele queria ser.

Virou o corpo na direção oposta à dos homens, e inspirou o calor, e se encolheu como um neném, revelando a umidade que estava debaixo de si. *Mais um check na lista de coisas a fazer em Los Angeles*, pensou. *Suar, caminhar, fumar, dirigir. Estou fazendo tudo que era para eu fazer, exceto o que eu deveria fazer, que é voltar direto para casa em Nova Orleans*. Mas ele o faria naquele dia, à noite, jurou para si mesmo; finalmente pegaria um avião de volta para casa.

Um dos dois homens riu, concluindo o ruído com um ronronado sensual.

– Que se foda – Gary murmurou. Pegou a toalha e ficou de pé.

Os dois homens ficaram olhando ele ir embora.

– Qual o problema dele? – disse um deles. A forma como aquele cara saiu dali o lembrou de como seu pai sempre saía de cena quando ele estava por perto.

— Está com inveja, só pode ser — respondeu o outro, que se sentiu desafiador e forte, e mais apaixonado que nunca.

Vinte minutos depois, Gary estaria de volta ao apartamento que sublocava e jogaria algumas roupas em uma mala, o cartão de embarque impresso ao lado, na cama. Ele terminaria de fazer a mala e se sentaria do outro lado dela, na cama, com as palmas das mãos sobre as coxas, ensaiando na cabeça o que iria acontecer quando chegasse a Nova Orleans, os passos que teria de tomar para ir do aeroporto para Algiers, o caos que o iria receber em casa e no hospital, os sentimentos dos outros que ele teria de absorver, e os seus próprios sentimentos, os que ele seria forçado a ter e os que teria de fingir ter. Uma batelada de imagens jogadas em seu cérebro.

Meia hora depois, ele estaria doidão de novo, deitado na cama, lentamente se acariciando. E perderia o voo para Nova Orleans.

MEIO-DIA

10

No fim de agosto, a maioria dos nova-orleaneses já se acostumou com o calor do verão. Não gostam, mas conhecem. Já está quente desde abril. Alguma vez já não fez calor em Nova Orleans? Não lembram mais. Não têm vontade de nada. Você acorda, e já está quente. Está quente o dia inteiro. De noite, a sensação é de que está mais fresco, mas é mentira; ainda assim está quente. E úmido. Todo mundo fica com a pele brilhando e se sentindo sexy e infeliz ao mesmo tempo. Fique dentro de casa. Hidrate-se. Projeta-se. Está quente demais.

Naquele dia, no entanto, um homem corajoso, esperançoso, suado e sorridente, bem-vestido, camisa e bermuda passados a ferro, com meias brancas novíssimas, ignorava o calor e caminhava ao lado de uma mulher uns cinco centímetros mais alta que ele por um jardim de esculturas do lado de fora do Museu de Arte de Nova Orleans, onde haviam parado para examinar uma estátua de Vênus de Renoir, ao que a mulher disse: "A mais bela de todas". De lá, foram até um carvalho de novecentos anos de idade, em uma das bordas do City Park, a mulher emitindo somente uma reclamação ligeira sobre o calor, porque ela não era de reclamar, mas estava quente mesmo. Ali por perto, cisnes ajeitavam as penas com orgulho no lago enquanto o homem abria uma toalha de mesa sobre a grama. Sobre a toalha, colocou um balde de frango frito do McHardy's e uma meia garrafa de champanhe gelado que ele havia comprado no Rouses pouco antes, apesar de saber que a mulher não gostava de beber de dia. Mas, na sua cabeça, fazia sentido. Uma garrafa de espumante para a moça. Para o momento em que Corey colocaria seu plano para rodar. Para convencer a mulher a deixar ele se mudar para a sua casa.

Ele ajeitou os cantos da toalha e levantou a cabeça para olhar para Sharon. Os cisnes eram o oposto total dela. Ela não era muito de se produzir. Estava bem daquele jeito, e sabia disso.

Ele levantou a garrafa na direção dela.

— Tá, eu sei o que você está fazendo — ela disse a ele com um sorriso torto e doce.

Uma raridade em seus lábios, ele pensou, o que o fez se sentir energizado e acolhido, pois quem não quer, mesmo que só por um instante, ter um bocadinho de reconhecimento, especialmente de uma pessoa que se admira, e mais ainda de uma mulher alta, inteligente e forte? Uma vez, enquanto olhava-a se vestir depois de transarem, ele disse que ela devia ser descendente do sol, ao que ela respondeu: "Você não está errado".

Ele se ajoelhou e abriu a garrafa. Sharon ainda não havia se sentado, e ficou olhando para Corey enquanto ele servia a bebida. Implacável como um pilar de bronze.

— Não coloca muito — disse.

— Eu sei — Corey respondeu.

— Eu fico me sentindo cansada — disse. — Não quero perder o dia inteiro.

— Só um gole, vamos — retrucou, entregando a ela um copo de plástico.

— Daqui a pouco — ela respondeu.

— OK — cedeu. — Bom, mas vamos nos sentar.

Ele não sabia por que ela não podia simplesmente relaxar. Lá estava ele, tentando fazer alguma coisa legal para ela.

Sharon dobrou as pernas e as coxas e o torso e os braços empertigadamente na sua frente. *Tem tanto dela aqui, mas ela é compacta*, pensou. Normalmente, ele gostava de como ela se portava. Mas naquele dia ela estava desconfortável de uma forma nova. Espantou um inseto que pousara nela e fez uma careta.

— Achei que você gostava de estar ao ar livre – ele disse.

— Eu gosto. Mas é que está quente demais hoje.

— Quer ir para casa? Podemos ir.

— Não – respondeu. – Gostei do que você fez. Não sei ainda o porquê, no entanto. – Ela acrescentou logo:

— Mas foi legal.

Eles tocaram os copos e bebericaram o champanhe.

— Então, vamos conversar sobre uma coisa – disse.

— Tá vendo? – ela falou num estalo. – Uh-oh.

— Não. Não tem "uh-oh". É coisa boa, Sharon.

Aquilo não estava acontecendo como ele tinha imaginado. Ele achava que poderia ter dado um passo atrás, esquecido do assunto e só aproveitado o dia. Mas tinha que fazer um esforço sincero por ela. *Sharon deveria pelo menos me dar uma chance*, pensou. *Me deixa jogar o meu jogo.*

Ele fez uma pausa e começou o discurso. De como vinha prestando atenção na vida dela nos últimos seis meses, vendo do que ela precisava e não precisava em um homem, tentando se certificar de como poderia ser a melhor pessoa para Sharon, e que achava que, se morassem juntos, poderia fazer todas essas coisas que ela não podia fazer por si mesma.

— Eu sei que você trabalha muito, querida, e acho que posso facilitar a sua vida, todo dia. E eu gostaria de fazer isso por você. – Ele terminou o champanhe. – Quer dizer, eu adoraria fazer isso por você.

Sharon desviou o olhar, na direção da lagoa, dos cisnes, das palmeiras, dos carvalhos, do trânsito na City Park Avenue mais atrás. Ele esperava que ela sorrisse, dissesse algo e lhe abraçasse. Parecia que seus lábios estavam tremendo, mas logo se aquietaram.

Será que fiz a coisa errada? Entrou em pânico, pegou a mão dela e a apertou. Ela respondeu segurando sua mão também, mas sem força. *Fiz tanto por você*, ele pensou. *Não consigo te agradar.* Ele olhou de novo para o seu rosto, todos os elementos que o compunham ali, e se deu conta de algo inesperado. Ele a amava. O que seriam todos aqueles sentimentos se não amor? Sentiu o coração cercar-se de ouro.

Agora, ele pensou, *estou ferrado.*

11

Alex, no prédio dos pais, atravessando com pressa o pátio no térreo. Estava indo ver o que conseguia tirar da mãe. Informação! Queria nada mais do que isso.

Barbra e Victor haviam se mudado para Nova Orleans quase um ano antes, para esse condomínio pitoresco no Garden District no qual, além de outros prazeres exclusivos, havia um pequeno bar que abria aos finais de semana, onde todos os expatriados do norte se reuniam para beber Bourbon e spritzers, assistir a esportes em uma televisão enorme de tela plana, conversar sobre política e fingir serem menos conservadores do que eram na verdade; pelo menos até terem bebido o suficiente para pararem de dissimular. Alex havia vindo visitá-los no último Dia de Ação de Graças, ao fim de uma viagem de uma semana à cidade, quando ela e os pais passaram uma tarde bebendo no lounge com os vizinhos, admirando a complexa decoração polinésia do bar, ouvindo-os ainda comentar as mentiras de Hillary, como se tivessem alguma prova de algo, como se tivessem administrado o próprio negócio de forma imaculada, como se nenhum deles tivesse tido casos extraconjugais ou nunca tivessem sido desonestos em algum momento, como se não soubessem onde suas vítimas estavam enterradas. A linguagem que usavam era codificada e obscura. Eles diziam ter votado nela de qualquer forma. Melhor do que votar naquele outro cara. Mas tinham mesmo? Eles todos chamavam Alex de "querida" e diziam a ela que era jovem e bela e para que aproveitasse, pois, em breve, estaria parecida com eles, velha, cheia de manchas e inchada. Pelo menos eles haviam aproveitado.

Mudar-se para fora... algo totalmente absurdo. O que eles estavam fazendo ali? Os pais não tinham qualquer conexão com a cidade para além do irmão que vivia do lado de lá do rio. É, o neto deles estava aqui, mas desde quando se importavam com alguém além de si mesmos? Não tinham qualquer curiosidade sobre a cidade ou sua cultura. A saúde impedia que comessem sua comida; nunca pareceram se interessar por qualquer tipo de música, ainda mais jazz ou soul, e também odiavam o calor, do qual a mãe de Alex reclamava incessantemente. Não haviam se mudado para a Flórida exatamente por esse motivo. *Meu Deus! O que estavam fazendo ali?*

E, segundo Twyla, só Victor expressava qualquer tipo de interesse pelo neto; Barbra tinha uma relação morna com Avery. Haviam vendido a casa em Connecticut – *a casa grande*, pensou Alex, *um quarto depois do outro* – e disseram adeus aos poucos amigos que tinham.

Os motivos apresentados foram vagos: "Seu pai queria mudar de ares", a mãe insistia. E: "Estamos simplificando a vida, chega de complicações, vamos deixar que outra pessoa corte a grama e tire a neve da calçada", Barbra disse, apesar de, claro, nenhum deles nunca ter cortado a grama ou limpado a neve da calçada. Contratavam quem fizesse, homens sem nome resolvendo os problemas deles a vida inteira. Eles colocaram só uma parte do que tinham na mudança, o resto enviaram para um depósito, quando foram para esse apartamento de cinco quartos. Quem sabia quando poderiam usar todos aqueles móveis de novo? Se é que voltariam a usar algum dia. Mas a mãe não conseguiria se livrar de tudo aquilo. Ela e a porcaria daqueles móveis.

Mas o apartamento novo não é nada mal também, Alex pensou enquanto atravessava apressada as áreas comuns do condomínio. A grama do pátio estava grande, adorável, as plantas bem regadas, aves-do-paraíso e palmeiras e hibiscos e bougainvílleas e trombetas de anjo, com uma aparência tão régia e delicada, e barbas-de-velho descendo de todo lugar, e cipós de vários tipos extasiadamente entrelaçados. Uma piscina de água salgada e design moderno cercada de um pátio de piso de tijolos. Três idosos queimados de sol descansavam na água. Não parou para cumprimentá-los. Não estava nem aí para eles. Tinha ido ver a mãe. *Estou no meio de uma coisa*, pensou. *E só saio quando terminar.*

No apartamento, Barbra estava defronte ao fogão, mexendo algo em uma panela. Uma das centenas de possíveis refeições enlatadas. E que nunca seria consumida. A mãe de Alex nunca comia mais do que algumas garfadas por vez. Alex a vira não comer a vida toda. O pai, ah, ele comia. O irmão também. Alex comia mais que a mãe, mas muito menos que o pai. Em Connecticut, Barbra só cozinhava por obrigação ou necessidade, ou para se divertir, às vezes, quanto tinha uma nevasca. Isso quando requisitada. A avó de Alex, Anya, sempre estava lá e fazia toda a comida. Descanse em paz, Anya. Na maioria das vezes, eles saíam para comer. Havia uma casa de carnes que era a preferida do pai.

Mas Alex era vegetariana agora. *Agora, Victor não vai mais comer carne no jantar*, pensou. Sua mãe ainda mexia a panela, a colher arrastando no fundo, o som incessante, lúgubre e específico. No parapeito da janela, três plantas esticavam as folhas e os galhos na direção do sol, o único sinal de vida naquela casa.

– Está fazendo o quê?

A mãe levantou a cabeça e olhou para ela, atordoada, tendo só então percebido que chegara.

– Sabe que eu nem sei – disse.

Seu rosto pálido, redondo, antiquado, poético, uma figura em alguma moeda. Seus olhos felinos gigantes, os cílios ainda longos e escuros. A extraordinária plástica no nariz de 1973, e outra de 1988. Cabelo curto, tingido de preto, com uma curva na ponta, uma blusa violeta de mangas bem curtas e uma calça larga, esvoaçante e estilosa de linho com um laço na cintura e sapatilha rasteira. Batom rosa-claro rachado nos cantos dos lábios. *Todas as cores dela estão esmaecidas*, pensou Alex. Não era o normal da mãe, que era sempre tão posada e detalhista. O preto não era um preto natural, o tingimento ululante, o violeta parecia uma jujuba, colorida artificialmente, o rosa brilhante, um coquetel, a cor de uma jovem. "Você está toda errada", Alex queria dizer-lhe.

Alex olhou para dentro da panela.

– É sopa, mãe. Lentilha, talvez?

A mãe parecia aflita.

– Quer? Acho que não quero comer nada. Não sei nem por que eu estava fazendo. Não como nada há dias. Acho que eu deveria comer alguma coisa. Mas por que sopa? Com esse calor. Não sei nem por que estou fazendo. Você comeria, por favor?

Alex sentou-se à mesa e deixou que sua mãe lhe servisse uma tigela de sopa de lentilha enlatada morna. *Condizente, na verdade, com o que fazia normalmente na cozinha*, pensou Alex. Barbra sentou-se à mesa com ela e tomou um gole de um copo enorme de água com fatias de limão. *Ah, claro, esse é o almoço dela*, pensou. Alex tomou uma ponta de colher da sopa por educação, e perguntou do pai.

– Ele não está melhor. Não está nem aqui nem lá. Acordado e dormindo ao mesmo tempo. É duro de ver. Como está a sopa?

– Boa.

A mãe secou as mãos. Tinha anéis em todos os dedos, a pele, enrugada, pálida e flácida, as articulações aparentes. Os ossos pareciam querer fugir do corpo.

– Ficou quanto tempo lá ontem?

– Até tarde.

– Conversou com o médico sobre o que discutimos?

– Não houve um momento adequado.

– Isso não faz sentido, mãe.

– Ele me falou para ir para casa e descansar. Acho que eu estava atrapalhando. E, você sabe como é, o pessoal da enfermagem é legal, até que deixa de ser. – Bebeu metade do copo de água e continuou: – Mas eu não dormi essa noite, claro. Não consigo. Eu queria dormir, queria mesmo. Queria dormir e comer. Mas sinto como se estivesse vivendo só esse exato momento. O presente é o agora. Então só estar como estou exatamente agora é a única coisa que me parece correta.

A mãe parecia genuinamente arrasada, de uma forma que Alex nunca presenciara antes. Ele era dela, e ela dele, e ele estava morrendo. Isso que era difícil em relação à mãe, esse vínculo eterno e complicado. Ela tinha certeza de que Barbra realmente amava Victor, a despeito do fato de que ele havia sido terrível para ela por décadas. Alex achava Bobby atraente, mas sabia que era melhor não o amar mais. Mesmo assim, Alex achava difícil discutir amor, mesmo quando insensato.

A mãe soltou um suspiro melancólico. Nessa mulher, as lágrimas eram raras. Suspiro era o som do colapso. Uma avalanche aquele suspiro; o estrondo de pedras rolando pela encosta de uma montanha. Isso tudo só num estertor. *Eu vou ser boazinha*, pensou Alex. *Não me custa nada.*

– Quer voltar para o hospital? – perguntou Alex.
– Quero, sim.

▬▬▬▬▬▬▬▬ ■ ■ ■

O ar-condicionado do carro não era suficiente para o calor de Nova Orleans, mesmo Alex tendo alugado um carro caro. O hotel também não era barato. Ela estava usando milhas na viagem. Todas as milhas, as que ela havia conseguido no divórcio. Ela tinha milhas próprias também, mas menos que Bobby; ela não viajava tanto quanto ele a trabalho, a função que exercia aparentemente menos importante. Sentia-se bem usando as milhas dele, que vinham de viagens a trabalho e jantares de trabalho, mas, também, provavelmente, de quartos de hotel que ele havia compartilhado com outras mulheres, e jantares caros que ele tivera com outras mulheres, mas ela desconfiava que havia massagens de outras mulheres também nessa conta. Por isso, estava queimando essas milhas como se fossem uma chaleira de água esquecida no fogão por mais tempo que o necessário, fazendo vapor. O hotel era ar. O carro, suor. E foram-se as milhas.

– Como é que você vive assim? – perguntou Alex. – Nesse calor. – Ela estava ofegante.

– É horrível, não é? Eu nunca vou a lugar nenhum. Juro, eu fico em casa sozinha o tempo todo.

A mãe estava sentada ao lado dela, delicada, encurvada no assento do carona, frágil, parecendo tão leve que Alex provavelmente poderia tê-la carregado até o hospital nas costas. Barbra desapareceria quando Victor morresse? *Não ouse ir embora antes de me contar a verdade*, pensou Alex.

– Obrigada por me trazer aqui de carro – disse a mãe. – Obrigada por tirar um tempo para estar aqui comigo agora. Eu poderia ter aguentado tudo sozinha, mas seria difícil, e não há mais ninguém que eu quisesse aqui além de você.

– Eu e o Gary – respondeu Alex.

– Claro. O Gary também, seja lá onde ele estiver. – A mãe fez um gesto vago com a mão, apontando para onde quer que "onde ele estiver" fosse, e virou-se para a janela.

Do lado de fora do carro, os carvalhos pingavam na St. Charles Avenue, uma chuva de galhos e folhas cheios dos colares do Carnaval do ano anterior. Alex esticou o pescoço na direção delas.

– Essas árvores são meio sensuais – disse.

– Pode ser – retrucou Barbra. – Depende do que você pensa sobre as árvores.

Esperaram o bonde passar. Um dos passageiros tirou uma foto, e Alex se pegou acenando para ele, um pedido desesperado de reconhecimento por parte de alguém fora de sua família. *O que eu não daria para ser só turista agora?*

Enquanto esperavam, lembrou-se da última vez em que estivera na cidade, na casa de Gary e Twyla. No próprio Dia de Ação de Graças, o irmão teve que atender a uns telefonemas de trabalho, por algum motivo, e ela percebeu que Twyla estava frustrada com ele, mas que não diria nada. Ele levantava toda hora da mesa do jantar que Twyla fizera na casa deles em Algiers Point e acendia um cigarro do lado de fora na varanda da frente, com a ponta oeste do centro de Nova Orleans atrás de si, falando com quem quer que estivesse na outra ponta. Sadie e Avery estavam em seus telefones, provavelmente vivendo vidas lindas em outro plano. *Ouvi dizer que alguma banda de jazz iria tocar na cidade*, pensou melancolicamente, enquanto o pai sequestrava a refeição com mais uma história sobre algum sucesso financeiro, provavelmente ilegal, que tivera e que ninguém ali – exceto Twyla – estava disposto nem a fingir que se importava.

Twyla era apaixonada pela família, e fazia que sim com a cabeça para cada palavra, olhando pela janela ocasionalmente, presumivelmente para o marido. Barbra não comia, bebericava o vinho, e reaplicava o batom placidamente, em silêncio, possivelmente cozinhando o próprio amargor em fogo baixo. "Um brinde à família", Alex disse, levantando a própria taça. Não era mentira. Em algum lugar ali, havia uma família perfeitamente normal e conectada. Um brinde a eles. Não a esses tempos pútridos. Havia usado as milhas na ocasião também.

– Twyla poderia ter ajudado – disse Alex.

O sinal de trânsito ficou verde.

– Twyla, *pfft* – rebateu a mãe.

– O que foi isso? – perguntou Alex. – Twyla tem sido ótima para você.

– A Twyla não é da família.

– Eles estão casados há quinze anos. Eu diria que ela já é da família agora.

– Você entendeu. Não tem o nosso sangue.

Como não falar com a família sobre família, pensou. *Com quem poderíamos conversar agora além de uma com a outra?* Alex ligou o rádio. O DJ estava listando os shows da noite. Não era apropriado ir a um show enquanto seu pai está morrendo – ela tinha noção disso, claro –, mas permitia-se fantasiar com a possibilidade de se perder em um clube escuro com estranhos que não se importavam com quem era ela e que não queriam nada dela.

— Eu sei que você não gosta dele — disse a mãe. — Seu pai sempre foi um homem complicado.

— Não vou negar — respondeu Alex.

— Mas você também é complicada. E ele te ama — Barbra falou. — Ele sempre te considerou inteligente e capaz, e ninguém ficou mais orgulhoso de você quando se formou em Direito do que ele. Ele até disse: "Ela pode me tirar da cadeia algum dia".

— Eu lembro — disse Alex.

As duas riram, exaustas, fracas, risos antigos, como se elas mesmas estivessem à beira da morte, até que os sons se dissiparam no ar e foram substituídos pelo sopro ruidoso do ar-condicionado.

— A questão é: não sabemos como ele está de verdade, nem o que vai acontecer, e vale a pena você considerar fazer as pazes com ele — disse a mãe.

— Não sei se vou conseguir fingir.

— Vou te contar um segredo. Eu também não gostava do meu pai.

— Isso não é segredo para ninguém, mãe. Tenta outra.

A mãe continuou:

— Nunca gostei do meu pai e nunca o perdoei por muitas coisas. E eu não ter podido perdoá-lo é algo que me corroeu todos esses anos. Vivi com isso desnecessariamente, porque perdão é de graça. Eu poderia ter dito a ele uma vez: "Obrigada por colocar comida na mesa quando a vida estava difícil e você tinha os seus demônios. Obrigada pelo menos por isso".

O avô de Alex havia desempenhado diversas ocupações e tido uma série de hábitos, adquiridos após ter chegado aos Estados Unidos em 1943, e só alguns deles tinham certo valor para a família. Acima de tudo, ele bebia, e não socialmente, e, com o passar do tempo, dominou a arte de desaparecer, apesar de, como a mãe de Alex mencionara, pagar as contas, passando, de vez em quando, envelopes com dinheiro por baixo da porta, mesmo sem dormir regularmente em casa. Alex o encontrara algumas vezes somente, e a imagem que tinha dele era a de um homem velho, atrofiado, com um sotaque forte, no canto da sala, segurando um copo alto, as mãos tremendo, suando álcool, a pele pontilhada de capilares estourados. Ele a fazia rir, no entanto. Uma vez, depois de um funeral, sussurrou em seu ouvido: "De todos os homens que a sua mãe poderia ter tido, ela foi se casar com um narigudo desses".

No carro, Alex disse à mãe:

— Sabe, talvez você não tenha conseguido agradecer a ele porque você não o *encontrou*.

— Você não quer ser eu daqui a trinta anos, querendo ter dito que estava tudo bem e que você entendia, que ele estava livre para seguir adiante sabendo que havia amor por ele nesse mundo. Você não quer isso, pode confiar.

Alex sentiu empatia e também que estava sendo manipulada, duas emoções conflitantes florescendo violentamente dentro de si. *O perdão*, pensou Alex, *não é para mim, não importa o que ela diga*. Sua mãe podia dizer o que fosse, mas se ela o perdoasse seria para fazer com que a mãe se sentisse melhor, e mais ninguém. Victor nunca ficaria sabendo e, mesmo que soubesse, ela não sabia ao certo se ele se importaria.

— Deixa eu ser sua mãe um segundo e te dar esse conselho — disse Barbra.

Se eu a ajudar, será que faria o favor de me ajudar também?
— Se eu fizer isso... — retrucou Alex.

— Se fizer o quê?

Pareceu-lhe injusto ter que negociar honestidade com sua própria mãe.

— Se eu fizer isso, você faz algo por mim? Você me contaria a verdade sobre o papai? Você e o papai. Tudo.

— Ah, Alex... — Sua mãe emitiu uma lágrima preciosa, como se fosse um diamante. — Você sempre foi tão esperta e curiosa, mas não precisa saber de todos os detalhes.

De repente, um carro freou bruscamente na frente delas, no sinal de trânsito. Alex suspirou e pisou forte no freio, colocando o braço na frente da mãe para evitar que fosse jogada para a frente. Ao mesmo tempo, a mãe fez o mesmo com Alex, para protegê-la. Ficaram ali daquele jeito, defronte o sinal de trânsito, os braços estendidos uma na frente da outra.

– Foi por pouco – comentou Alex.

– Não pouco o suficiente – disse a mãe.

Ambas riram, de forma sombria, daquele jeito fatalista dos Tuchman.

▄▄▄▄▄▄ ▄▄▄

O caminho do estacionamento até o quarto do pai era complicado: vários elevadores, uma caminhada por um corredor cheio de curvas no primeiro andar que se conectava a uma série de outros prédios, abafado e pouco iluminado. Havia dias que Alex se sentia desconectada da realidade, então quase não notou essa afronta ao seu equilíbrio. Quando chegaram ao terceiro elevador, a mãe havia se coberto com um suéter que estava na bolsa.

– Aqui, querida, eu trouxe um para você também – disse Barbra.

Alex estava encantada e impressionada com a mãe por se comportar, pelo menos uma vez na vida, como mãe.

– Está frio demais – comentou Alex, tremendo, enquanto colocava o suéter de caxemira sobre a cabeça.

– Não consigo encontrar a temperatura certa nesta cidade – disse Barbra. Atravessaram mais um longo corredor. – Pelo menos estou cumprindo meus passos do dia.

A mãe e os passos. Quando essa fascinação com eles começara? Há uns cinco anos? Ela sempre contara as coisas. O valor exato no caixa do supermercado. *E que se dane a fila.* Ela ia usar todas aquelas moedas de um centavo. Calorias. Contava estrelas, brincando com Alex e o irmão quando eram crianças, e só a mãe continuava contando baixinho depois que as crianças haviam se cansado da brincadeira. Ela não conseguia contar todas, claro; era um ato sem sentido. Alex percebeu a futilidade da ação desde cedo. Mesmo assim, a mãe persistia.

Agora ela tinha algo diferente para contar. Os passos. Contar passos estava na moda. Todo mundo que ela conhecia usava aqueles braceletes delgados que acompanhavam os seus movimentos. Barbra havia comprado um para Alex e um para Sadie no Natal do ano anterior, e Sadie o adotou, empolgada, dizendo que três das suas melhores amigas também tinham um, e que agora ela, também, poderia acompanhá-las. Alex havia jogado o dela em uma gaveta. Não queria medir ou avaliar sua realidade. E se estivesse acompanhando só mais um fracasso seu?

"Dez mil é o mínimo por dia", a mãe disse certa vez. Dez mil era para os camponeses, no entanto. Dez mil era a forma que sua mãe tinha de saber que o coração ainda batia. Ela se sentia verdadeiramente viva com quinze mil. Certa vez, a mãe a telefonou e exaltou, animada: "Trinta e dois mil passos hoje". Alex ficou sem ter o que fazer, a não ser dar-lhe os parabéns. Parabéns por andar. No elevador do hospital, a mãe tocou no bracelete, checou a contagem e murmurou algo para si mesma. No último andar, a porta se abriu e lá estava Twyla, com a mão ainda no botão. Ela sorriu para elas, um sorriso lindo, mas amarelo. Ela ainda cheirava a protetor solar e cigarro. Ficaram todos parados por um instante. Alex a vira na manhã daquele mesmo dia na piscina. *Por que ela está aqui?* Então notou que estava segurando uma Bíblia. Twyla acenou com ela como se estivesse arrependida.

— Qualquer coisinha ajuda – disse.

Ela usava um macacão sem alça de tecido atoalhado sobre o biquíni. Ela tinha sardas na pele em todo lugar, e seios em todo lugar também. Parecia quase nua sob a luz do hospital.

— Achei por bem passar aqui já que estava desse lado do rio. – Entrou no elevador e se virou para ficar de frente para elas. – Vou continuar com isso – disse, batendo com os dedos na Bíblia. A porta se fechou.

— Está vendo? Ela não precisava fazer isso – comentou Alex.

— Isso é vestido que se use em hospital? – perguntou a mãe.

— Você só está percebendo agora que a Twyla se veste assim? – disse Alex.

Apesar de que poderia ser verdade. Desde que Gary e Twyla haviam se casado, os pais só vieram a passar mais tempo com eles no ano anterior. Talvez a mãe só estivesse reconhecendo pela primeira vez que não gostava de Twyla, assim como Alex estava reconhecendo pela primeira vez que *gostava* dela. Quando ligou para o irmão em Los Angeles depois do ataque cardíaco do pai e disse a ele que estava indo para Nova Orleans, Gary disse: "Twyla está com tudo sob controle até eu conseguir um voo para ir pra casa". E quando Alex parava para pensar, Twyla era sempre o membro da família mais generoso. Ela era a pessoa de fora que vinha sem bagagem; ela poderia ser tão gentil quanto quisesse com qualquer um deles, sem qualquer cobrança, inteiramente de boa vontade. Mesmo depois de quinze anos com o irmão, Twyla ainda conseguia olhar a família de fora e enxergar a coisa certa a fazer. Como rezar para um homem moribundo.

Está bem, Alex iria perdoar o pai logo de vez, decidiu. Mas ela ainda queria a verdade da mãe.

Paredes cor de pêssego, piso branco, azulejos, depois carpete e azulejos de novo. Chegaram ao balcão da enfermagem do andar, pastas, telefones, enfermeiros trabalhando, nova-orleaneses de verdade, nascidos e criados aqui, diferentemente da família de Alex, intrusos, invasores, turistas eternos, ou até a morte os levar. Ela os havia escutado, o jeito de falar, os risos. Às vezes, achava que era muito do norte demais para conseguir se comunicar. Em toda a sua vida, ela estivera cercada de pessoas que articulavam todos os sons da fala, cada letra recebendo um tratamento específico e agonizante. No sotaque de Nova Orleans, as palavras escorregavam uma para dentro das outras, trombando-se, como crianças num rinque de patinação no gelo. *Como deve ser bom simplesmente relaxar assim*, pensou com alguma inveja.

O telefone de Alex vibrou, era uma mensagem de texto da filha. Ela parou por um instante na estação da enfermagem.

– Só um minuto – disse.

Barbra continuou caminhando pelo corredor.

– Vou aproveitar para contar uns passos. – Estar em forma acima de tudo, pelo menos certamente acima da morte.

A mensagem de texto dizia: "Papai é um saco. Ainda estamos brigando. Quero ir pra casa". Seguida de uma série de emojis conotando ansiedade.

Tudo que ele tinha que fazer era não ser horrível com a filha por um dia enquanto meu pai está morrendo, pensou Alex.

"Querida, aguenta as pontas aí", respondeu. "No hospital com o vovô." Não peça desculpas, é o que ela queria escrever. A filha mandou mais um lote de emojis de cara triste. A mãe passou por ela à toda e fez de novo a volta. Ela estava usando fones de ouvido agora. Barbra estava entretida por enquanto.

Agora era só Alex e aquele homem naquele leito de hospital.

É agora ou nunca, pensou. *Ou pode ser nunca?*
Não, agora.

12

A filha queria saber a verdade. Queria mesmo, né? Ela olhava o contador de passos para tirar a cabeça dessa questão específica de sua vida. Já foram doze mil passos hoje, esse dia de mortalidade. Aí aquele momento acabou. De volta para a filha. Os passos não evitariam de pensar e sentir tudo o que precisava ser pensado e sentido.

Pensou: *Que bem vai fazer a você, Alex, saber todos os defeitos, crimes e erros que seu pai cometeu? Qual o sentido?* Saber as fraquezas de uma pessoa nunca ajudara Barbra com nada. Saber seus pontos fortes, o que tinha a oferecer, como poderia cercá-la com as coisas que queria, como poderia protegê-la do mundo – saber isso sobre alguém valia a pena.

Continuou a fazer o caminho retangular no hospital. Magra e bonita, bonita e magra, seu mantra enquanto caminhava e que repetia para si havia décadas. De onde veio, ela não sabia, só sabia que estava lá fazia tanto tempo que era impossível se desvencilhar dele agora. Só sabia que, se continuasse em movimento, talvez ela chegasse lá, àquele destino: bonita e magra.

Naquele andar, todos estavam morrendo. Um por um. Era para isso que servia aquele andar; era para lá que as pessoas iam para morrer. O marido estava em um leito de um quarto na frente do qual ela continuava a passar, sem entrar, naquele andar daquele hospital, aonde achava que não precisaria ir pelo menos pelos próximos dez anos. Mas a hora havia chegado mais cedo para ele. Toda aquela bebida, aquela carne, aqueles charutos. Durante vários anos, se recusando a tomar os remédios que os médicos haviam passado para ele por vários motivos, para o coração, colesterol, pressão. Ele ficava entediado com problemas de saúde. Regras eram para os fracos, mesmo que tivessem a ver com a sua saúde. Era para passarem o resto da vida juntos. Mesmo que ela já não o amasse como antes, mesmo que não o amasse nem um pouco em alguns dias, eram o parceiro um do outro. Entre uma miríade de outros sentimentos, Barbra estava furiosa. Não era para acabar assim. Era para terem tido mais tempo juntos. Agora ela teria que descobrir um caminho novo pelo qual seguir, e não tinha força nem vontade de fazê-lo. *Bonita e magra*. Barbra passou por um senhor em uma cadeira de rodas – ele era velho, certo? Mais velho que ela? Um homem frágil, negro, o rosto esticado e rígido, mas não sorria, os lábios determinados, mas arroxeados, a pele com linhas e rugas, verrugas enormes, manchas de vitiligo, como se sua cor tivesse desistido dele, um rosto de derrota, mesmo que não estivesse preparado para admiti-la. Enquanto lançava os debilitados e ossudos braços para fora no intuito de fazer um movimento circular, as mãos deslizavam para fora das rodas da cadeira, na tentativa de seguir em frente. Um lado do seu rosto estava derretido. *Derrame*, pensou. Ele fez um meneio de cabeça para Barbra e ela retribuiu o gesto, fingindo que estava tudo bem, só duas pessoas se comunicando civilizadamente, mas era mentira. Ninguém estava bem naquele andar.

Pobre homem, pensou. Ela já era velha? Ela tinha 68 anos. Não era jovem. Brigou com ela tanto tempo, com a velhice. Usou todo e qualquer produto. Raramente bebia. Nunca deixava o sol tocar sua pele. Comida era algo irrelevante, exceto para mantê-la funcionando. Ela tinha feito lifting cinco anos antes, e estava muito bem. Esticadinha. Uma vareta de magra. Era ela que permaneceria eterna enquanto aquele homem, naquele quarto, seu marido, Victor, morria.

Ela cruzou com uma enfermeira que tinha, nas mãos, uma prancheta. A enfermeira aparentava eficiência e importância, caminhava rápido, com os lábios sérios e um belo cabelo curto cor de mel. Suas unhas também estavam impecáveis: pintadas da cor de uma bougainvíllea rosa, uma série de brilhantes colados em cada uma. Uma mulher em ação. Barbra saiu do caminho. O andar precisava funcionar de forma precisa. Barbra sabia que era melhor não ficar no caminho.

Aquela era uma das habilidades de Barbra: deixar as pessoas fazerem o que fazem de melhor. Passara a vida assistindo às pessoas fazerem o próprio trabalho. Antes que seu pai se tornasse um fracasso e desaparecesse de sua vida, havia sido ambicioso e trabalhado duro, e ela lhe era atenta. Ele estava sempre em algum lugar da casa, trabalhando no andar de cima ou no de baixo, fazendo planos para o futuro, criando estratégias na mesa da cozinha com os amigos, tomando café o dia todo, mudando para vodca à noite, até que a mãe de Barbra varria todos eles para suas casas enquanto Barbra estava segura em sua cama em seu pequeno quarto no andar de cima perto das escadas, uma menina pequena com um rosto doce, olhos molhados de gato e cílios longos. Mordechai vendia muitas coisas para quem quisesse comprar, levava objetos de um lugar para outro, de um par de mãos para outro. "Precisa disso? Eu consigo para você." Se não tivesse, encontrava. Tinha um primo, Josef, que ajudava. Caminhões estacionavam na frente da casa e depois iam embora, deixando caixas na frente da porta. O sótão, o porão, a garagem, todos cheios de objetos, cujo valor Barbra não entendia, mas se tinham tantos, deviam valer muito, apesar de Mordechai não parecer ganhar muito dinheiro. ("É lixo isso aí que você vende", ouviu a mãe dizer certa vez ao pai. "Pois é, mas quem compra sabe o que está comprando", ele respondeu.) Estava tudo em movimento, tudo à venda, nada era definitivo, e, se você perguntasse, ele diria que gostava das coisas assim.

Antes de chegar aos Estados Unidos, a família viu queimarem seus bens na frente deles, então simplesmente continuaram em frente, para continuarem vivos. Objetos têm um significado, mas também não têm sentido algum se você estiver morto. O objetivo de verdade era continuar em atividade, estar ocupado, dar aos pés um lugar aonde ir, porque, pode confiar, ninguém queria ver o que aconteceria se eles parassem. "É bom estar ocupado", disse. "Pessoas ocupadas são pessoas felizes. Disso eu sei."

Até os móveis da residência estavam à venda. Toda semana, novas famílias vinham até a casa, andavam pela sala e avaliavam o sofá e a cadeira, a luminária e a mesa de centro, o tapete e o pufe. Disseram a Barbra para ficar longe, para que não danificasse os objetos. Ela olhava do topo das escadas enquanto alguma outra criança pulava nas almofadas do sofá empolgada, enquanto alguma outra mãe passava a mão no tecido, um aperto de mãos entre os homens e, horas depois, outro homem e outro caminhão vinham para levá-lo embora. "Isso é jeito de viver?", perguntava a mãe de Barbra, Anya, a quem quisesse ouvir. Anya tinha olhos tristes de gato também, cabelo comprido, trançado em volta da cabeça, uma linda, lúgubre e questionadora cabeça. "É jeito?"

Certo dia, Mordechai abriu uma loja "Chega de caixas", disse. Vendia tudo, a mobília, os rádios, meias, sapatos, panelas e frigideiras. Mas a loja era uma bagunça. Ele não tinha ideia de como apresentar os produtos. Eram mais caixas e coisas empilhadas nos cantos, placas de promoção escritas à mão numa letra que ninguém conseguia entender. Ele falava rápido, e ninguém compreendia, a luz era ruim, os ângulos ruins, as escolhas ruins. Ninguém queria passar qualquer tempo lá. Nunca se perdeu a sensação de que ele estava vendendo coisas direto do caminhão. Mesmo com as boas promoções que fazia, porque já não eram as melhores. Os clientes pensaram: *Por que não pegam outro caminhão?* O pai caminhando de um lado para o outro da loja, vazia, vazia. Anya tentando consolá-lo enquanto Barbra se sentava, finalmente, em um dos sofás do pai.

———————————— ▪▪▪

À sua frente, no chão do hospital, Barbra viu uma pintura de gaivotas voando por sobre velhos e retorcidos carvalhos em tons agradáveis de verde e amarelo. Verificou os números, e a si mesma: estava oca por dentro, como se o estômago tivesse sido retirado e deixado um vazio. Ela estava sofrendo com certeza, mas não conseguia entender de todo. As histórias do passado são praticamente irrelevantes, é o que ela diria à filha. O que se ganha olhando para trás? Além disso, machuca.

Mesmo assim, continuou olhando os números. Mil, dois mil. Vamos em frente.

———————————— ▪▪▪

Barbra cresceu sonhando com um homem que cuidaria dela, que daria a ela tudo o que queria. Amor também seria bom, mas aprendera a dar-se o bem-estar de que precisava.

Quando conheci Victor, eu seria a pessoa que ele quisesse que eu fosse, pensou. *Só para conseguir o que eu queria.*

Mas só teve de ser ela mesma quando se conheceram, em Swampscott, no funeral judaico do seu primo Josef, um homem rico à época, mais do que quando ela era criança, mas aí ele morreu. Victor era filho de um conhecido do mundo dos negócios de seu pai, e estava fazendo um curso de extensão na Harvard Business School aquele semestre. Fazendo contatos, supôs. Era inteligente, mas não era bonito, apesar de alto e másculo, com um sorriso cruel e sensual. Os lábios eram como fitas. Era agressivo, e não particularmente uma pessoa agradável; movia as mãos firme e obstinadamente; passeava pelo ambiente com desconforto, mas não havia o que discutir: ele estava ali, articulando algo. Mas segurou a ansiedade, pois sabia que ela era o grande prêmio. Lá estava ela com seus lábios espaçosos e olhos enormes, os quais, em sua enormidade, sempre pareciam à beira do prazer ou da surpresa, então todos se sentiam ligeiramente animados de estar com ela. Ela era pequena, arrumadinha e comportada, e não era culpa dela que viesse de uma família pobre. Arrumaria um jeito de conseguir dinheiro. Trabalhou duro e se posicionou para conhecer as pessoas certas. Os homens a admiravam desde criança. Quantas portas haviam aberto para ela? Quantos homens correram só para ter sua gratidão? Quantas vezes sua pequena mão fora beijada só por admirarem sua existência? Quantas flores haviam entregado a ela? Quantos jantares? Muitos.

Permanecera solteira mais tempo que achou que ficaria. Isso a mudou ligeiramente. Certa vez, por um curto período de tempo, na faculdade, ficara noiva. Bernie fazia Letras, futuro professor, amável, um peitoral largo, sorridente. Escrevia poesia, o que não contaria nada para ela. Mas ela era encantada por ele. Ele a chamava de Kitty. Nome de animal de estimação. Ela era o animalzinho dele. Os homens faziam isso, tentavam transformá-la em algo feito para fazer festinha. A família de Bernie tinha uma casa no Maine, e ele a levou lá um verão. Achou a mãe dele excessivamente interessada, fazendo mil perguntas sobre sua família, seus parentes, o que deixou Barbra desconfortável, com o pai entrando e saindo de sua vida. Era constrangedor. A avó de Bernie estava passando o verão lá também; tinha todo o primeiro andar da casa para si, estava à beira da morte, e ninguém queria admitir. Barbra ficou espantada de ver como todos sorriam para a mulher de noventa anos colocando os pulmões para fora todo dia de manhã no café. O processo conjunto de negação era realmente inspirador. Ela admirava Bernie e sua família, mas também morria de medo deles; era um inferno.

A mãe de Bernie insistia para que saíssemos juntas para caminhar todo dia de manhã, conforme o sol se levantava no horizonte, ao redor de um lago cujo nome homenageia uma tribo indígena americana de quem a terra fora tomada, história contada a ela pela mãe de Bernie sem remorso, pois, afinal, acontecera bem antes de qualquer um deles ali ter nascido. Não tinha como ser culpa deles.

"Pobre tribo. Nem viram o que aconteceu. Foi um massacre terrível", disse a mãe de Bernie, os dois de braços entrelaçados. "Então, me conta do seu pai."

Pare de fazer tantas perguntas, pensou Barbra. Ela não queria explicar quem era para ninguém. Preferia continuar um lindo mistério, a alma planando para sempre numa névoa brilhante. A verdade dela não era para ninguém além dela. Bernie a pediu em casamento aquele verão, depois dos fogos do Quatro de Julho. Ele iria começar a trabalhar como professor no outono, ela trabalharia como secretária na faculdade, os pais dele os ajudariam a comprar a primeira casa em Somerville, os dois iriam para o Maine todo verão, e, algum dia, depois que estivessem casados e a avó tivesse morrido, teriam todo o primeiro andar da casa para si, apagando a memória da doença e da morte. Ela não disse não porque não podia dizer não, aí foram tantos presentes de noivado, e as coisas foram se arrastando por mais três meses até que a mãe de Bernie insistiu para que conhecessem os pais de Barbra. E, de repente, Barbra não amava mais Bernie, e, por algum motivo, nunca teve tempo para devolver os presentes.

Os homens vieram atrás dela depois disso, pelo menos foi a impressão dela. Agora havia algo mais em sua essência: ela era a que rejeitava. Permitiu a todos demonstrarem seu ardor. Sempre com limitações; tivera outros amantes antes, mas, agora, negava todos os prazeres; não dormia com ninguém. E, assim, começou a pensar em si mesma como o grande prêmio, e se portava assim, com graça e uma nova postura surpreendente, além da noção de que não podia ser levada ou adquiria ou possuída por ninguém, a não ser por sua própria escolha, pois ela escolheria. *Podem vir, não tenham vergonha, vejamos se vão conseguir vencer.*

Ela havia quase aprendido a amar a solidão.

Tirava os pratos da mesa quando conheceu Victor, que a ajudou. Ela não cozinhava, quase não lavava nada – sua mãe que fazia isso tudo –, mas havia aprendido um truque: ajudar a tirar a mesa, falsamente aparentando ser útil na casa de um estranho. Ela nunca lavava os pratos. "Onde eu coloco?", dizia com doçura. E, pronto, era isso que fazia. Ela os colocava onde quer que o pobre diabo que estava defronte à pia lhe dissesse para colocar, mas aí ia embora. Para quem estava do lado de fora da cozinha, parecia que estava fazendo o maior esforço, mas, lá dentro, era outra pessoa que fazia o trabalho. Era seu destino na vida ter empregados – será que ninguém reconheceria isso logo?

Victor trouxe um prato e o entregou para ela, e sorriu um sorriso magnânimo, com orgulho de si mesmo, ela pensou, por ter trazido um único prato. *Ele também entendia o valor de fingir ajudar*, pensou. Estava bem-vestido, um terno feito sob medida, e usava um anel de formatura no dedo. Ele continuou a lhe sorrir, enquanto ela estudava sua fisionomia: ele parecia, ao mesmo tempo, estar sentindo dor e em total controle da situação. Depois veio a descobrir que aquilo era raiva constante.

– Parece que você está no comando aqui – disse.

— De forma alguma — ela respondeu.

Ele não tinha nenhum grau de parentesco com ela, ficou aliviada em saber. Era filho de um dos parceiros de negócios de Josef de Nova Jersey e, agora, de Boston. Isso queria dizer que sabiam coisas um do outro imediatamente. O primo dela era uma pessoa generosa, boa o suficiente para lamentarem sua morte, para ser apreciado, mas também era criminoso, e ela vinha de uma linhagem de pessoas que passava coisas de uma para a outra através de redes, e, comumente, sob o manto da noite. Ela já vira os esforços de seu pai para fazer as coisas segundo a lei fracassarem. Os Estados Unidos pareciam feitos para quem fazia as coisas do próprio jeito. Esse primo havia ajudado a todos a sua volta; mas o negócio é que ele ajudara a si mesmo também.

Então ele sabia que ela vinha de uma família de criminosos, apesar de estar ali, frente a frente com ele e passando-se pelo melhor e mais sólido ser humano dos Estados Unidos. Uma figura delicada, bem-comportada, secando as mãos em um pano de prato. Mas o que ela sabia sobre ele, esse parceiro de negócios, com suas aulas em Harvard, era que era muito perigoso e atento, ágil e rápido. Sentiu frisson tamanho em seu corpo que quase caiu ao chão. Quando finalmente se apresentaram um ao outro na sala, ele apertou e levantou sua mão.

— Tudo bem, Barbra? — disse.

— Só estou com frio — ela respondeu.

Ele inclinou-se para baixo — era quase trinta centímetros mais alto que ela —, pegou suas mãos, as esfregou nas suas e soltou uma lufada corpulenta e calorosa de ar em seus dedos femininos e delicados.

— Seus olhos são lindos — disse. — Totalmente fascinantes.

Ela fez que sim com a cabeça. Já ouvira o comentário antes, desde criança. Eram artificialmente grandes e esbugalhados, mas aprendera a fazer-se excepcionalmente bela usando maquiagem.

— Espero que ter dito isso não tenha sido inadequado, querida. — Ele se inclinou ainda mais, aproximando-se do rosto, e, não num sussurro, mas ainda em tom de segredo, falou em um tom mais grave: — Só estou sendo cordial. Não se preocupe, não vou te dar uma cantada em um funeral.

Contudo, claro, era exatamente isso que ele estava fazendo. Provavelmente dava em cima de mulheres sempre que podia. Ela era especial, mas muita gente também era. *Mais um playboy*, pensou. *Bom, playboy, chega dessa história.*

Falando de chega dessa história: seu pai adentrara o recinto, cambaleante, bêbado, naturalmente. Trôpego, olhos amarelos. Mordechai viveria mais 25 anos, mas aquele dia nunca deixaria de impressioná-la. O fato de continuar a aparecer sem ser convidado em situações de morte não era surpresa. *Que pelo menos eu fique com uma coisa dele*, pensou. *Que eu herde a sua incansabilidade.*

Ele esbarrou em um vaso de planta e continuou caminhando, direto para o bar.

Ela e Victor — e todos ali no funeral — observaram a performance de Mordechai. Não havia por que negar, não naquele lugar, com as cortinas fechadas, o som de gente mastigando, o cheiro de suor e todas as feições imigrantes e o dinheiro novo e os mesmos móveis velhos e desbotados que ali estavam havia pelo menos uma década, fora de moda, de outra era, comprados e esquecidos, a vida acontecendo ao seu redor, enquanto perdiam a cor por causa do sol, lascavam e arranhavam e mostravam outros sinais de idade. A mobília continuava a mesma porque Josef não teve que vender os móveis da sala da família, mas se recusava a gastar um centavo sequer porque estava escondendo o dinheiro do leão. Então os móveis eram os mesmos, e todos que ali moravam sabiam a sensação de estar em casa.

— Meu pai, senhoras e senhores — disse ela a Victor. — Ele está bêbado. Obviamente. — Não conseguia olhar para ele. Manteve o tom de voz suave, no entanto. — Todo mundo gosta de beber — completou. À época, ela gostava um tanto de beber. Homens pagavam martinis para ela. — Mas ele vai longe demais, sabe? Ele não pode passar uma hora que seja aqui sem estar fedendo a álcool? São três horas da tarde.

Com um coquetel na mão, o pai tropeçou no fio de uma luminária, se escorando em dois homens de terno e quipá que o seguraram, o levantaram e, por fim, o ajudaram a sentar-se no sofá. Lá, deu um sacolejo e sorriu.

— Tá tudo bem. Estou bem — disse. Fechou os olhos e, em pouco tempo, estava dormindo.

Que exemplo, ela pensou.

— Quer que eu dê um jeito nisso? — Victor perguntou.

— Quer matar ele? Manda ver.

Victor soltou uma risada cruel e contente.

— Eu posso pedir a ele que vá embora.

— Não faz sentido fazer uma cena aqui – disse. – Prefiro saídas mais graciosas em toda e qualquer situação.

— OK. Eu posso mandá-la embora também se quiser. Quer dizer, posso levá-la a algum lugar melhor.

Havia algo ali entre os dois, ela sentia o calor subindo. Seu coração bateu mais forte.

— O que acha? – ele perguntou. – Já chorou o suficiente por hoje?

Foram de carro até Revere Beach, pediram mariscos fritos no Kelly's e caminharam na praia próximos ao mar. Era primavera e dia de semana, então a praia estava praticamente vazia. Ela tirou os sapatos. Ele se sentia fora de lugar, ali, de terno.

— Minha roupa não está muito adequada para a situação – falou. Tirou o paletó e o colocou sobre o ombro.

Barbra deu um marisco a Victor. Céu totalmente sem nuvens. Ela apertou os olhos por causa do sol, e ele colocou a mão na frente para bloqueá-lo de seu rosto. Sua mão era quase tão grande quanto a cabeça dela, e ela não se sentia ameaçada por ele, mas sentir-se-ia assim durante quase todo o casamento. Contudo, ali, naquele momento, comoveu-se com a delicadeza do gesto, não sabendo, naquele dia, que viria a precisar de gentilezas. Claro, depois que se casaram, ele disse-lhe que não gostava da expressão que fazia quando apertava os olhos, e, durante anos, tentou não o fazer em sua presença, até que, eventualmente, dera-se conta de que ele não mais se importava com a sua aparência. *Pode apertar os olhos o quanto quiser, Barbra*, pensou, mas, à época, ela já havia se relegado a ver a vida através dos óculos escuros. Para prevenir mais danos à pele.

Essa história você já conhecia, Alex. Já contamos algumas vezes. Nos conhecemos depois de um funeral, e aí seu pai costumava dizer: "A morte tornou-se ela". Aí todos tínhamos que rir. Porque era engraçado.

Jantar, uma semana depois. Um bife, um martini, um vestido que havia pegado emprestado da amiga Cora, que fazia os homens pagarem todas suas contas. O vestido tinha um decote profundo em V na frente, e era vermelho, e os botões, nos punhos das mangas, brilhavam como pequenas pérolas.

– Vou voltar para Nova York logo, quando isso tudo terminar. Eu estava só explorando o lugar aqui – disse.

Ele já gostava dela, dava para ver. Ela guardaria todos os segredos dele e, em troca, pediria nada mais que objetos. Já gostava dele. Quase disse "me leva com você", jogou-se em seus braços e colou nele. Não porque amasse aquela cidade. Mas só para estar com ele lá.

Ao invés disso, ela disse:

– Nova York é um estrondo. Fui lá com Cora na primavera. Pegamos o trem.

– O que você fez lá? Um pouco disso? – perguntou batendo o dedo no nariz, aspirando e piscando com um dos olhos.

Ela olhou para ele, perdida.

– Não sei o que isso quer dizer – disse.

Naquela noite, ele não estava usando terno, estava mais quente e suave.

– Você não sabe o que é isso? Não, claro que não. Deixa eu adivinhar, vocês foram a um museu.

– Fomos! Fomos ao Met! – disse.

Dava para ver a ponta de um charuto saindo do seu bolso; ele o fumou após o jantar enquanto caminhavam por Cambridge. Só estaria lá pelos próximos dois meses.

– Quero te ver quando estiver lá – disse.

– Eu gostaria – ela retrucou.

Então, algo engraçado aconteceu: ele não tentou comê-la. Na verdade, quase nem tentou beijá-la, e ela nunca teria a ideia de fazer qualquer coisa. Assim, comiam, caminhavam e flertavam. Falavam dos sonhos dele, dos prédios que iria construir, dos negócios que iria começar, do dinheiro que ganharia.

– Sei que você consegue – ela disse.

Pararam na frente da vitrine de uma loja de móveis, e ela esticou o pescoço, mostrando o que havia gostado, o que estava acima do preço. Colocou a mão sobre o vidro por um segundo, e depois sobre o braço dele.

– Bom... – disse.

– Você é uma boa menina, Barbie – ele falou para ela.

"Eu sou malvada", ela quis responder, "eu posso ser malvada. " Mas deu um sorriso tímido, esperando que ele a tomasse nos braços.

———————— ▪▪▪

— Eu diria que ele está me cortejando, mas não fala sobre o futuro, muito menos sobre o agora — ela contou a Cora.

Almoçavam em um banco próximo ao rio Charles. Cora também trabalhava como secretária, mas era meio expediente, e ela não se importava muito com a função. O que ela realmente queria era se mudar para algum lugar longe dali e mais quente. Queria um judeu velho que não ligasse para sexo, já dissera a Barbra, implorando para que arrumasse algum parente velho que tivesse uma casa em Miami. "Fico ótima de biquíni", disse um dia. "Um coquetel tropical na mão. Um daqueles guarda-chuvas pequenininhos." Apesar de ambas as mulheres acreditarem no amor, nenhuma delas acreditava em romance. Era só uma performance para elas, que as mulheres precisavam fazer para os homens, que os homens precisavam fazer para as mulheres — era uma forma de um avaliar o valor do outro. Cora havia feito uma aula de Economia na faculdade e estava quase certa de que sua vagina era uma ferramenta capitalista.

— Tem certeza de que você quer o amor dele? Acho que você consegue coisa melhor — disse Cora.

— Não sei mais o que "melhor" significa — respondeu Barbra. Deu o resto do sanduíche aos passarinhos. Queria manter-se magra.

Eventualmente, Victor voltou para Nova York, e ela achou que o relacionamento havia acabado. Durante uma última caminhada às margens do Charles, ele beijou furiosamente as costas de sua mão e desapareceu. Ela recebeu alguns telefonemas, mas ele estava fora de visão, fora de alcance. Foi um mês frio e duro de sua vida. Para sua decepção, deu-se conta de que estava encantada por ele, ao conceito dele em sua cabeça.

– Deveria ter dormido com ele? – ela perguntou a Cora e à mãe.

– Eu não teria mantido a relação tanto tempo – respondeu a mãe, ainda tecnicamente casada com o marido ausente. Não era amargor, eram os fatos.

– Acesso a uma vagina não garante nada – retrucou Cora, três anos antes de se mudar para o Havaí, num impulso, morando com alguém também dos Estados Unidos continental, uma mulher mais velha, que plantava coisas na base de um vulcão. A mulher tinha quilômetros de prateleiras cheias de livros, e as duas liam uma para a outra à noite antes de dormir, e foi só então que Cora entendeu o que era romance, finalmente.

A única coisa que Barbra podia fazer era esperar. Ele ligava para ela de um lugar diferente a cada vez. Estava em movimento, ficando em hotéis ou com amigos. Certa vez, em uma casa vazia em Connecticut, só um colchão e uma mesa no lugar, ele disse: "Só isso e esse telefone que estou usando para te ligar e dizer olá e boa noite, Barbra". Ele tivera uma entrevista na cidade, que havia sido boa, e dali saíram para beber, o que também havia ido muito bem, e depois ele pegara um trem noturno para casa. Os donos da casa haviam se divorciado, e a esposa levara tudo, exceto por aqueles poucos pedaços de pau, com os quais quase não dava para fazer uma fogueira.

– É desalentador – disse. – Por que me importar?

"Por causa do amor", ela quase disse. "Por causa do lar. Por causa de nós." Ela não sabia que acreditava em todas essas coisas até conhecê-lo.

– Mesmo assim – ela disse –, em algum momento eles devem ter sido apaixonados.

– Ah, amor, que se dane – ele respondeu.

Ela largou o telefone para ir chorar, como deve ser, sozinha.

▬▬▬ ■ ■ ■

– Faça-se indisponível – disse Cora certa vez. – Ele está testando você. Não deixe ele fazer isso. E ele está fazendo infeliz, e você não merece. Você não fez nada além de dar atenção a ele.

Ela não disse "amor". O que cada um faz com o coração não é da conta dela. Cora, que, muito mais velha, seria diagnosticada com câncer de estômago, o resultado inescapável. Pulou no vulcão para o qual olhara as últimas duas décadas. Algo que ela realmente amava, aquele vulcão. E fez isso no pôr do sol, o que lhe pareceu poético.

– Achei que já estava me fazendo de difícil o suficiente – disse Barbra.

– Ele é um tipo diferente de animal – respondeu Cora. – Não quer a sua boceta. Ele quer sua alma.

Isso deveria ter assustado Barbra, mas, pelo contrário, a excitou. Ela fez o que Cora mandou. De repente, ele não a encontrava mais. Estava andando por Cambridge, jantando com a mãe em Brookline, para onde Anya havia se mudado recentemente, balançando a cabeça ao saber as últimas notícias do pai. Se o telefone estava tocando, ela não escutava. Victor deixou mensagens em seu trabalho, as quais ela colocou em uma pasta onde se lia "VSF". Certo dia, de manhã, ele mandou flores, e eram lindas, ela tinha que admitir, mas um pouco vulgares.

– Uma dúzia teria sido suficiente – murmurou para Cora ao telefone. Três era demais. Finalmente, ela abriu o bilhete. "Uma dúzia para cada semana em que não nos falamos."

Está bem, pensou. Ela ficaria em casa aquela noite. Ela atenderia ao telefone. Mas ninguém ligou. Ao invés disso, ele a estava esperando na porta da frente. As flores já a haviam amaciado. Ela o convidou para entrar. Ela achava que era ali, o momento deles: os dois iam se fundir um ao outro e o que quer que acontece a seguir nesses momentos, aconteceria em seguida. Mas não foi uma cena suave: tão logo ela fechou a porta do apartamento, ele a colocou contra a parede – um porta-chaves de madeira com formato de coruja balançando ao lado de sua cabeça devido à força do movimento. Uma mão sobre sua boca, a outra em volta do seu pescoço, sem apertar, mas ela não tinha para onde ir. Ela ficaria ali, presa por ele, até que a libertasse. Sua mão parecia enorme em volta do pescoço dela. Ele disse tranquilamente:

– Nunca mais desapareça. Você não faz isso. Eu faço isso. Sou eu que mando aqui, não você. Sou eu que dou as ordens. Você não vai a lugar algum. Fica onde eu quiser que você fique. Você é minha. – E, depois, a beijou.

Mais que terrível, é o que pensou enquanto colapsava para dentro dele. *Ninguém pode me salvar dele. Ninguém pode me salvar de mim mesma.* Ela o desejava por inteiro, cada centímetro, cada imperfeição, seus defeitos de alma, cada grama de mal e ganância.

Ele a colocou sobre a bancada fria da mesa da cozinha. *Nada romântico*, ela pensou.

– Podemos ir para a cama? – ela perguntou, sentindo o tampo da mesa em sua bunda, suas costas e suas coxas.

Do lado de fora, as cerejeiras agitavam-se com o vento. Ele levantou suas pernas e começou a abrir o zíper das calças, mas parou por um instante.

– Ainda não. – Ela o ouviu murmurar, e a fez gozar com os dedos, virando-a de costas e habilmente transformando-a em uma balbúrdia ofegante.

Logo que acabou, ela queria de novo. Não estava insatisfeita. Só queria mais. *Me dê mais*, pensou. *Me dê tudo.*

No dia seguinte, ela só fez pensar em Victor a virando de costas na mesa. Ela não ligava para sexo, mas, de uma hora para outra, passara a ligar.

Um anel apareceu em seu escritório, por mãos de um entregador. Ametista, cercada de diamantes. Ela o mostrou para Cora, e ambas concordaram que era lindo, um sinal de sucesso. A mãe de Barbra o examinou e disse, prudente:

– Parece um bom começo.

▬▬▬▬▬▬▬ ▪ ▪ ▪

Eu sabia no que estava entrando, Alex, Barbra pensou enquanto dava seu passo número dezenove mil do dia.

Duas semanas depois, ela foi visitar Victor em Manhattan. Ele a levou para jantar no Four Seasons e a colocou no Hotel Waldorf Astoria, sozinha, e a punha para dormir, deixando-a lá para ir fazer Deus sabe o que a noite toda, e, ao fim de uma semana, a levou de volta para Connecticut, para a mesma casa de onde havia ligado para ela. A casa era enorme, quartos e mais quartos vazios; uma casa para visitas no fundo e uma elegante piscina, sendo que os azulejos haviam sido cobertos com um motivo de pena de pavão turquesa. *Não era uma casa para o casal começar a vida*, pensou. Era ali que iriam *terminar.* Victor disse a ela que, se se casassem, ela poderia encher a casa com o que quisesse, decorar cada centímetro, transformá-la em um lar para os dois e, então, finalmente, no colchão sem lençóis no chão do quarto principal, foram para a cama. O pênis dele era enorme, muito maior do que qualquer outro que ela já vira. Ele o desfraldou, já ereto, da calça. Bom, *isso* ela não sabia que vinha no pacote. Victor começou devagar por um minuto ou dois e depois decolou, rápido, um tiro livre saudável, apertando seus seios o tempo todo por sobre a blusa.

Os olhos de Barbra cresceram ainda mais, e ele se colocou para dentro dela o quanto pôde, e não era o suficiente. "Você é uma coisinha pequena mesmo, não é?", disse com carinho. Dormiu usando sua camisa. Tinha o cheiro dele. Machucada por dentro e por fora. Ela nunca o tiraria de si.

A luz da lua entrava pela janela sem cortina, e tudo ali era a verdade da carne dos dois. Ali, já estava entregue, mas ela tinha escolha? Ele era a coisa mais próxima da perfeição que qualquer um viria a ter. Um monstro perfeito, e ela o amava.

Enquanto Barbra passava na frente da porta do elevador pela quadragésima sétima vez, uma enfermeira passou por ela com pressa. Aonde quer que estivesse indo, o que quer que fosse encontrar, já estava acontecendo. Roupa de proteção rosa, sapatos adequados. Nariz fino, mas largo na ponta. Bochechas altas. Uma tatuagem na mão, de uma lua crescente. E outra no braço, que dizia *Tracy*. Estava desbotada e borrada. Barbra nunca teria deixado os filhos fazerem tatuagens. *Uma desgraça, uma perversão do corpo*, pensava. *Ah, claro, crianças.*

▄▄▄▄▄▄▄▄ ▪ ▪ ▪

Ela não queria filhos; Victor queria.

Mas seu corpo estava sendo requisitado para a produção. "Tenta um", ele disse. "Veja o que acha. Vamos contratar uma babá." Mas, ao invés disso, a mãe dela se mudou para a pequena casa que ficava debaixo dos bordos vermelhos da parte de trás da casa, onde ficou pelos próximos 22 anos. Barbra comprou para ela uma cama king size que ocupava praticamente o quarto inteiro – só o melhor era suficiente para ela –, mas tudo o mais era antigo, todas as coisas que sua mãe se recusou a jogar fora, um vaso, uma luminária, um quadro, uma cadeira, empoeirada e descolorida, e Barbra tentava comprar tudo novo, novo novo, mas sua mãe dizia: "Não preciso". E Barbra insistia que ela merecia por tudo que sofrera na vida, e sua mãe dizia: "Não foi tão ruim assim. Mais fácil sem um homem o tempo todo na casa, as coisas ficaram entre mim e você".

■ ■ ■

Barbra queria de acreditar que isso era verdade também, mas ela gostava quando Victor estava em casa, porque era assim que sabia que estava em seus pensamentos, quando estava no campo de visão dele (e ele no dela). E não importava se o marido vinha sendo gentil ou não com ela naquele dia específico, ou se estava sendo desumano (os dois chamavam esses momentos de "ser o chefe", e Barbra dizia algo como: "Ah, estou vendo que alguém aqui é o chefe", o que melhorava o clima, ou não), porque tudo isso significava atenção, e ela ansiava por isso. E, se ter um filho o manteria perto dela a vida toda, ela teria. E teve, pronto.

Não era culpa das crianças serem crianças, ela dizia a si mesma repetidamente. O problema é que ela estava mais interessada nele. Alto, moreno, misterioso, nervoso, feio. *Onde ele passa o dia todo, para onde suas reuniões o levam? Onde ele fica nas noites em que não volta para casa?* Certa vez, quando Alex tinha um ano e já dormia a noite toda, Barbra a deixou com a mãe, e ela e Victor foram para a cidade assistir ao filme <#>*A Melhor Casa Suspeita do Texas* e jantar no Rao's, onde ele conhecia as pessoas, apertou mãos, acenou com a cabeça e aceitou uma garrafa de champanhe que alguém havia mandado para a mesa. Depois, o motorista desceu correndo a FDR e atravessou a ilha para o SoHo, onde

Victor mostrou-lhe um *pied-à-terre*. Ela achava que o prédio seria melhor. Não havia elevador, e tinha poeira e avarias em todo lugar. Era menos um *pied-à-terre* e mais um depósito. Outra cama em um quarto, nada mais ao redor.

— Me deixa decorar para você — ela disse.

— É só um investimento — ele retrucou. — Um lugar para dormir quando tiver que trabalhar até tarde. Não preciso de muita coisa.

Mas ela ansiava poder mobiliar o lugar.

— Vai ser vendido no fim do ano — ele disse.

Melhorar seria desperdício de dinheiro. Mas, na primavera do ano seguinte, Barbra viu a declaração de imposto de renda dele na gaveta de sua mesa, que ela havia assinado sem perguntar nada. No entanto, agora ela olhava com atenção. Não vendera nada. *O que ele fazia naquele quarto vazio? Certamente ele não ficava lá.* Ela odiava pensar nisso. Enquanto estava em casa, sozinha, em Connecticut. *Com essa criança.* Então teve outro filho. Um menino.

"Meninos são mais fáceis", disse a mãe um dia, o que era verdade, e, também, o que as pessoas dizem quando, ao contrário, queriam outra menina. E, além disso, meninos são mais fáceis, até que deixam de ser. E meninas também não são fáceis, até que são. Toda a humanidade é difícil, complicada à nossa própria maneira, absolutamente todo dia, e só fica fácil mesmo quando morremos. Mas mesmo assim.

Não era culpa das crianças que elas gritavam e choravam e riam muito ou que vinham cheias de sentimentos, alegria, ciúme e avareza. Ficavam choramingando também, não era culpa delas, as pessoas também choramingam às vezes, não Barbra, mas os outros, especialmente as crianças. As regras que se aplicavam a ela não serviam para eles, pelo menos quando Victor não estava em casa. Quando ele chegava em casa, sentavam-se em fila, hipnotizados pelo estranho, pelos seus ternos escuros, seu anel grosso de ouro, seus sapatos sem cadarços, e sua voz grave, e eles davam atenção a ele, mesmo que não retribuísse. A televisão ligada ao fundo. Dinheiro que se ganhava e perdia a cada jogo. A comida da mãe de Barbra o agradava, e ele fazia que sim com a cabeça para a mesa pronta, mas só isso. Mesmo assim, era o pai deles. Era ele que comandava o show. Ele *era* o show. Eles o observavam, absorviam-no, amavam-no e o rejeitavam de vez em quando. Mas sempre estavam lá, eram sua plateia.

– Tem gente boa no mundo – a mãe disse a Barbra uma vez. – Você só precisa deixá-los entrar.

■■■

Ainda faltava tempo para a hora de ir embora. Anya odiava os hematomas das filhas. "Diga o que quiserem sobre o pai de vocês, mas ele nunca bateu em mim." Mas Anya jamais compreendera todos os acordos tácitos que Barbra fizera com Victor ao longo dos anos. Quão entrelaçada ela estava com ele financeira e emocionalmente. As contas estavam no nome dela. Além disso, tinha o fato de que estava desesperadamente apaixonada por ele. Ela sabia todos os seus segredos mais importantes, e ele os dela.

▬▬▬ ▪▪▪

Alex, e se você ficar sabendo dos segredos? O que vai fazer? Fiquei anos sem saber.

Um restaurante em Connecticut, 1986. Uma casa de carnes, uma cena em si própria, com as outras esposas e maridos, a afluência, a indolência, a submissão, a dominância. Ombreiras e brincos de diamante e suspensórios vermelhos e camisas sociais listradas e gravatas de seda com padrões. Qual era a notícia do dia? Ricos ficando ainda mais ricos. O barulho crescente, os gritos, o farfalhar dos pratos, talheres e taças, cada "tin" consumindo um pouco do espírito de Barbra. *Ninguém é normal*, pensou Barbra, algo em que ela pensava o tempo todo à época. *Somos todos igualmente perturbados. Só estou a salva com ele. Mesmo ele sendo perigoso.*

Victor fez o pedido ao garçom para a mesa toda, de alguma forma considerando a existência de todos. Anya sugava um raro martini, o suficiente para conseguir lidar com esse homem por uma noite. Alex, com olhos tão grandes e redondos quanto os de Barbra, ainda teria alguns anos de alegria pura em si; ainda não havia encaixado as peças. Gary, ligeiramente aturdido pelos pequenos beijos que começara a receber do pai, supostamente de brincadeira, mas que não lhe pareciam brincadeira. Ainda falta muito para que Gary transforme-se no homem que viria a ser, alto e imponente como Victor, mas mais bonito, e gentil também, apesar que isso não era difícil: ser mais gentil que Victor. Transmitia autoridade como o pai, no entanto – isso eles compartilhavam. O pequeno chefe. Eles não o viam fazia três semanas, mas tinham que fingir que o haviam encontrado no dia anterior ou um dia antes disso. Bebeu uma garrafa inteira de vinho sozinho, e uns uísques. A garçonete demorou para trazer seu último drinque, então Barbra disse:

— Mas você precisa dele mesmo, querido?

— Olha pra mim – disse. – Olha pra mim. Eu disse olha pra mim. – A mão no queixo dela. – Você acha que não sei o que eu desejo ou do que preciso? – Subiu a mão para sua bochecha, e ela se lembrou do primeiro momento dos dois na praia em Revere. – Você acha que sabe qualquer coisa que seja sobre mim?

— Sei. Sei algumas coisas – ela sussurrou.

Mas sentiu-se tonta e inútil. Ela fizera tudo o que ele queria, e hoje não importava. Ele era o cara que preferia o quarto vazio. Não essas coisas, essas crianças, não ela. Ele queria o bife, o vinho e o uísque, e uma garçonete jovem que ele pudesse maltratar até que trouxesse o que ele queria; depois, onde ele dormiria não importava. Não pediu desculpas a Barbra naquela ocasião, ou depois, quando bateu nela no quarto. Não precisava pedir desculpas. Ele era o chefe.

Pouco tempo depois, ele estava nos jornais. Um conhecido do mundo dos negócios havia sido preso e se recusava a testemunhar. Foi publicada uma matéria no *Times* sobre um escritório de fundo de quintal no Mercado de Peixes de Fulton. Lavavam dinheiro ali, e havia arquivos, fotos, informações de contas offshore, esse tipo de coisa. Ele construía prédios, mas de onde o dinheiro vinha, exatamente? Uma pergunta melhor: de onde ele *não* vinha? Ela só ficou sabendo do assunto porque acordou antes dele e leu o jornal. Seu nome estava lá, e ela se assustou. Mais tarde, durante o café da manhã, ele balançou a cabeça negativamente.

– Um bom homem – disse, para ninguém. – Não deixe que ninguém te fale algo diferente. – Ele olhou para a família. – Não que eu saiba quem ele é.

Mas sabia; ela o conhecera pessoalmente. Seis homens, que vinham até sua casa de vez em quando, de trem, uma fuga de Miami, abaixando as cabeças na estação. Ela imaginava, pegando táxis até a casa, todos em reunião por horas no escritório, andando de um lado a outro na sala de jantar, fumando charutos e cigarros no jardim de trás, consumindo toda a comida e a bebida da casa, falando, planejando, decidindo sobre seus destinos. Tudo bem fazer isso na frente dela, mas não na frente das crianças e de sua mãe. Testemunhas de nada em particular, mas, mesmo assim, testemunhas. Mandou Anya e as crianças discretamente para um hotel. Mil dólares colocados na bolsa da mãe.

Acusações foram feitas. Contra todos os sete. Foram para o tribunal. E os promotores não conseguiram provar nada. As acusações contra Victor foram arquivadas quase imediatamente. (Outras acusações seriam feitas no futuro, além de processos relativos a várias práticas empresariais. Victor não conseguia parar, mas nunca, em momento algum, ele fora condenado por qualquer delito. Não havia nada particularmente extraordinário sobre os crimes que ele cometeu, Barbra pensava, exceto quando foi pego e responsabilizado, e mesmo isso não foi nenhuma grande surpresa.) As pessoas que eles conheciam no bairro – já estavam ali havia quinze anos – a apoiaram, ou pelo menos não questionaram. Afinal, poderia ter sido o marido delas. Um aceno amigável ao deixar as crianças na escola valia um milhão. Shana Gottlieb fez uma lasanha para ela. Tonya Alverson se ofereceu para levar os filhos dela de volta da escola para casa durante um mês. Os Galliano mandaram uma garrafa de champanhe para a mesa deles na casa de carnes no dia em que as acusações foram retiradas. Ela ficava tocada com tudo isso. Em todos aqueles anos em que moravam lá, criando os filhos, comprando nas lojas, comendo carne em um mar de outras pessoas que mastigavam, bebiam e falavam, ela não tinha noção de que alguém sabia que ela existia. Era só ele e a família dela, e nada mais. Isso não mudou sua vida. Ainda vivia em silêncio e aprisionada. Mas, à época, enxergava a possibilidade de não estar sozinha.

A mãe de Barbra morreu algumas semanas depois que Alex começou a faculdade. Foi uma morte silenciosa, a que Anya teria desejado, sem confusão, um coração que para de funcionar à noite. Estava viva e, de repente, não estava mais. Mesmo assim, Barbra ficou chocada: sua mais íntima companheira a havia deixado. Barbra contava que sua mãe viveria para sempre.

As crianças ficaram arrasadas. Gary veio imediatamente de Los Angeles, onde estava, em um ano sabático, trabalhando num set de filmagem. Alex já havia vindo de New Haven, e Barbra e Alex pegaram Gary na estação de trem. Alex, com os olhos vermelhos, já estava soluçando de chorar e, tão logo Gary a viu, começou a chorar também, os dois, no banco de trás do Mercedes-Benz, um abraçando ao outro, unidos em uma dor profunda, sentida e ruidosa. *Se visse a cena, você acharia que alguém tinha morrido*, pensou Barbra, esquecendo por um momento que tinha.

— Será que vocês dois podem se acalmar? — disse.

— Eu amava a Nana — respondeu Alex.

— Mesmo que você não amasse... — Gary direcionou à mãe.

O que era ridículo.

— Claro que eu a amava — falou Barbra.

Sua mãe era a única amiga que sobrara no mundo, e a melhor de sua vida. Estava em uma estrada secundária, de árvores floridas de um tom rosado, ultrapassando de forma agressiva um carro lento que estava na sua frente. *Como ousa?* Ela queimava, mas não disse mais nada. Não conseguia virar a chave que corrigiria o que pensavam: quem sabia que tipo de luz essa chave acenderia dentro dela?

Os filhos continuaram até chegarem em casa, uivando como se ela tivesse batido neles, depois ao sair do carro, caminhando até a casa, passando pelo *foyer* de mármore, onde ela encontrou o marido, impaciente, falando ao telefone. Victor levantou a mão para que os filhos fizessem silêncio enquanto ele falava, mas eles o ignoraram, chacoalhando-se e chorando ao invés, duas almas assombradas, lúgubres que estavam com saudade da avó. Era muito drama, e Barbra não aguentava, mas não conseguiu as palavras certas para fazê-los parar. Victor olhou para eles, chocado e furioso, e saiu do quarto para o escritório, onde ficou por mais alguns minutos até bater o telefone no gancho. Deu para ouvir de onde estavam. Gary e Alex se inclinaram um em direção ao outro tocando as testas quando pararam de soluçar. Victor voltou batendo os pés – uma nuvem de tempestade em um terno listrado –, fuzilou os filhos com o olhar e começou a gritar.

– Vocês dois acham que uma coisa acontece no mundo e que merece essa reação exagerada e intensa? Como se os sentimentos de vocês fossem mais importantes que os de qualquer outra pessoa. Olha pra sua mãe. Era mãe dela. Que morreu. E olha como ela está lidando com o assunto. Com graça e elegância. E não precisamos expressar todo sentimento a plenos pulmões. Ela deveria servir de exemplo para vocês, mas, não, vocês ficam aí se contorcendo e gritando como se fossem macacos. – Ele separou os filhos. – Saiam daqui. Vão para o quarto de vocês.

Chocados, Gary e Alex caminharam pelo vão da escada sem saber aonde ir.

– E ela tinha 82 anos. Idiotas. Não se lamenta isso. Ela era velha. Viveu uma vida longa e confortável. – Ele colocou o braço em volta de Barbra. – Eu que deveria ter ido pegá-los na estação. Desculpa.

Ele sempre a resgatava quando as pessoas morriam. Essa era a força dele. Morte. A mortalidade nunca quis dizer nada para ele. "É porque eu sei que só estamos alugando esse corpo", disse a ela certa vez. "É só uma roupa." Ela tinha para si que era por isso que ele era tão bem-sucedido nos negócios. Era um mercenário. Pegava o que queria. Não tinha tempo a perder.

— Peço desculpas também — continuou — por nossos filhos não saberem a forma certa de ficarem tristes.

Havia muito tempo Barbra não sentia nada pelo marido além de uma vaga tolerância, mas só aquilo já foi capaz de fazê-la se apaixonar por ele loucamente de novo. Ela secou uma pequena lágrima do olho. Mais tarde, naquela mesma noite, ela pagou um boquete criterioso para ele, ao que Victor nada disse até pouco antes de apagar as luzes.

— Obrigado — disse.

— Não, eu que agradeço — ela retrucou.

Dormiram imediatamente nos braços um do outro.

Depois do enterro, ela organizou um funeral judaico na sala. Todos os amigos e parentes da mãe vieram. Ela se lembrava de metade dos nomes deles; os beijou e acenou com a cabeça, fingindo. Barbra adorava aquela sala: era a mais clara da casa, mas isso não dava para ver naquele momento devido às cortinas escuras de veludo bem fechadas.

■■■ ■■■

A cada dois anos ela a redecorava. Pedia dinheiro, e Victor dava. Comprava novos móveis e se livrava dos antigos de várias formas — doações, vendas para negociantes privados, presentes para vários familiares, alguns dos quais estavam ali, naquele momento. Objetos eram, ao mesmo tempo, preciosos e descartáveis. Ela queria coisas, mas depois ficava entediada com eles, e aí queria mais. Quando parava para pensar, se sentia mal, como se estivesse doente incuravelmente, como se só pudesse estar temporariamente saciada. Mas ela não parava para pensar no assunto com muita frequência.

Finalmente o pai apareceu, tarde, fez uma ponta, como se a casa fosse o palco de um teatro e estivesse na hora de ele entrar. Mordechai já estava encurvado, um ombro mais baixo que o outro, um homem cujo dia era composto de uma série de pequenos infortúnios. Apertou a mão de alguns parentes e foi direto para o carrinho de bebidas, que estava ancorado no canto da sala, próximo à janela. Alguém abrira a cortina, e o reflexo do sol no latão que adornava o carrinho o fez parar por um instante, levar a mão aos olhos, uma breve cegueira, para depois beber mais e mais. Não falou com mais ninguém depois disso, e terminou o drink, até que Alex se aproximou, com o que Barbra presumiu ser a mais genuína curiosidade. Talvez Alex e o avô tivessem se encontrado quatro ou cinco vezes durante a vida, ela não lembrava, dada a insignificância de suas interações.

Barbra ficou-os observando procurando pontos em comum entre os dois, mas não encontrou nenhum. Alex era jovem, saudável e, mesmo na dor, radiante, o cabelo brilhante e longo, solto em cachos castanhos descuidados, descendo pelas costas, e aquela pele, nem uma ruga sequer, a cintura fina, braços e pernas delgados, nenhuma celulite. O valor da juventude era a ausência da idade, Barbra acreditava nisso. Nenhuma marca, cicatrizes. *Só céu de brigadeiro à frente,* pensava. O prejuízo que causaram aos filhos não estava aparente para Barbra. *Bonita e magra*, pensou. *Bonita e magra.*

Alex tocou o ombro do avô, que girou a cabeça na direção da mão de forma intoleravelmente lenta. Barbra prendeu a respiração. Estava preparada para assassinar o pai se dissesse qualquer coisa rude à filha. Uma coisa era Victor disciplinar os filhos, mas aquele homem não tinha direito a nada ali. Um segundo depois, no entanto, ela sentiu-se desesperadamente agradecida quando ele colocou a mão sobre a de Alex e deu tapinhas. Ambos acenaram um para o outro com a cabeça e falaram. Alex o levou até o sofá, o ajudou a sentar-se, atravessou a sala até o bar e fez um drink, vodca com gelo, e um pouquinho de água tônica – *talvez tenha colocado demais para o gosto do pai*, pensou Barbra. Aquele homem transformaria uma batata em uma passa se sentisse gosto de vodca nela – mas, porque ela era só uma criança e não entendia do assunto, Alex colocou também algumas azeitonas, que Barbra sabia que ficariam intocadas. Alex caminhou de novo até o avô, deu-lhe o drink, e inclinou-se sobre ele, o cabelo formando uma cortina para que Barbra não visse o que estava acontecendo detrás. Ouviu um riso alto da filha, e, depois, Alex deixou Mordechai sozinho com sua vodca.

Eventualmente, ela retornou até Barbra, e as duas ficaram juntas no canto, olhando os judeus velhos que não veriam até o próximo funeral. Quando chegasse a hora, ela talvez não lembrasse os nomes deles. Mais sorrisos amarelos desfilaram pelo salão. Barbra sentiu-se gentil e suave. Permitiu-se sentir falta da mãe. Alex se inclinou e sussurrou algo em seu ouvido. Sua voz estava demasiadamente fraca para que Barbra conseguisse escutar as palavras, então ela pediu que gentilmente repetisse o que dissera. Alex olhou para ela, os olhos brilhando como vagalumes, ela com toda a glória da juventude sobre si, e disse:

— Vovô está um caco.

■■■

Você não precisa me dizer o que seu pai fez aquele dia, Alex. Aposto que a memória está claríssima na sua mente. Nada que eu possa dizer sobre nós surpreenderia você. Exceto isso.

O parto de Alex havia sido difícil. Nasceu prematura e pequena. Barbra ficou em trabalho de parto por mais de um dia, e, depois de oito horas, o médico disse: "Acho que vai começar a viagem". Victor havia saído para fazer um telefonema, mas não voltou. Então ficaram só Barbra e a mãe, e, no começo, eram só uma ou duas horas, e estava rindo do assunto, pois o que mais podiam fazer? Mas aí se passaram dez horas, e Barbra nunca estivera tão consciente do próprio corpo e do bebê, e começou a imaginar que Victor não voltaria mais, que ela ficaria sozinha depois daquilo, mas agora com um bebê, e a mãe, porém mesmo assim, sozinha de certa forma, e ficou histérica, e depois calma, e depois histérica de novo, e depois calma, e foi assim por cinco horas, até que finalmente o bebê nasceu, e, durante algumas horas, era só ela e Alex. Estava amando o bebê mais que qualquer coisa do mundo, um sentimento que a surpreendeu porque ela só engravidara para agradar a Victor, e era um sentimento que desbotaria com o tempo, mas, naquele momento, aquele amor era potente e puro. Ademais, à época, ela odiava Victor, mas vinha fazendo todo tipo de acordos com Deus: se o marido simplesmente voltasse, ela faria isso ou aquilo. Ela já não lembrava mais do que estava disposta a fazer para salvar o casamento; era o suficiente, ela supunha. Ele finalmente voltou, fedendo a cigarro, dando como desculpa ter dormido no carro, e ela se viu agarrando o bebê, não deixando que ele tocasse em Alex. Quando finalmente cedeu, ela disse-lhe:

— Se, em algum momento, você pensar em machucá-la, machuque a mim no lugar. Deixe-a em paz.

Ele levantou os olhos na sua direção, chocado, mas fez que sim com a cabeça e murmurou carinhosamente:

— Quem faria mal a essa coisinha?

Nos anos seguintes, ele respeitou o pedido de Barbra, com o qual ela sofria, mas se tinha algo que podia fazer pela filha, era isso. E Alex cresceu feliz o suficiente. Não? Ela parecia uma pessoa boa, se saiu bem, melhor do que bem; era um ser humano amável, que era boa com sua própria filha, e bem-sucedida também. A promessa fora feita, e havia funcionado.

Agora, Alex, isso, esse é o tipo de coisa que não fará bem a ninguém saber, pensou Barbra. *Vinte e cinco mil passos no futuro.*

No hospital, Barbra se aproximou do senhor da cadeira de rodas novamente. Ele estava parado agora, e murmurando consigo mesmo. Estava nervoso. *É bom que fique nervoso,* pensou. A raiva vai ajudá-lo a passar por isso. Imaginou onde estaria sua família. Sorriu um sorriso amigável e de preocupação, não um sorriso que dizia que ela o ajudaria, mas só que reconhecia sua luta. De qualquer forma, os homens nunca queriam a sua ajuda, pensou. Queriam que fizesse coisas para eles, mas isso nunca seria interpretado como ajuda; como "serviços requeridos", entretanto. Ela percebeu que o homem da cadeira de rodas havia começado a tremer, ele inteiro, sua cabeça diminuta, seus braços finos, seu pequenino torso. E, de alguma forma, ele conseguiu acenar para ela.

Seu nome era Carver, e havia cometido muitos erros na vida, mas só um importava agora: ele não havia colocado o telefone de sua filha como contato de emergência. Quando preencheu o formulário do plano de saúde, não queria que a responsabilizassem pela conta que viesse a deixar. Tomara essa decisão anos antes, depois que ela dissera como era difícil pagar as contas com salário de professora. "Todo mundo acha que Baltimore é um lugar barato, mas qualquer lugar é caro hoje em dia", ela disse. "Talvez a gente nunca venha a ter uma casa própria. Mas estamos tentando. Estamos economizando."

Carver não queria ser a causa de qualquer coisa que impedisse a filha de conquistar seus sonhos. (E, talvez, ele não quisesse que ela o visse doente; e talvez tivesse algum ego envolvido também.) Assim, ela não tinha a menor ideia de que ele tivera um derrame dois dias antes. Por isso, ele acenava para essa mulher estranhamente sem idade, que não conseguia parar de andar em círculos. Mas ela não o ajudaria.

13

Alex, pairando ao lado do leito do pai, estudando aquele homem quase morto.

Em seu auge, Victor não era bonito, mas sólido. Alto e grande, largo e forte, com sobrancelhas grossas e longos cílios pretos e olhos castanhos enormes, inteligentes, um olhar astuto, sem medo, que captura, e lábios gordos, dentes brancos, grandes e retilíneos, e um queixo com uma covinha que o deixava com cara de campeão. O nariz, no entanto, fodia com toda a composição. Era torto, estranho, uma bagunça estampada no meio da cara. Quebrado e colado de volta por mãos trêmulas. Alex nunca escutara como acontecera, e nunca conseguira reunir coragem suficiente para perguntar. Seja como for, não era para dar atenção ao nariz dele – não se você quisesse ficar inteiro.

E ele sempre usava ternos caros, que mandava fazer em Manhattan ou Bangkok. Alex havia ouvido o pai falando sobre isso com colegas de trabalho que convidara para um drink em casa, horas mortalmente entediantes com ele recomendando alfaiates específicos, com uma história longa sobre ter sido medido na manhã daquele dia, sobre o turbilhão que fora seu dia, comendo as melhores comidas, fazendo uma massagem, claro (essa parte acompanhada de um riso baixo), e, depois, pegando o terno pronto pouco antes de embarcar de volta para casa no dia seguinte. Essa última parte era um ultraje para ela, porque o pai se gabava de como os ternos eram baratos, mas ignorava o fato de que tinha que ir de avião até a Tailândia para comprá-los. Hoje, no entanto, nada de terno, e astúcia nenhuma no olhar. O peito largo do pai estava nu, a pele flácida com todo tipo de fios entrando e saindo dela por vários orifícios, alguns parecendo estrangulá-lo. Sua cabeça fora raspada recentemente, e havia uma protuberância pequena, cinza, semelhante a um fio, no crânio. Duas veias que pareciam rabiscos saltavam em cada uma de suas têmporas. Havia uma crosta branca em seus lábios e uma tênue marca de batom rosa em ambas as bochechas, quase invisíveis em contraste à pele branca e azulada, e o efeito era tranquilizante. Denotava afeto, o batom. Alguém havia pensado em beijá-lo. Seus olhos estavam abertos, mas Alex fora informada de que não estava acordado. Mesmo assim, a cena a incomodava profundamente; ele estava lá, mas não estava ao mesmo tempo.

Alex procurou onde carregar o telefone. Passara a metade da vida recarregando coisas, ou procurando onde carregar coisas, ou questionando o porquê de a bateria acabar rápido, reclamando da duração da bateria não só para si, como também para os outros, dizendo: "Meu telefone está quase morrendo, posso falar com você depois?" (fosse verdade ou mentira), encurvada sobre o aparelho em algum aeroporto ou café, confabulando sobre a estranheza inerente da situação, de meter o maldito trequinho no negócio. *Mesmo depois de o mundo acabar*, pensou, *ainda vamos ficar tentando carregar os telefones*. Até esse último segundo, vou ficar procurando uma tomada. Ela plugou o carregador na tomada próxima ao leito do pai e deu um passo atrás.

– Oi, pai – disse.

Puxou uma cadeira de couro sintético. Todo o dinheiro que havia ganhado na vida, e lá estava ele, à beira da morte, deitado ao lado de móveis ruins. Várias máquinas apitaram para ela ao mesmo tempo.

Ela começou:

– Pai, eu te perdoo.

Mentira.

– Pai, eu te amo.

Duas mentiras. Três dá cartão.

– Pai, não é verdade.

Melhor assim.

– Pai, não acho que eu possa atingir um estado de perdão para com você, mas talvez possa perdoar coisas específicas. Te

perdoo pelas seis ou oito vezes em que levantou a mão para mim durante a vida. Pelo menos três palmadas significativas que eu lembro, mais aquela vez em que você me bateu com o cinto por eu falar o que não devia. As duas vezes que me deu um tapa na cara quando eu tinha doze anos. Aquele ano foi ruim. Acho que todos nós podemos admitir isso agora. – Fez um carinho em seu braço, sentindo-se ligeiramente generosa e saudosista por se lembrar da própria adolescência. À época, ela havia tentado estragar o dia dele algumas vezes também. Ela respondia a ele quando jovem, porque a sensação era boa.
– Você nem sequer teve a ideia de me apoiar nos meus momentos estranhos – disse.

━━━━━━━━ ■ ■ ■

Naquele tempo, ela se ressentia por não poder perguntar onde ele estivera. "Viagem de negócios" não parecia uma justificativa completa o suficiente para ter sumido de suas vidas por três semanas. Sua fase de adolescente desagradável foi breve, mas prejudicial o suficiente aos olhos dele. Sua pele era ruim, e isso incomodava o pai, e ela também estava uns sete quilos acima do peso, o que, para ele, era pior ainda. Tudo isso durou aproximadamente seis meses – não foi nada, mas não foi um período longo também; ela teve sorte –, mas, mesmo assim, acontecera.

Naqueles meses, ele ou a ignorava ou zombava dela, caso decidisse vê-la aquele dia. Certa vez, beliscou o pneu dela.

Uma vez, no jantar, na frente da família toda, disse à mãe que já a devia ter levado ao dermatologista.

– Já fomos – disse a mãe.

– Então vá de novo – retrucou. – O que ele receitou não está funcionando.

Certa vez, durante a primeira semana de férias de verão, depois que ela pulou na piscina, dando gritinhos de alegria, ele tirou os olhos do jornal e disse:

– Olha a porquinha na piscina.

– Pelo menos não tenho o seu nariz – respondeu.

Ela nadou até uma das bordas da piscina e o viu virar o rosto; ele teve que se lembrar de que também era algo além de um homem alto que era o chefe da casa. *E esse nariz, hein? Quem sabia o que já haviam dito sobre ele?* Ela imaginava que ele o quebrara. Que havia um antes e depois do ocorrido. Mas nunca saberia. Jamais o questionava sobre o passado, como era quando criança. Não havia álbuns de fotos. Sua família não visitava muito. Estavam em Nova Jersey. Ele os via, na maioria das vezes, lá. Ela conhecera alguns parentes em ocasiões como bar mitzvah e casamentos, mas Alex, Gary e Barbra ficavam escondidos em Connecticut, distantes do que quer que acontecesse na vida alternativa que levava em Manhattan e além. Agora, ela nunca saberia.

Saiu da piscina.

– Eu morreria se tivesse esse nariz – disse. Enrolou-se numa toalha, passou rebolando ao seu lado e entrou pela cozinha.

Ninguém mais ouviu o que ela dissera; talvez os dois fossem fingir que aquilo nunca havia acontecido. A mãe estava sentada no canto do café da manhã, fazendo anotações em uma revista de design. Alex buscou um picolé no fundo do congelador e, quando fechou a porta, lá estava ele. Victor a estapeou, e ela instantaneamente colocou a mão sobre o rosto. O objetivo do tapa não era machucá-la, mas colocá-la de volta em seu lugar. Mas a marca ficou uma semana.

– Isso é por falar merda para mim, sua vagabunda – disse.

A mãe se levantou rapidamente, puxando-a para longe do pai enquanto chorava.

– Pare com isso – gritou a mãe. – Parem de implicar um com o outro vocês dois.

Mais tarde, ela ficou imaginando a mãe a defendendo no quarto, argumentando em seu favor. Sendo uma heroína para ela, ao invés dele, pois, por mais que ela o odiasse, ele era uma presença muito forte em sua vida; ele era o chefe. Ao invés disso, enquanto ela colocava um saco de ervilhas congeladas no rosto, ouviu tapas.

Apesar de a mãe nunca ter tocado no assunto, nunca ter reclamado. Já adulta, Alex mencionara o incidente para ela uma vez. *Aquelavezemqueopapaimebateunacozinhaeficoudoendoporumasemana*. Barbra respondeu: "Seja como for, você perdeu peso. Então pelo menos tem isso".

▬▬▬▬▬▬ ■ ■ ■

Alex puxou a cadeira para mais perto do leito do pai. Balançou sua mão, que tinha manchas e estava suada, com cara de morte, mas, ainda assim, de pele macia. *Não teve um dia sequer de trabalho pesado na vida*, pensou. Apesar de todo mundo ter uma definição diferente de "pesado".

Foi o mesmo quando ela pensava sobre o capitalismo, que havia um tipo bom e um tipo ruim. O tipo bom tinha a ver com trabalhar, ganhar dinheiro, pagar as contas, doar para a caridade, contribuir com a sociedade, fazer a sua parte, participar do sistema de maneira positiva. O capitalismo ruim era quando alguém ganhava dinheiro em cima dos outros e ficava com ele para si, era o que ela achava. E era o caso do pai. Contudo, Alex se recusava, antes e agora, a lidar com o fato de que se beneficiara do capitalismo ruim – que havia pagado sua faculdade de Direito e os carros que tinha em cada nova fase da vida, pois, com certeza, não era mérito seu. No fundo, sabia que era hipócrita. Uma hipócrita muito bem alimentada.

Sabendo disso, ela podia ficar brava com ele? Mas ficava.

– A dor física, por algum motivo, nunca me causou qualquer dano, ou pelo menos não algo com que eu tenha que lidar regularmente. Acho que não, pelo menos. Mas jamais vou perdoar seus comentários sarcásticos sobre a minha aparência, assim como sobre a aparência de outras mulheres. Você estava constantemente observando a aparência das mulheres – todas as mulheres –, o que me forçava a contemplar a minha própria aparência. Você zombou do meu peso mais de uma vez, mesmo que eu nunca tenha estado acima do peso em toda a minha vida. Em geral, a sua sexualização da forma feminina era perigosa o suficiente, ao ponto de eu ter evitado que minha própria filha estivesse na sua presença o máximo possível. Também estou certa de que você era viciado em pornografia, o que não cabe a mim perdoar ou não, particularmente. Não tenho qualquer escrúpulo moral em relação a um uso básico de pornografia, mas, já que estamos aqui, por que não mencionar? Você tinha um problema com pornografia. Quem precisa de mil cópias de revistinhas de sacanagem? Você tinha questões sérias, cara. E eu sempre achei que você tinha amantes, apesar de que também não cabe a mim te perdoar por isso. Vamos esperar que a senhora aqui fora o desculpe.

Olhou o pai nos olhos. Era tudo assustador, na verdade.

– Pisque duas vezes se você está me ouvindo – disse, mas o pai não se mexeu.

Era verdade: o abuso físico perpetrado pelo pai a ela deixara poucas cicatrizes emocionais. O que ela havia demorado a esquecer foram suas impressões de seu corpo e dos corpos de outras mulheres. Seus comentários, seu interesse, seu olhar. Ela havia trabalhado a questão através de uma mistura de terapia, meditação, absorção de vários textos feministas e dois workshops intensivos no norte do estado de Nova York, durante um dos quais teve um caso com uma mulher, com quem ela nunca mais falou, mas por quem ela ocasionalmente procurava na internet tarde da noite, não por qualquer questão romântica, mas por genuína curiosidade por aquela dona de fábrica de cupcake/maratonista/membro da associação local de pais e professores/arrecadadora de fundos para a pesquisa do câncer de mama de Vermont. "Olha os nossos corpos, eles são tão lindos", sussurrou a fazedora de cupcakes enquanto passavam os dedos uma na cicatriz da cesariana da outra, e Alex queria muito acreditar nela. Ela refinara o cérebro o máximo possível no sentido de não estar nem aí para o que o pai pensava, e mesmo assim, de vez em quando, ainda se via pelos olhos dele, ouvia sua voz em sua cabeça, mesmo que não fosse ele propriamente dito, especificamente, mas uma visão coletiva masculina, o que ela imaginava que os homens eram. Aí se pegava avaliando a forma física, e não era com amor, não havia alegria, mas através de uma lente bem distorcida.

No entanto, não era o que fazia ali, olhando para ele, quase morto. Pois ela estava viva e era jovem. Agora, finalmente, gostava do próprio corpo.

– Eu te perdoo pelas suas emoções fechadas, e a sua insistência em que ninguém falasse em casa aos domingos, pois era o único dia em que você não estava trabalhando. Por um lado, fazia com que eu me sentisse desesperadamente solitária. Por outro, me ensinou a ser independente e a me entreter em meu próprio cérebro, e eu conquistei uma certa quantidade de disciplina com isso. Então, vamos dizer que essa aí ficou no zero a zero.

Uma enfermeira colocou a cabeça para dentro do quarto, glamorosa aos olhos de Alex, unhas longas, sensuais e pintadas de rosa, lábios com delineador e cabelos cor de mel. *Ela está tendo aquela conversa com ele*, pensou a enfermeira.

Está com a cara de quem está se despedindo. Todos as despedidas que vira na vida. A enfermeira retrocedeu e fechou a porta.

– Não te perdoo por ter nos exposto às suas atividades ilegais – Alex sussurrou, caso a enfermeira ainda estivesse ali perto, no corredor.

▀▀▀▀▀▀▀▀ ■ ■ ■

Alex fizera o máximo pesquisando o pai durante o último ano da faculdade de Direito, pesquisou a verdade do Google, pelo menos o que estava disponível, até que não conseguiu mais aturá-lo ou a si mesma. Por que não antes? Não havia como saber. As vezes em que havia gente de fora na casa, ela lembrava os rostos deles claramente. Lá estavam eles nos jornais, usando ternos caros, algemados com a cabeça para baixo, a caminho da prisão. Ela perguntou a ele sobre o assunto na vez seguinte em que os visitou, mencionando o pouco que sabia. Acusações de lavagem de dinheiro, sócios profissionais desprezíveis. Tinha sujeira em todo lugar.

– Estou trabalhando com o que tenho, Alex – ele disse.

À época, já eram mais amigáveis; ele parecia genuinamente orgulhoso dela, e lhe dissera isso. Ela ficou com pena de estragar isso tudo. Quem não quer se dar bem com o pai? Quem não queria o amor do papai?

– São só negócios – ele afirmou.

Ela não poderia argumentar contra a afirmativa, pois sabia que, para ele, era verdade. Mesmo assim, foi ali que ela ficou sabendo, de fato, que ele era ruim. Um capitalista ruim.

– Eu esperava mais de você – ela gritou.

– Não esperava, não – ele disse.

Ela acabou por rejeitá-lo. Jurou usar o diploma de advogada para ajudar as pessoas. *Isso vai mostrar a ele*, pensou. Mas fazer o bem era difícil, parecia. Muito mais trabalho, muito menos sucesso. Seja como for, ela aceitara seu presente de casamento, um cheque polpudo para a entrada do seu apartamento. Nem piscou. O que o dinheiro realizou e de onde ele viera eram informações que estavam meio embaralhadas em sua cabeça.

Ele batia em todos nós, pensou. *Eu deveria ter pedido mais.*

Alex se inclinou, aproximando-se do rosto de seu pai.

– Não o perdoo por me fazer acreditar menos na possibilidade do bem no mundo. Não o perdoo por ter cuspido na ideia de família.

Dava para sentir o cheiro do que três dias de hospital fizeram a ele, além da proximidade da morte e de um odor azedo e de fezes.

– Além do mais, não acho que você se importe se eu te perdoo ou não.

Bom, talvez ele se importasse.

Até uma certa idade, a idade da não infância, Gary sendo ainda mais novo que ela, claro, tiveram um punhado de bons momentos com Victor, a maior parte dos quais em silêncio. Ele gostava de assistir a filmes, filmes antigos, de crime e gangsters, o que um cinema perto deles projetava aos sábados. A mãe tinha dores de cabeça à época, e precisava tirar cochilos extras, e um prédio que ele estava construindo estava quase pronto. As coisas fluíam suavemente, e ele tinha mais tempo de ócio. Levava os filhos ao cinema, e a família inteira agia como se os estivesse salvando de um prédio em chamas. *Que santo, que herói*. Teriam toda a pipoca e refrigerante que quisessem – ainda faltava um ano para a fase mais gordinha de Alex –, mas com uma condição: que fechassem a matraca ao voltar para casa depois. *Ele entupia duas crianças com porcaria e açúcar*, pensou Alex, *e esperava silêncio absoluto depois. Você estava querendo nos torturar ou realmente não sabia como funcionam as crianças?*

Sentar-se ao seu lado para ver televisão ou no cinema era o melhor jeito de se conectar com ele. Agora ela conseguia entender isso. Ela se lembrava de ter ido visitá-los quando morava fora durante a faculdade nos anos 1990. Domingo à noite, e estava passando *Família Soprano*. O pai estava totalmente fascinado pela série, e estivera desde o início, já havia mencionado a ela, e queria se certificar de que ela assistisse também. Foi durante o recesso da primavera, e era a última temporada, e a matriarca cruel da família teve um derrame, mas ninguém conseguia dizer se ela estava fingindo ou não.

É melhor não estar fingindo, pai, pensou Alex.

– Essa série é muito boa – disse o pai à época, virando de lado na poltrona, apontando para a tela e sorrindo. – Eles acertam mesmo. Olha lá, Jersey, na TV desse jeito. Eu conhecia uns caras assim quando eu era adolescente, uns caras barra-pesada. Vou te falar que todo mundo queria ser que nem eles. O sotaque de Jersey emergira de onde quer que estivesse escondido.

— Mas eles são bandidos, pai? — disse ela.

— Sim, mas eles mandavam nas coisas. Ainda mandam. Quer dizer, menos que no passado, mas ainda mandam um pouco. Conheço alguns. Mais ou menos. Você sabe que em Nova York você tem que passar por um monte de gente para fazer as coisas acontecerem.

— Na verdade, eu não sabia, não — disse ela.

— Bom, talvez você venha a saber um dia.

Ele olhou para a filha, e ela pensou ter visto algum respeito em seus olhos, uma avaliação dela não enquanto forma feminina, mas do que jazia sob essa casca, sua mente, sua alma.

— Mas espero que não precise saber — completou.

Foi uma das poucas vezes em que o ouviu falar abertamente de seus negócios. Talvez tivesse sido melhor, ainda criança, não saber demais. Um final de semana ou dois passados em um hotel com Gary e Nana quando alguns daqueles "parceiros de negócios" apareciam na porta de casa. "Vocês vão, e eu fico", disse a mãe enquanto entregava algum dinheiro a Nana. Passavam o final de semana inteiro nadando na piscina aquecida do Marriott em Stanford, chamando o serviço de quarto, tomando sorvete demais e pulando na cama enquanto gritavam (pelo menos podiam fazer barulho!), até uma ligação da recepção os acalmar. Nana estava no bar do hotel; precisava de um intervalo. Era uma santa, mas era um ser humano. Se Barbra não comentava qualquer assunto relativo a Victor, Nana não mencionava nada sobre Barbra. *Também nunca vou saber o que ela achava*, pensou Alex. Mas gostava de achar que Nana estava só tentando proteger a todos, pois reconhecia a verdade de todos. Era a mais velha ali, então conseguia enxergar a verdade da história. Mas não via valor em revelações; estava somente tentando mantê-los vivos.

Com o passar do tempo, Nana ficou mais confusa, e começou a deixar algumas coisas escaparem. Certa vez, disse a Alex: "Era como se sua mãe e seu pai estivessem com o mesmo resfriado e ficassem passando de um para o outro. Eu só não queria que vocês dois pegassem".

A mesma doença. Mas o pai era o paciente zero, disso ela tinha certeza.

– Vou fazer um acordo. Perdoo pela metade – disse Alex para o moribundo na cama. – Vou dividir a diferença com você, porque eu também não sou perfeita. – E pronto. Era o fim de sua fala.

Ela se inclinou para abraçá-lo, cobrindo o peito dele com o seu, e o apertou levemente. Por um segundo, ela pensou: *Papai*. Então, ouviu-se uma série de bipes em *staccato*. Algo urgente estava acontecendo. Ela se empertigou. Os bipes pararam. Ela o abraçou de novo. E lá estavam os bipes outra vez. Ela se retraiu mais uma vez. Foi o abraço? Ele estava ciente de que ela estava ali? Ela olhou em seus olhos. Nada. Não, ela estava encostando em algo que estava causando a resposta. Podia continuar. Era só um abraço. Quem sabia o que poderia acontecer se o abraçasse por tempo demais?

Tentador, tentador.

Permitiu-se desfrutar da emoção de considerar a ideia. Mas não, ela não queria ser responsável pela morte daquele homem.

Alex parou para pensar, e concluiu que havia terminado. A mãe pedira algo, e ela cumprira a tarefa. Ele morreria em breve, e tudo estaria no lugar. Algum dia, Bobby morreria, e Sadie teria alguma fúria residual própria contra ele, mas Alex esperava que não. Genuinamente. O ex-marido era certamente capaz de outros comportamentos adultos: ele tinha um emprego, bancava a si mesmo, pagava parte das contas dele, fazia doações para causas importantes, era gentil com os pais, e tinha relacionamentos contínuos, reais e não sexuais com pessoas havia décadas, e, diferente do pai, Bobby não era criminoso, apesar de mulherengo. Então, talvez, ele pudesse aprender a ser um pai melhor, e Alex pudesse dizer a Sadie: "Eu perdoei meu pai antes de morrer, e estou feliz por ter feito isso, e eu nunca gostei dele". Era só um ritual, o ato de perdoar. Ela baixou a cabeça e rezou, pedindo que a filha estivesse bem, que a mãe pudesse superar a morte do pai em algum momento, e para o pai morrer logo.

Alex saiu do quarto e estava certa de que nunca mais voltaria. Caminhou por todo o perímetro do andar do hospital procurando a mãe, pronta para receber a verdade. A mãe havia pegado ritmo e já suava a testa. Como não reduziu a velocidade quando Alex se aproximou, Alex se juntou a ela. Barbra ficara mais forte e melhor repentinamente? Para onde fora aquela mulher frágil que mexia a sopa? Onde estava o sofrimento?

– Não está se sentindo melhor? – disse a mãe, as bochechas rubras de vida.

– Não diria isso.

Passaram por uma paisagem que incluía pelicanos voando, árvores cobertas de musgo abaixo deles, um céu violeta-azul, cores desfocadas de aquarela, numa moldura dourada.

– O que mais quer de mim? – perguntou Alex. – Quer que espere aqui com você? Quer ir para casa?

– Pensei em continuar andando. Continue comigo por mais um minutinho.

A mãe caminhava rápido, e balançava os braços concentradamente.

– Mãe, eu sei que você o amava, mas...

– Ninguém sabe quem vai amar.

– Não era para ser uma crítica. Eu só estava afirmando um fato.

– Ok, eu o amava.

– Mas você sabia que ele era mau, não é? Tipo um cara bem mau mesmo.

– Ninguém está em qualquer posição para julgar ninguém.

Aproximaram-se de um senhor sentado em uma cadeira de rodas, que estremecia a cada vez que girava as rodas. Ele tinha uma bandana vermelha amarrada ao pescoço, e, apesar da fragilidade, a bandana dava-lhe um ar jovial. Alex ficou tentada a parar e ajudá-lo, empurrando a cadeira até onde ele quisesse ir, mas não queria se separar da mãe.

– Não, estamos sim. Estamos totalmente na posição de julgar. É isso que significa ter sensibilidade. É a nossa capacidade de avaliar o que é certo e o que é errado.

Um dos membros da enfermagem passou por elas, o rosto fechado, cabelos grisalhos, de fios grossos, num corte curto e prático, expressão determinada, e caminhou até um ponto mais à frente no corredor.

– Há aspectos nebulosos em relação à vida que você, com sua mente jurídica, nunca vai conseguir entender.

Uma pintura de uma banda de metais num turbilhão de roxo e verde, o único detalhe colorido da decoração.

– Eu tenho noção do que é nuance. Eu sou um ser humano – disse Alex.

– Pois é, seu pai também. Assim como eu.

A mãe acelerou o passo, e Alex começou a respirar um pouco mais profundamente.

– Além do mais... eu simplesmente não quero te contar – disse.

Lá estavam as duas, repentinamente, paradas defronte o elevador. *Ele fodeu comigo*, pensou Alex. Apertou o botão e a porta abriu imediatamente.

— Estou indo embora — disse Alex.

Entrou no elevador e se virou, segurando a porta com o braço.

— Tudo bem, querida.

— Não me sinto nem um pouco melhor por ter feito aquilo, sabe? Por ter me despedido dele.

— Sinto muito — disse a mãe.

— Eu me sinto pior.

— Você vai se sentir melhor eventualmente, quando...

— Quando ele morrer?

— Talvez.

— Ok, então. Me liga quando ele tiver morrido.

A porta se fechou enquanto a mãe balançava a cabeça negativamente.

Elevador, primeiro andar, corredor sinuoso, até que ela desistiu, pegou a primeira saída que encontrou para o ar fresco, dando-se conta de que estava longe de onde havia estacionado. Caminhou em ritmo de passeio sobre o asfalto. Talvez ela estivesse se sentindo um pouco melhor mesmo. Ou talvez só estivesse feliz por ter saído daquele lugar de vez.

Não tinha noção dos seus desejos imediatos. Tinha fome, sede ou sono? Seria perfeitamente razoável para ela voltar para o hotel, fechar o blecaute, apagar todas as luzes e se esconder debaixo dos travesseiros e do edredom pelos próximos dias até que sua mãe telefonasse com a notícia. Estaria na absoluta e divina escuridão. Seu número de desaparecimento.

Arrancou o suéter da mãe em meio ao calor ardente de Nova Orleans. *Quase em casa*, pensou. *Quase longe de todos.*

Contudo, conforme caminhava pelo estacionamento, ouviu um lamento: o choro compulsivo de uma mulher. *Não é da minha conta*, pensou. *Já ajudei gente demais hoje.*

A pele queimava sob o sol. *Eu deveria ter colocado mais protetor solar*, pensou. *Deveria ter me protegido melhor. Talvez meu cabelo fique mais claro. Talvez a minha aparência mude depois disso tudo.*

O choro continuava enquanto Alex passava por uma fileira de ambulâncias, e ela se pegou sentindo raiva. Mais uma coisa com que teria de lidar, se ela quisesse lidar com aquilo, se conseguisse reunir energia. *Preciso mesmo?*

Uma vez, em uma aula de meditação, o instrutor dissera gentilmente: "Em todas as suas interações, imagine que você é a outra pessoa".

Outra, durante uma viagem com o ex-marido, visitara uma igreja em Paris, coisa que nunca faria nos Estados Unidos – ela era judia –, mas as igrejas eram mais antigas e melhores em Paris, e o pé-direito tão alto e o teto tão impressionante, e Deus poderia estar com ela ali – por que não ali ou em qualquer lugar? Sentou-se em um dos bancos, abaixou a cabeça e sentiu o sol batendo em si através de um vitral, e então pensou, naquele momento: *Isso não é Deus, mas também não estou sozinha.*

Quando deu à luz, viu-se refletida tão claramente nos olhos da filha que soube ali que teria de ser um ser humano melhor, sempre, para dar exemplo a ela.

Amara no passado, e, algum dia, voltaria a amar.

Caminhou na direção do choro. Calor, frio, calor, calor, calor, e o barulho ficou mais alto. Ela parou, pois viu de onde vinha o choro, de uma mulher, loira, sentada em um utilitário esportivo, a base das mãos contra os olhos, o torso tremendo, e depois bateu a cabeça contra o volante uma, duas, três vezes, com força, como se fosse realmente para machucar. Era Twyla. Estava de batom rosa. *É, isso é sofrimento*, pensou Alex.

Não é meu problema, pensou. *Nem um pouco.*

Alex se virou e foi embora, deixando o carro para trás. Voltaria depois para pegar. Precisava tirar isso do sistema caminhando um pouco.

Durante quinze minutos, caminhou sem destino, pensando: *Isso é ruim, é terrível, péssimo, não quero saber, e ninguém pode me obrigar.* Era impossível que Twyla estivesse tão atordoada assim por causa de Victor. O motivo tinha que ser outro.

Perdera o fio dos próprios desejos. Viu um bonde vários quarteirões adiante, bem polido, brilhante e verde, as portas vermelhas, acenando para ela. *É bem isso o que quero*, pensou. Correu na direção do bonde, e o motorista generosamente parou para que a senhora branca de meia-idade esbaforida e queimada de sol pudesse entrar, enfiar a mão na bolsa em busca de trocados e sentar-se no fundo.

Ah, espero por ela, pensou. Ela realmente parece estar precisando de uma carona.

… FIM DA TARDE

14

Sierra, na casa da mãe em Chalmette, deixando a filha bebê para passar o dia. As duas no acesso à garagem, examinando o telhado novo. O antigo, maltratado por uma década de chuva. A cabeça de Sierra levemente inclinada para a direita.
– Foi...? – disse e olhou para a mãe, cuja cabeça também estava inclinada.
– Foi – respondeu a mãe.
O pai havia instalado o novo telhado sozinho ao invés de contratar um profissional. Aí machucara as costas e agora estava de cama tomando analgésicos até segunda ordem.
– Acho que, às vezes, seu pai inventa de consertar as coisas ele mesmo só para se machucar e poder ficar se recuperando depois – disse a mãe.
– Aí sou eu que tenho que ficar tomando conta dele o dia inteiro, e ele tem a desculpa para tomar os remédios. Que vida.
– Bom – disse Sierra.
– Pois é – retrucou a mãe. – E como está o carro?

Era um Mustang conversível, da cor do cabelo ruivo de Sierra, decisão que ninguém ousou questionar; era *óbvio* que compraria de uma cor que combinava com o cabelo. Já tinha o carro havia nove meses. Já tinha quatro batidinhas na lataria, que Sierra não mencionara, mas que a mãe notara de qualquer forma.

— Você nunca soube tomar conta de nada — a mãe disse.

— Não é verdade — respondeu Sierra. — Olha essa macaquinha aqui — disse acariciando o cabelo da filha, ruivo como o seu. — Feliz e com saúde, corre como o diabo da cruz.

— A única coisa que você fez direito — alfinetou a mãe, rindo dela. — Ah, peraí, é brincadeira, mas sabe o quê? Não estava brincando, não.

Sierra voltou para o carro.

— Eu devo ter feito uma coisa ou outra certa na vida para ter um carro desses — disse acelerando o límpido motor do carro, engatando a primeira, que entrou macio, e saiu a toda, pensando: *Essa deve ser a sensação de se ter um pênis.*

O marido de Sierra comprara o carro, apesar de achar que não tinha dinheiro para isso e que não fazia sentido ter um conversível no calor de Nova Orleans.

— Sierra consegue o que quer — disse.

— Isso mesmo — retrucou.

O carro era usado. Pouco, mas era. Então não podia se gabar muito, apesar de estar em ótimas condições. Pelo menos estava.

O marido de Sierra a deixava fazer o que quisesse a maioria do tempo. Supostamente, ela era corretora de imóveis, e, por isso, queria o carro. Ela se imaginara passeando pela cidade com os clientes e mostrando-lhes chalés rústicos e charmosos, além de apartamentos. Havia inclusive comprado luvas de couro para dirigir. Depois que obteve sua licença de corretora, começou a trabalhar em uma empresa no centro da cidade. Apesar de certamente ser uma pessoa sociável, no fim das contas, não tinha paciência alguma para lidar com a papelada infinita. Suas avaliações foram terríveis. Os clientes foram embora, um depois do outro. E ela não contou a ninguém sobre o fracasso na carreira. O que fez foi ir à academia.

O marido de Sierra nunca questionou o porquê das matrículas em três academias diferentes. *Por que questionar um corpo daqueles?* Se tivesse perguntado, ela teria dito a ele que uma era para o treino normal, outra era uma academia de boxe e a outra de ioga. A verdade era que uma era pela Candice, uma pela Tiffany e a outra pela Maya. Suas instrutoras. Suas garotas.

Sierra descobrira que era melhor lésbica que hétero. *Minha Mãe do Céu*, como ela adorava fazer as mulheres gozarem. Seu marido era aquela patacada de carne que a adorava e que amava se esfregar nela, e tudo era explosivo, com certeza, mas em quem ela mesma iria se esfregar?

Sempre fora assim. Amava meninos e meninas igualmente desde criança. Mas vá tentar ser gay na Louisiana tendo sido criada na Igreja Católica do sul do país. Sua família não tinha um centímetro de abertura. Mais recentemente, seus familiares haviam apoiado o Trump.

Sendo assim, continuou com o Mustang e as luvas e as várias matrículas em academias e as namoradas e as mensagens de texto sensuais e seus encontros sexuais três vezes por semana.

Tinha uma coisa que ela falava para qualquer mulher com quem ela estivesse: "Acho que hoje é meu dia de trair". E elas adoravam, elas adoravam Sierra, seu cabelo ruivo, suas pernas finas, amavam passar os dedos pelo seu corpo e quando flertava com elas com uma piscada. Nem pensava no assunto, no fato de que podia dizer a mesma coisa repetidamente. Não era o que elas queriam ouvir? Tinha certeza de que descobririam que ela só tinha um truque na manga. E ela pagava a conta das academias todas na data certa.

O marido de Sierra era bombeiro e tinha seis cartões de crédito no limite, tendo acabado de abrir uma sétima conta.

Era sexta-feira, dia de Candice, personal trainer em uma academia de crossfit em Irish Channel. Havia uma academia de crossfit também em Algiers, mas Sierra achava que estaria pedindo para arrumar confusão ao se divertir tão perto de casa assim. Candice tinha cabelo longo e encaracolado e olhos azuis, uma postura incrível, cuidava da higiene, era atlética, do Colorado e extremamente gentil. Depois da aula, iam de carro até a casa dela em Mid-City, dividiam algo para comer, hidratavam-se, balançavam-se um pouco em uma rede no jardim e se agarravam. Um encontro dos sonhos, se é que ela já tivera um.

Estacionou pouco depois da esquina da academia na Second Street e olhou as mensagens de texto. Havia seis mensagens seguidas de sua amiga Twyla. Em pânico. Desagradável. Sierra não queria nada com aquilo. Já dera todos os conselhos que podia lhe dar sobre o assunto. A bola estava com Twyla agora. Se tivesse noção do melhor para si mesma, manteria a boca calada.

15

Twyla não achou que veria a mãe e a irmã de Gary no hospital, e a falsa calma que havia conseguido fingir para Alex e o momento de paz que tivera rezando no quarto de Victor mais cedo haviam desaparecido. Com certeza sabiam o porquê de Gary estar em Los Angeles. Com certeza, estavam todos fingindo. *Isso tudo vai acabar em breve,* Twyla pensou enquanto soluçava no banco da frente do seu Chevrolet Suburban.

A dor de ver seu rosto distorcido no retrovisor destruiu Twyla. Lágrimas e a maquiagem se desfazendo, os lábios sofridos, rachados nos cantos, com metade da cor que tinham havia pouco, só Deus sabia para onde teria ido, absorvida pela pele, evaporada no ar, afundada no sofrimento. Aqueles olhos, antes jovens, vivazes e molhados, aquela pele, antes rija e sem qualquer marca. Era ali que acabava a esperança: em um estacionamento de hospital, superexposta ao sol, desidratada pelo ar-condicionado e pelo álcool, todo e qualquer defeito aparente. Não conseguia olhar mais um segundo para o próprio rosto. As circunstâncias dos últimos três meses haviam mexido com ela de forma tão profunda que mudaram sua maquiagem, disso ela tinha certeza.

Quando Twyla tinha sete anos, houve um incêndio florestal em uma área de preservação que margeava a fazenda da família. O pai e os empregados o combateram com mangueiras. Ela ficou ali com a mãe, de olhos arregalados mirando a linha laranja de fogo em meio às árvores, cobrindo a boca e o nariz com a barra da camisa, até que gritou, pedindo ajuda.

Levou baldes de água desajeitadamente desde a casa até o local do incêndio durante horas. Triunfaram aquele dia – um milagre, na verdade –, mas o que ficou para trás na reserva acabou com eles. Terra cinza, queimada, tocos pretos onde antes havia árvores. O verde, perdido para todo o sempre. O pai falou por meses aos domingos sobre o apocalipse. Falava de cavalos cobertos de cinzas. O lugar nunca foi o mesmo.

E ela também não.

Conforto, ela queria conforto. Calma e serenidade. Twyla meteu a mão na bolsa, pegou e colocou no rosto os óculos escuros, pretos, excessivamente grandes, com brilhantes. O mundo ficou mais escuro. Mas ela precisava mais que aquilo. Um ambiente tranquilo, puro, intocado. No carro, virou a esquina, tonta de opções, e, alguns quarteirões à frente, na Claiborne, as lágrimas ainda caíam e ela as secava com a base da mão, até que encontrou uma farmácia da rede CVS. E como ela adorava a CVS, luzes fortes, ar-condicionado forte, tudo intacto e congelado e selado, em prol de sua proteção. Perfeição plástica. Pegou uma cesta e parou por um instante; para aquela visita, precisaria de algo maior. Pegou um carrinho de compras. *Pode vir*, pensou. *Me dê algum alento; me deixe sonhar.* Pois o que era o setor de maquiagem além de um vislumbre de esperança?

Sempre usara maquiagem. Transformar a fisionomia tinha um significado profundo para ela. Era uma arte, um desafio, uma forma de autoconhecimento. Mas nem todo mundo gostava de maquiagem. Ela se lembrava de uma de suas melhores amigas quando criança, Darcy, amiga por padrão, na verdade, porque era a vizinha mais próxima que morava perto o suficiente para ir até sua casa de bicicleta – a outra criança morava a oito quilômetros seguindo a estrada, naquela cidade isolada. A família de Twyla morava lá por conta da produção agrícola da fazenda, e os pais de Darcy por questões intelectuais e políticas, algo a ver com uma rejeição da sociedade e seus males, coisa da qual não podia discordar agora – ela estava doente, afinal –, mas, à época, rejeitar qualquer coisa que fosse, ainda mais o mundo inteiro, deixava Twyla perplexa e encantada.

— Você rejeita esse galho?

Estavam no quintal de Darcy, escondendo-se dos pais, debaixo da varanda, Darcy insistindo que as duas formassem uma sociedade secreta. Tinham doze anos, e nenhum mal havia ocorrido às duas.

— Não. A natureza é pura — disse Darcy.

— Você rejeita *Vidas sem Rumo*? — Twyla perguntou.

Estavam lendo o livro na escola, e era para estarem fazendo um trabalho juntas sobre ele, apesar de que Darcy já o havia terminado por não ter o que fazer, sem nem perguntar a Twyla.

— Não, precisamos de livros. Os livros vão nos salvar.

— Você me rejeita?

— Ainda não — disse Darcy, recolhendo-se atrás do cabelo. Ela tinha uma franja linda. A mãe era japonesa e atenciosa, e tinha pilhas de tecido *batik* empilhado na sala. Seu cabelo era exatamente igual ao dela, grosso e liso, com uma franja séria e imaculada. Darcy levantou o dedo reflexivamente.

— Mas tem tempo. — Darcy observava muito Twyla, que não se importava. Fazia comentários e a narrava, seus olhos, sua pele, sua risada.

— Twyla está de bom humor hoje — dizia tocando com a ponta dos dedos a camiseta tie dye que a mãe fizera para ela em uma bacia no quintal. Darcy a cheirava.

— Você tem cheiro de chiclete. — Twyla não conseguia acompanhar.

— Você tem cheiro de árvore — ela tentava. Darcy franzia a testa. Sabe quando as meninas são amigas quando jovens? Quando adoram uma à outra até que começam a se odiar. Eram assim.

Twyla chegou à escola para o primeiro dia de aula na oitava série totalmente maquiada, em tons pastel exagerados: blush pink, batom pink fosforescente, sombra verde-piscina, o cabelo preso para trás de um lado com uma presilha pink brilhante de margens recortadas. Orelhas com furos novos, resultados da ida ao shopping que tivera com a mãe — noventa minutos de carro até a terra prometida. Twyla que não parou de falar o caminho todo. Preparara-se por semanas, estudando toda e qualquer revista para adolescentes que tinha em mãos, lambendo o dedão antes de virar cada página. No salão, o cabeleireiro murmurava:

— Tem gente que mataria por essa quantidade de cabelo, não se esqueça disso. Deixa o cabelo livre pra ser o que é, garota.

A garota do quiosque de maquiagem usava um perfume delicioso, e, em seus lábios, um batom vermelho líquido brilhante.

— Você é jovem, não precisa de muito — disse.

— Só me mostra como fazer os meus olhos — pediu Twyla, gulosa.

Ela não moraria em uma fazenda para sempre. Não rejeitava nada; aceitava tudo. A oitava série seria o começo de tudo para ela.

E lá estava Darcy, no banheiro, primeiro dia, as duas lado a lado, julgando o que havia mudado no espelho enquanto lavavam as mãos.

– Que decepção – Darcy disse, e Twyla se assustou.

Darcy já tinha seios e traços de um bigode, no qual ela nunca tocaria, nem clarearia, nem removeria; só deixaria como estava, inclusive no Ensino Médio.

– Você está com inveja – disse Twyla, mas era ela que estava com inveja daqueles peitos.

Darcy deu um passo atrás e conferiu-lhe um tapa, e, apesar de a mão não ter batido com força, quebrou algo dentro de Twyla.

– Eu rejeito a ti – disse Darcy.

A ti?, pensou Twyla. Quando um "a ti" havia aparecido? Ela tinha que dizer "a ti" também? Aquilo era ridículo. Twyla grunhiu para ela e a derrubou no chão. O banheiro, cheio de adolescentes, gritou ao mesmo tempo. As duas brigaram horrivelmente, dado que nenhuma delas sabia o que estavam fazendo, meios socos, puxões de cabelo, caneladas sem força, mas, mesmo assim, brigaram sério.

A guerra, no entanto, já havia terminado: ocorrera a rejeição. Pela primeira vez, alguém não a queria. E tinha tudo a ver com aparência, competição e ficar mais velha. Era nojento, confuso e, vagamente, em algum momento do futuro, sexy. Twyla passou dias chorando, vomitou duas vezes, e sua mãe a abraçou enquanto soluçava. A mãe lhe deu um diário com um cadeado e uma chave.

– Ao invés de ficar tão consternada em público, que tal desabafar escrevendo aqui? – sugeriu. – Prometo que não vou ler. É só para você e os seus segredos.

Twyla fez o que a mãe mandou. "Darcy acha que é super especial, bom, mas ela *não é*", escreveu. Poucas horas depois, porém, ainda chorava.

– Darcy é uma menina estranha, eu admito – disse a mãe.

– Odeio ela – retrucou Twyla.

– Shhh, você não odeia ninguém. Ódio é uma palavra muito forte.

– Mas eu odeio – Twyla respondeu.

– Não chore mais, não – pediu a mãe. – Seus olhos estão vermelhos. Olha no espelho.

Twyla foi até o banheiro e lavou o rosto. A mãe, disfarçadamente, havia deixado ali um kit novo de maquiagem. *Um presente mil vezes melhor que um diário*, pensou Twyla, apesar de ter gostado dos dois. Começou a maquiar os olhos até ficar mais bonita, sentir-se melhor e estar, de fato, melhor. Dobrou a atenção na aparência o resto do ano escolar e durante todo o Ensino Médio. Cinco anos depois, Darcy foi para a costa leste para fazer faculdade, e nunca voltou.

Twyla pegou um batom salmão-rosa, sentiu o peso na mão por meio segundo e o jogou no carrinho. Todos os tons de rosa que encontrou, jogou no carrinho. Depois, parou defronte a uma gôndola decorada com tons de bala e chiclete, pontos de exclamação e emojis. O fato de que o público-alvo eram meninas de quinze anos não a afastou nem a atraiu. Só via cores. Não precisavam se esforçar para vender para ela; Twyla já estava dentro.

No Ensino Médio fazia, com orgulho, a maquiagem das produções teatrais. Chegava cedo aos ensaios e analisava e organizava o material, este já com anos de idade. Antes que começassem as audições para a peça de inverno, o Sr. Powter a estimulou a participar.

— Ele fazia essas coisas com as mãos — disse depois à mãe quando perguntou por que Twyla estava nos testes para a peça. Twyla o imitou, balançando os dedos próximos ao rosto da mãe, rindo, apesar de ter ficado lisonjeada.

— Esse rostinho é bonito demais para ficar na coxia — dissera o Sr. Powter.

Ela não tinha uma queda por ele, mas era alguém com quem gostava de conversar, alguém que admirava, mesmo com seus defeitos mais óbvios, sua humanidade genuína. Também gostava de como ele olhava para ela, do fato de que o rosto dela prendia o seu olhar. Não era feio, pensava à época. Certa vez, o pegara no camarim passando base no rosto. A base era escura demais para o seu tom de pele, isso ela enxergava de longe enquanto passava silenciosamente pelo vão da porta. Uma porta rangeu em algum lugar do teatro, e ele se virou enrubescido, dizendo:

— Eu não estava fazendo nada.

— Não precisa se explicar para mim — ela respondeu.

Twyla se aproximou e examinou seu rosto.

— Essa aqui é melhor para você — disse, aplicando gentilmente um líquido diferente e cremoso sobre sua pele.

Ele deu a ela todos os papéis principais. Se era boa atriz ou não, isso era irrelevante. Mas uma ideia havia entrado em sua cabeça: ela queria ser atriz. O Sr. Powter lhe disse que não deveria ligar para a faculdade.

— Esses diplomas todos te impedem de trabalhar — opinou. — É melhor começar jovem. Pode acreditar. Disso eu sei.

Ele fez que sim com a cabeça enfaticamente enquanto ela jogava no ar a ideia de se mudar para Los Angeles depois de se formar.

– Tudo menos isso – falou a mãe depois do jantar, a chuva da primavera batendo no telhado da casa.

A mãe trabalhava duro no distrito escolar. Ela economizava dinheiro para Twyla, mas não para ir atrás de um sonho que nem se parecia com o seu. No vão da porta, o pai, forte, de cabelos brancos e bochechas vermelhas, saiu de vista. Twyla, naquele momento, não fazia sentido para ele. Ele não a enxergava mais, ela pensava. *Eu sou ar, um fantasma, fumaça.*

Não precisava do dinheiro deles. Ela tinha o suficiente para começar com os bicos que fizera no verão e presentes por ter se formado na escola. Também tinha um colchão, um cheque do Sr. Powter, que, agora, ela chamava de Garth.

– Um dinheiro para começar – disse ele.

Talvez ele fosse a visitar Twyla durante as férias de inverno para ver como ela havia se conformado, para que pudesse se orgulhar dela. Ela gostava da ideia de alguém ter orgulho dela, claro.

Não era um dinheiro jogado ao vento, pois, no dia 1º de janeiro de 1999, ele fora de mala e cuia não só passar o inverno, mas permanentemente, e estacionou um furgão de mudança defronte ao apartamento que ela dividia com três outras meninas em West Hollywood. Um colchão de ar no chão certamente não era lugar para um homem de quarenta anos. Ela estava muito confusa. Fizera algum tipo de acordo com ele do qual não estivesse ciente? As companheiras de quarto, todas atrizes, consideraram-no uma curiosidade por um final de semana, olhando-o quase com afeição, pois todas haviam tido um professor de teatro excêntrico, e, na verdade, ainda tinham. E ele achava todas lindas também – mas, depois de visitar toda e qualquer atração turística na cidade, passou a ser só mais um corpo em um espaço pequeno e compartilhado. Ele precisava ir embora. Twyla sentia-se intimidada e estava furiosa ao mesmo tempo. Ele lhe dera apoio. E, agora, ela precisava rejeitá-lo.

– Eu devolvo o seu dinheiro – disse enquanto o levava até a porta.

– Foi presente – ele respondeu. – Eu aviso para onde fui.

Ela fechou a porta e caminhou pelo chão de taco, com a cabeça baixa, genuinamente deprimida, sensação desconhecida para Twyla. Como ela fora parar ali? A visão dela como atriz era dele, não dela. E agora ela estava longe de casa, e odiava decorar e ensaiar falas para as audições que fazia para papéis que nunca conseguia, bem como fazer dieta pela primeira vez na vida e competir por uma coisa pela qual não ligava muito. Ela não estava se divertindo nem um pouco e tinha dezoito anos. Twyla não tinha qualquer interesse intelectual por cinema de um ponto de vista da performance; não havia catarse alguma esperando por ela. Só curtia a fachada daquilo tudo. Os cartazes, os rostos nas telas de cinema. Sua aparência em fotos de portfólio. Mas ainda não queria voltar para casa. Esvaziou o colchão de ar solenemente. Por que queria ficar em Los Angeles? Gostava da praia, selvagem e romântica, tão diferente da pacata costa do Alabama que ela conhecera quando jovem. Era nova, bonita e tinha um sotaque do qual todos zombavam, mas adorava quando zombavam dela. As colegas de quarto eram divertidas e agitadas como ela; e andavam por aí sempre juntas. Um dia estaria tudo acabado para elas, mas, naquele momento, tudo parecia possível. Poderiam ser escolhidas para um filme. Poderiam se apaixonar.

No sábado seguinte, Caroline, uma das colegas de quarto, tinha um encontro, e Twyla se ofereceu para fazer sua maquiagem. Por diversão, para exercitar e como pedido de desculpas também pelas duas semanas em que o Sr. Powter morara com elas.

— É você, mas melhor — Twyla murmurou.

— E olha que eu já sou bonita — retrucou Caroline. Ela olhou para si no espelho do banheiro, apertou os lábios um contra o outro e jogou um beijo no ar. — Mas agora eu estou linda.

Twyla voltou a fazer maquiagem. Era o que gostava de fazer. Matriculou-se em uma escola de maquiagem em Burbank, coisa que os pais podiam apoiar, que estariam felizes em financiar, afinal, era uma escola, finalmente. Então, ela ia de ônibus até lá todo dia até que encontrou alguém de West Hollywood com quem pegar carona. E realmente se dedicou. Adorava os princípios. E amava a transformação. O rosto estava de um jeito quando ela começava, e de outro quando terminava. E era ela que fazia aquilo. Ela. Aquele tempo todo ela imaginava se poderia ser especial algum dia ou pelo menos boa em alguma coisa, e, no fim das contas, tinha um talento de verdade. Arrumou um estágio e trabalhou como autônoma até conseguir um trabalho em uma série nova de comédia. E lá estava ela, em uma vida de adulta, na Califórnia. Morou em Los Angeles pelos próximos cinco anos. Talvez ficasse para sempre. Ela gostava da praia. Filiou-se ao Local 706, o que agradava a mãe, que fizera parte de vários sindicatos por mais de trinta anos, frequentemente como membro eleito. Comprou um fusca usado de um surfista velho que morava em Topanga Canyon, e imediatamente descobriu que a janela de trás trepidava na estrada, mas ela havia pagado pelo carro em dinheiro, e o adorava de qualquer forma. O cabelo clareado pelo sol. Estava sempre com saúde, bronzeada, com sardas na pele, e com trabalho. Era jovem e sua vida era grandiosa.

O único problema eram os homens, que constantemente a incomodavam. Por que estavam sempre por perto, e por que tantos queriam saber se ela era atriz? Por que se importavam tanto com sua profissão? Mesmo assim, era gentil com todos, e não os aceitava nem os rejeitava, só seguia em frente sem muita comoção, com um olhar ou uma palavra cortês, de vez em quando treinando seu olhar perdido com eles. Mesmo quando a aborreciam, sabia como afastá-los rapidamente. A mãe a havia ensinado a dizer serenamente "Interessante" quando um homem ficasse tentando explicar coisas para ela durante muito tempo. Ou sempre havia alguém ali perto com quem precisava falar imediatamente. Passara metade da vida correndo para encontrar amigos imaginários. Às vezes, ficava triste quando ninguém estava, de fato, esperando por ela.

Começou a achar que todos os homens eram chatos, especialmente no trabalho. Mesmo em meio a tudo o que acontecia e toda aquela animação nos sets de filmagem, ninguém dizia qualquer coisa que a interessava. Homens passavam por Twyla ruidosamente com suas pranchetas e headsets, todos só fazendo negócios uns com os outros. Ela gostava de alguns de seus colegas no departamento de maquiagem, mas eram só amigos, parceiros de trabalho, seres humanos impecáveis e, na maioria das vezes, gays. Pensava em Darcy durante essa época de sua vida. Darcy com todas as suas filosofias. Era disso que sentia falta. Pensamento, consciência.

Passou seu vigésimo terceiro ano na Terra fazendo um exame de consciência através de vários estudos místicos e espirituais. Fez até aulas de meditação, mas não conseguia parar quieta, não estava interessada em respiração, e era tudo muito parecido, ausência e consciência ao mesmo tempo. Participou de um programa de desenvolvimento pessoal um final de semana e se viu questionando toda a sua existência, desconfortavelmente, e quando sua cabeça parou de zunir, deu-se conta de que não era lixo, como haviam sugerido. Ela só era jovem. Encontrou gurus que lhe disseram que era uma alma antiga, e outros que falaram que havia acabado de chegar. Todo curso, seminário, encontro ou grupo de orações ou de discussão sempre parecia terminar suas atividades com um pedido de contribuições. Saiu correndo de um Centro de Cientologia, de tão agressivo que seu inquisidor foi com ela aquele dia. Deu uma chance às religiões tradicionais. Tentou voltar para a igreja, mas isso a lembrou demais de sua casa, e a fez ter vontade de estar com os pais, de ter uma vida diferente, da qual sentia falta nos momentos de maior solidão. *Talvez meu destino seja ser judia*, pensou em um culto sexta-feira à noite em um templo em West Hollywood. Um vestido de verão com estampa de flores e um xale sobre os ombros. Reservada, respeitosa. Sentou-se longe de todos no fundo e lá, com a cabeça baixa, estava o segundo assistente de direção do programa no qual ela havia trabalhado. Acenaram um para o outro, e ela sentiu-se enrubescer profundamente. Após o culto, foram até a saída ao mesmo tempo. O nome do assistente de direção era Gary, ele lembrou a ela. Foram caminhando juntos na direção do estacionamento.

– Nunca vi você aqui – ele disse.

– Não sou judia – respondeu. – Agora estou me sentindo culpada por você ter achado que eu era.

– Bom, se você se sente culpada, já é metade judia – brincou.

Gary era bem bonito, ela pensou. Manifestadamente alto, decerto, e, enquanto caminhavam, ela teve que dobrar o pescoço para o alto para poder olhar para ele, mas seu cabelo era o de um super-herói, escuro, grosso, com uma ondinha esperta, e seus olhos eram enormes e acolhedores.

– Eu também quase não sou judeu – ele disse. Fazia bem a ele acreditar em algo, disse-lhe, mesmo que boa parte fosse fingimento. Havia desistido dos bares de Los Angeles. Precisava de um hobby, algo novo, para si, um lugar aonde ir sexta à noite. – Eu nem falo hebraico – admitiu. – É possível que eles estejam dizendo ali para rezar para Satã e eu nem sei. – Mas ele gostava de relaxar enquanto todos ao seu redor rezavam em outra língua. Era barulhento e silencioso ao mesmo tempo. Tinha gente, mas ele estava sozinho.

– Presente – ela disse.

– Exatamente – ele respondeu.

Pararam em frente ao carro dela. A sensação era a de que estavam em um encontro, mas não estavam. *Uma reunião*, pensou. *Nos conhecemos.*

Eles se encontrariam de novo na próxima sexta-feira. Ele a convidou para ir tomar um sorvete em seguida. Acenaram um para o outro no set algumas vezes. Na outra semana, ele pagou uma taça de vinho para ela depois do trabalho, mas só uma, porque não queria turvar o pensamento, conforme disse, apesar de não ter explicado o porquê. Um abraço de boa-noite. Twyla pensou: *Quanto tempo vai demorar para a gente transar?* Ela havia decidido que não queria ser judia, mas começava a se lembrar de algumas palavras das orações. Outra semana. Foram jantar juntos, num lugar caro, da moda e barulhento, quando ele disse:

– Me arrependi de ter escolhido este lugar, mas eu queria impressionar você.

E ela quase respondeu: "Eu iria a qualquer lugar com você", *mas aí é demais, né?*, pensou.

Teria sido demais mesmo. Gary era dois anos mais velho que Twyla e sabia muito sobre a vida, mais que ela, certamente.

– Eu nunca me apaixonei – ela falou a ele. – Não é uma pena? Não saber como é o amor.

– Pode ser difícil e pode ser fácil – disse Gary.

O restaurante ficou ainda mais barulhento. Ele se encolheu e pediu desculpas novamente. Ela esticou a mão na sua direção, dizendo:

— Eu iria a qualquer lugar com você.

O sexo com Gary foi uma libertação total. Ele era proativo e estava no comando. Queria agradá-la, apesar de haver uma questão de domínio ali, ela percebia. Ele colocava o corpo dela em várias posições, dobrando seus membros de um jeito ou de outro. Sentiu-se acrobática. Curtiu-se. Ela fez barulhos, disse seu nome. Sentiu o corpo quente e solto. Seus olhos se colapsaram e depois brilharam. Às vezes, esquecia quem era. Às vezes, via cores quando fechava os olhos. Não era passiva, mas deixava-se ser manuseada por ele. Suas mãos estavam sempre em todo lugar. Gary tinha mãos grandes, ele todo era grande, e Twyla se amolecia em seus braços. "Amor deve ser assim", escreveu no diário. "Quando você se liquefaz."

E ela começou a enxergar as coisas a partir da perspectiva de Gary. Era tão confiante e convincente, e tinha opinião sobre tudo: onde moravam, quem conheciam, política, o Universo, o cheiro da grama recém-cortada. Los Angeles, por exemplo, era complicada demais, e ele odiava o fato de que, quando você pegava o carro, nunca sabia quanto tempo demoraria para chegar a algum lugar. (Twyla não se importava com isso particularmente: a vida era uma aventura!) Ele também não gostava do programa em que trabalhavam: as piadas não eram engraçadas (ela ria), os atores eram ultrapassados (ela os adorava), e ele seria segundo assistente de direção para sempre lá. A cidade era muito grande, não fazia sentido, era inadministrável. O serviço era horrível no restaurante que ela adorava. E o vento frio à noite o deixava louco. E as pessoas eram tão superficiais. Não eram, pelo menos a maioria? Quando você realmente parava para escutar o que estavam dizendo, que substância havia? Ele tinha um olho crítico, dizia. Era o que o fazia ser um bom profissional. Assim, mesmo que nem sempre concordasse com Gary, Twyla era capaz de compreender seu ponto de vista.

No entanto, em sua existência diária não constavam conflitos. Era gentil e charmoso. Só quando estavam os dois sozinhos dividia seus pensamentos, que viravam segredos compartilhados.

"Amor deve ser assim", escreveu de novo no diário. "Se importar com coisas com as quais você nunca se importou antes."

Ele reclamava da família para ela, e a sua dor a deixava confusa. Ele dizia que a mãe era morta por dentro, e ele não lembrava se ela já estivera viva algum dia. Seu pai, um grosso.

— Se você visse como ele trata as pessoas. Deixa pra lá, quem quer ver isso? — disse Gary.

— É difícil entender como *você* foi sair disso. Você é gentil com todos, mesmo quando não está com vontade de ser gentil.

— Eu sou como sou porque ele era do jeito que era — respondeu.

Ela só conheceu Victor e Barbra quanto já estavam juntos havia muito tempo, pelo menos alguns anos, ao passo que ela o levara para conhecer os pais na fazenda quase que imediatamente, para a festa de trinta anos de casados deles, a qual eles organizaram no final de semana do Dia do Trabalho. No segundo dia em que estavam lá, bateu uma onda de calor, e Gary ficou entediado.

– Quilômetros de nogueiras – ele comentou. – São tantas.

Foram de carro até a cidade para tomar um sorvete. Ela pediu sorvete de menta com chips de chocolate, era verde-claro, o que achou irritante, apesar de ser o que a pequena loja servira toda sua vida. Sete anos em Los Angeles, e ela esperava que tudo fosse orgânico e natural.

– É verde mesmo – disse.

Não conseguia aceitar. Sentaram-se em um banco de madeira na frente da sorveteria e ficou olhando os velhos vizinhos brigando com o calor. Parada num sinal, viu Darcy, sem fazer nada, na picape dos pais. Viera no mesmo fim de semana que ela.

– Não vira, não vira, não vira – Twyla sussurrou.

– Quê? – perguntou Gary.

– Aquela mulher ali naquela picape. Nós estudamos juntas. A gente brigou.

Estranhamente, Gary a conhecia da New York University.

– Meu Deus. Você fez Cinema com a Darcy?

– Fiz – disse Gary.

– Darcy Rivers? – perguntou.

– Isso – ele respondeu.

– Me conta tudo. Não, espera, não quero saber. Não quero saber de nada.

— Nós éramos de grupos diferentes. Tudo o que eu lembro é que ela gostava muito da Laura Mulvey.
— Quem é Laura Mulvey? — ela quis saber.
Ele olhou para ela com admiração.
— É por isso que eu te amo.
— Não, sério, me diz — ela insistiu.
Gary explicou que Mulvey era uma teórica feminista de cinema, que escreveu um ensaio sobre, entre outras coisas, o olhar masculino da sétima arte. Segundo ela, a câmera enfoca a mulher de uma certa maneira, que a fetichiza.
— Eu sei uma coisa ou outra sobre isso... — ela disse.
— Claro, amor.
Olhou para a namorada com amor, e estava tão convencido desse amor que sentia, e de que ela era a mulher certa — que era importante que ela existisse, que havia um motivo para ela *existir* –, que Twyla só conseguia pensar: *Pode ficar com a sua Laura Mulvey, Darcy. Prefiro isso aqui em qualquer situação.*

Na CVS, ela abriu um tubo de batom, o crepitar do invólucro de plástico, e o passou nas costas da mão. Só queria senti-lo por um segundo, ver a cor contra sua pele. Era *glossy* e tinha cheiro de algum drink tropical, e ela quase o mordeu. Jogou-o no carrinho.

━━━━━ ■■■

Teve a filha ainda no primeiro ano de casamento. No chá de bebê, o Sr. Powter, que agora era gerente do bufê de um hotel e fazia aulas de interpretação nos finais de semana, estava abertamente glamoroso, o cabeço esvoaçante e com o rosto coberto de maquiagem, usando uma jaqueta com bordados lindos que todos admiravam. Ele deu uma cópia de *A Árvore Generosa* de presente.

— Olha só você — ele disse a ela.

— Olha só *você* — retrucou.

— Você sempre teve um brilho especial — ele falou, com um estalo da língua. — Mas agora é isso vezes um milhão.

Sentaram-se um ao lado do outro, em silêncio, no hall de entrada.

— Era isso que você queria? — ela perguntou ao Sr. Powter.

Ele já havia pedido desculpas por ter aparecido sem avisar no apartamento dela, e ela devolvera cada centavo do dinheiro dele.

— Talvez eu nunca seja feliz. É difícil, às vezes. Não é culpa de ninguém, só minha. Bom. Dá para culpar algumas pessoas, acho. Mas qualquer coisa é melhor comparando com onde eu estava. Eu era tolerado, mas solitário.

— Eu gostei do sul — Twyla comentou.

— Você gostaria mesmo.

Naquele momento, Gary já não aguentava mais Los Angeles. Ele poderia arrumar trabalho em outras cidades, disse. Seria difícil, mas possível.

— Mas e a praia? — ela quis saber.

— Mas você quase não vai à praia — ele insistiu, e era verdade, ela havia parado de ir à praia sem perceber.

Certo dia, seu amado fusca parou de funcionar na I-10, perto do Staples Center, bem na hora do rush, e todos os carros ao seu redor começaram a buzinar, e, apesar de aquilo poder ter acontecido em qualquer lugar, ela sentiu como se fosse por causa de Los Angeles. Seu telefone estava sem bateria. Twyla estava com o bebê no carro, e fazia muito calor para simplesmente ficar parada no carro, então ela saiu da rodovia com a filha nas costas, no sol, com o ensurdecedor barulho dos veículos, um coral fora de tom lhe dizendo: "Vai embora!". Finalmente chegou a um telefone público e ligou para Gary no trabalho:

— Vem me pegar.

Ele foi, e quando ela entrou no carro, disse:

— Ok, vamos, uma vida mais tranquila, ótimo.

E ele perguntou:

— Tem certeza?

— Eu iria a qualquer lugar com você.

Ele arrumou um emprego em Nova Orleans rapidamente, na produção de uma novela para um canal de TV a cabo. Ainda era segundo assistente de direção, mas o emprego lhes permitiu saírem da cidade. Foi poucos anos depois do Katrina, e a cidade ainda estava sendo reconstruída, mas eles tinham todas as coisas de que precisavam, uma creche, restaurantes, hospitais e casas que poderiam comprar na baixa temporada. Ela nunca mais se sentiria parte do ambiente. Havia uma linha clara separando quem sobrevivera ao furacão e quem chegara recentemente à cidade, além de uma subcategoria de intimidados entre aqueles que se mudaram para Nova Orleans depois do Katrina *porque* o Katrina tinha ocorrido e estavam ali para ajudar ou participar de alguma forma na reconstrução da cidade, e os que se mudaram para lá por acaso, como ela fizera.

"Por que você se mudou para cá?" Era uma pergunta constante, e nem sempre amigável, casual, de alguém que está querendo te conhecer. Os residentes que lá moravam antes da chegada de Twyla queriam saber suas *intenções* com Nova Orleans, como se ela fosse um pretendente que estava cortejando a cidade e eles fossem pais superprotetores. E ainda tinha uma linha que separava aqueles que haviam se mudado para Nova Orleans depois de adultos, antes ou depois do Katrina, e os que moraram em Nova Orleans a vida toda, nascidos e criados, que podiam dizer em que escola haviam feito o Ensino Médio, que tinham família na cidade havia gerações, que tinham tradições, e responsabilidades familiares, e essa lacuna se abria ainda mais no caso de Twyla – que nunca os alcançaria.

Como era originalmente do sul, viu-se utilizando de todo tipo de truque possível que tinha como menina branca do sul, maneirando nos maneirismos da Costa Oeste, ancorando-se em uma doçura precisa e polida, surpreendendo-se com as expressões que usava, que achava falsas quando criança, mas que agora, adulta, eram úteis. Ela não conseguia parar de chamar a todos de "y'all". Lá, seu sorriso era diferente do de Los Angeles. E quando perguntavam de onde era, nunca dizia Los Angeles; era sempre Alabama. Era bem recebida. Uma loira bonita com um bebê e um marido bonito. "Venham para uma reunião que vamos fazer no nosso quintal e nos contem todas as suas histórias. Ah, e tragam uma garrafa de vinho.

Certamente não será desperdiçada; será aberta." Ela ficava impressionada com o quanto bebiam. As pessoas fumavam maconha nas festas em Los Angeles e, claro, também fumavam em Nova Orleans, mas bebiam mais do que os peixes. No primeiro ano lá, ela e Gary sentiam uma atração enorme um pelo outro, supersexuais, algo quase animal. Fizeram amigos. A casa deles era tranquila e feliz. Avery dormia a noite toda. Era, no fim das contas, uma boa menina.

E, meu Deus, como ela adorava aquela criança. Não teve qualquer problema em parar de trabalhar, estava feliz por poder passar tempo com ela todos os dias. Não é que fosse fácil ser mãe, mas vinha-lhe naturalmente, e estava feliz por sua existência ser isso, acalmando-a. Twyla adorava o toque de Avery, sua maciez, sua maleabilidade, a admiração com que abordava o mundo. "Eu também já fui assim, há muito tempo", escreveu no diário com um misto de deslumbramento e frustração. Tinha 27 anos.

Gary era um ótimo pai. Ficou no emprego apesar das limitações, do fato de ser o mesmo trabalho toda semana, um ator principal difícil que ficava bebendo no French Quarter toda noite. Além disso, por vezes, Gary sentia que não havia para onde ir dali, que estava perdendo os contatos de Los Angeles com o passar dos anos. Ele seria segundo assistente de direção por muito tempo e, eventualmente, o programa terminaria (todos terminam), e aí o quê? Contudo, por hora, isso pagava as contas, eles conseguiam economizar algum, e ele fazia o sacrifício por Twyla e Avery. Fazia tudo pela família, de uma forma que ela não via os maridos das amigas fazerem, mas seu olhar era enviesado, claro. Ele compensava Twyla não estar trabalhando, carregando o peso como se leve fosse. Ele os via como parceiros iguais. Adorava a filha. Tentava fazer com que sua vida fosse mais fácil. Nunca pedia um tempo.

Ele ficava encantado com as férias de verão que passavam juntos. "Mais tempo com a família", dizia enquanto colocavam as malas no carro. "Mais tempo com quem eu amo." Ele cantarolava enquanto fazia as malas.

Foram acampar no Alabama, o lugar mais próximo onde podiam fazer caminhadas de verdade. Gary sentia falta de trilhas decentes, um dos seus hobbies favoritos na Califórnia. O relevo ali era plano por centenas de quilômetros. Demoravam quatro horas de carro para chegar lá; e era como se não tivesse demorado nada. Jogavam jogos durante o caminho. Tinham um cachorro chamado Chuck, um Catahoula malhado de língua gorda, que, aparentemente, daria a vida para salvar a de Avery, e que a lambia inteira no banco de trás. De noite, Avery se esparramava no chão e apontava as estrelas uma por uma, apesar de certamente cada um ali estar olhando para uma estrela diferente, afinal, era impossível, mas Twyla invejava como a filha acreditava que estavam mirando o mesmo ponto. Sentimentos profundos passeavam em seu peito. Os três ali, juntos. Estavam em casa, não importa onde. Assim, com esse amor, criaram uma boa criança. Assim, Twyla recebia esperança da filha e de Gary.

Mas aí seu pai ficou doente. Em seu último ano de vida, desenvolveu celulite infecciosa, que invadiu seu corpo através de rachaduras em sua pele e unhas. Na primeira vez, ele desmaiou em casa com uma febre horrível, mas depois foi ao hospital, e os médicos não sabiam o que havia de errado com ele. A mãe de Twyla estava tão preocupada que quase pegou o carro e foi até lá, mas os médicos o hidrataram e administraram antibióticos, o que o estabilizou e o deixou bem novamente. *Doença oportunista*, pensara. Seis semanas depois, na plantação, desmaiou de novo, caiu do trator, e a mãe disse:

– Você fica no hospital até a gente descobrir o que é.

Mesmo depois de identificarem a celulite infecciosa, não conseguiram impedir a recidiva, o que ocorria uma vez a cada poucos meses. A doença carcomendo décadas de dados cutâneos causados pelo trabalho físico ao sol. Não havia como curá-lo, apesar de a mãe agora constantemente o massagear com óleos e loções, de aparar-lhe as unhas. Ele também tinha que usar meias especiais. Mas, não importa o que fizessem, continuava ocorrendo, pois a infecção havia encontrado uma porta de entrada, uma fenda na pele, e continuaria a retornar. Morreu por outra causa: câncer de pâncreas, que o arrebatou rapidamente. Mas as fendas na pele foram o começo do fim.

– O que vou fazer sem ele? – perguntou a mãe, sem esperança, um lenço rosa úmido na mão, sentada na ponta da cama após o funeral.

– Viver – respondeu Twyla, apesar de, naquele momento, aquilo ser questionável.

Rosa, rosa, rosa. Uma vez, quando ainda eram namorados, ela e Gary tomaram chá de cogumelo no deserto, o céu ficou mais largo no pôr do sol, e as nuvens respiravam, e todos os tons possíveis de rosa flutuaram à sua frente como se estivessem em uma paleta enorme. E, se ela pudesse esticar o braço e pegar um pouco e passar nos lábios, como ficaria o seu sorriso, seria o sorriso mais exuberante de todos os tempos? Gary disse:

– Está vendo? Está vendo todas as cores?

– É isso que eu vejo o tempo todo – ela respondeu. – Eu só vejo cores.

Na CVS, agora, ela procurava aquele mesmo tom de cor-de-rosa. Jogou punhados de batons no carrinho.

Alguns anos se passaram. Quem poderia dizer que a série policial processual em que Gary trabalhava teria tantas temporadas? Ele já era primeiro assistente de direção, e levava o trabalho mais a sério que nunca, ficando até mais tarde. Avery acabou se tornando uma menina altamente cerebral, tinha um milhão de hobbies, e estava sempre ocupada com algum deles, e comumente não se dava conta de que a mãe estava bem na sua frente. Dois amigos se divorciaram, e ela sentiu a ferida. Um rasgo no Universo. Um dia, ela procurou novamente uma igreja, uma megaigreja em New Orleans East, uma flor-de-lis gigante na entrada, a vastidão da construção, os milhares de pessoas, as telas de TV, as luzes estroboscópicas. Era tão radicalmente diferente das igrejas a que ela fora quando era criança no Alabama; não conseguia se imaginar estando em intimidade com Deus em um espaço como aquele. Mas sentou-se sozinha numa das fileiras ao fundo, deixou-se ser consumida pelo espetáculo e sentiu como se estivesse em um set de filmagens de novo. Foi embora antes que estivesse muito à vontade ali. Parecia um lugar excelente para se esconder.

Twyla e Gary conversaram sobre ela voltar a trabalhar, mas o que faria? Ele não conseguiria lhe arrumar um emprego no seriado. Ela estava fora do mercado de trabalho havia muito tempo. Conseguiu um emprego modesto numa loja de departamentos, no shopping. Era a garota do balcão de maquiagem. Sorrindo para estranhos que passavam por ali a caminho da praça de alimentação. De vez em quando, ajudava uma menina qualquer. "Menos é mais", Twyla dizia a elas, mas elas não se convenciam muito. Fazer o contorno da maquiagem em uma menina de quinze anos dava-lhe vontade de vomitar, mas elas queriam saber mais sobre isso do que qualquer outra coisa. A maior parte do tempo, não acontecia muito no balcão de maquiagem. A garotada aprendia como fazer olhos esfumaçados ou como delinear os lábios em vídeos do YouTube. Era meio experiente. O salário era praticamente uns trocados. "É só para ter algo para fazer", dizia a quem quisesse ouvir. "É por diversão." Despreocupada. Uma mulher bonita, ainda. Com tudo no lugar. Pediu demissão. De qualquer forma, Gary havia parado de perguntar como fora seu dia. No diário, escreveu: "Se eles pudessem ver o que tenho por debaixo da pele". Esse fastio entre os trinta e os quarenta foi inesperado, mas aconteceu.

Até que, no ano anterior, a mãe de Twyla morrera subitamente. Ela ficou arrasada, pois Vivian se sentia tão viva; certamente, tinha ainda muito o que fazer em vida. Fizera muito depois da morte do marido. Primeiro, contratara um administrador e um contador para ajudar com a fazenda, atividade que sempre chateara o marido. Entrava menos dinheiro, mas acabava a pressão. Cortou o cabelo curto, fazia caminhadas longas de manhã, perdeu peso e até pôde parar com o remédio do coração. Fez voluntariado em uma igreja. Ensinou Avery a fazer praliné e a atirar. Passeava em meio às árvores no bosque de nogueiras durante o pôr do sol, como fazia o marido. "Isso tudo é seu", contou a Avery em sua última visita, Twyla sorrindo atrás dela. "Todas essas nozes." Poucas semanas depois, enquanto caminhava no canto da rodovia durante o pôr do sol, procurando a entrada de uma trilha para um lugar cheio de cogumelos, um caminhão a pegou. Seu corpo saiu voando. O motorista fugiu. *O que vou fazer agora?*, pensou Twyla quando recebeu a notícia pelo telefone. Ficou esperando que alguém lhe dissesse como sobreviver.

▬▬▬▬ ■ ■ ■

Twyla chegou ao fim do corredor e virou-se para o setor de higiene bucal, afinal, por que caralhos não, né? Aqueles lábios cor-de-rosa e brilhantes precisavam de belos dentes brancos para combinar. Foi então que ela viu seu reflexo em um display de óculos escuros e se deu conta de que ainda estava de maiô, que o usara o dia todo, no hotel, no hospital, e agora aqui, com um macacão tomara que caia sobre ele, mas que cobria pouco e mostrava o decote, as sardas. E lá estava ela – uma mulher madura, praticamente nua na CVS. Em sua cabeça, disse a si mesma: *Estou tendo uma crise nervosa em uma CVS, estou tendo uma crise nervosa em uma CVS, estou tendo uma crise nervosa em uma CVS.* E empurrou três caixas de branqueador dental para dentro do carrinho.

▬▬▬▬▬▬ ■ ■ ■

Depois do funeral, Twyla arrumou as coisas dos pais na fazenda. Encontrou a Bíblia da mãe, todos os álbuns de fotos de família que guardara, móveis que seu pai fizera, colchas que a mãe costurara. Frascos de perfume. Um porta-retratos com uma foto de Twyla numa peça da escola, a mulher de Curley em *Ratos e Homens*. *Foi quando eu era perfeita*, pensou. Era a melhor versão de si.

Depois da morte e do enterro da mãe, Twyla levou Avery à fazenda para visitá-la uma última vez antes de ser vendida. Avery adorava a fazenda, e, apesar de Twyla saber que ela estava triste pela morte da avó, não tinha como culpar a filha, tímida e inteligente, por estampar um sorriso no rosto quando cruzaram a fronteira com o Alabama. As melhores viagens da família haviam sido ali. No caminho, haviam comido churrasco na estrada, trocado cordialidades com a Senhorita Franklin, que os servia por detrás do balcão enquanto espantavam moscas dos rostos. A Senhorita Franklin disse que estava triste com o fato de que não os veria mais, triste por ter que dar adeus à família Clinton; ter conhecido seus pais, que eram pessoas boas em um tempo em que havia uma falta delas, significava muito para ela. Ela saiu detrás do balcão, abraçou Twyla e deu-lhe uma porção extra de salada de repolho. Twyla e Avery pegaram a carne de porco desfiada e a linguiça e o macarrão com queijo e os feijões vermelhos e a salada de repolho e o pão branco e o chá e o molho que vinha de acompanhamento, entraram no carro e seguiram por mais 25 quilômetros até a entrada da fazenda, e depois mais oitocentos metros por um caminho cheio de curvas, passando por um bosque de nogueiras, até a casa em que passara a infância.

Havia chovido forte por dois dias, e a grama estava alta e com o verde mais brilhante possível, e as árvores eram velhas e portentosas, e lá não escutavam nada além do barulho de um caminhão que passava na estrada. Seguiram pelo caminho de asfalto que seu próprio pai havia construído mais de trinta anos antes. As duas sentaram-se à mesa de piquenique no quintal de trás e atacaram a comida. Twyla queria que a filha visse a propriedade uma última vez e soubesse que seu futuro estaria garantido por ela. Comeram em silêncio. A comida estava tão boa. Quase não olharam uma para a outra enquanto molhavam garfadas de carne de porco no molho. De repente, Twyla captou um ruído, um rastejar pelo chão. Pararam de comer e olharam ao redor. Twyla se lembrou de algo da infância: a chuva desentocava as cobras. O lugar estava cheio delas. Ela se assustou e sussurrou para Avery o que estava acontecendo, como se as cobras pudessem entender o que dizia. Mas Avery, aquela criança doce, nerd e futura cientista, não tinha qualquer medo; na verdade, ela estava encantada.

– Que tipo de cobra será? – perguntou.

Levantou-se e começou a caminhar em direção à grama, esticando o pescoço. Twyla deu-lhe uma bronca e disse-lhe que ficasse no asfalto.

– Fique longe das cobras, Avery. – Pegou o braço da filha. – Volte aqui – disse, balançando a cabeça. – Nunca vou entender essa sua atração pelo perigo.

No entanto, admirava a coragem da filha e reconhecia a conexão que tinha com a fazenda. A propriedade da família. E se ela ficasse ali e cuidasse do lugar? Poderia ficar com Avery. Gary já quase não passava tempo em casa nos dias de semana. Poderiam olhar as estrelas à noite. Poderia ser escolarizada em casa por ela e trabalhar na fazenda. Avery só gostava de ciência e natureza mesmo; a fazenda poderia ser um experimento para ela. E se ficasse ali, tranquila, com a filha? Isso poderia fazer.

Mas, ao invés disso, concordou em vender a fazenda para os pais de Darcy. Queriam juntá-la à própria propriedade e transformar tudo em uma residência para artistas, uma ideia estranha para Twyla, mas que lhe parecia adorável e tranquilizante, e prometeram que poucas árvores seriam derrubadas. Tinha a sensação de que seria algo permanente, e Twyla gostava da ideia de dar às pessoas um lugar onde viver por um tempo. No escritório do advogado, na cidade, assinou a papelada com os pais de Darcy e perguntou sobre Darcy. Gabaram-se da vida da filha em Nova York. Estava dirigindo comerciais de TV enquanto trabalhava em um documentário próprio.

– Ganhar pouco não é vergonha alguma – disse o pai.

– Não mesmo – retrucou a mãe.

Os tempos mudaram, pensou Twyla.

– E como você está? – eles perguntaram.

Acho que eu posso estar triste, pensou, mas não disse. Mostrou fotos de Avery, e a elogiou suntuosamente. Não é vergonha nenhuma.

━━━━━━━━━━━━━ ▪▪▪

Enquanto descarregava a maquiagem no checkout, a menina do caixa quase nem a olhava. Não tinha mais que dezoito anos, tranças feitas com perfeição e da cor de lavanda presas num coque no topo da cabeça.

– Minha filha está me implorando para que eu a deixe pintar o cabelo dessa cor – disse Twyla. E depois acrescentou, apressadamente: – Mas ela só tem treze anos. Mas fica bem em você.

A garota murmurou um "obrigada".

– Como está indo seu dia? – perguntou Twyla.

– Ah, sabe como é, né? Trabalhando dia e noite. Estou fazendo dois turnos.

Ela escaneou cada um dos itens metodicamente. Demorou um pouco, Twyla empilhando tudo em cima do balcão e a garota enchendo uma sacola e depois a colocando em outra, para só então começar a próxima.

Após encher quatro sacolas, uma abundância de itens de maquiagem e produtos de higiene bucal dispostos defronte a ela, a menina do caixa virou-se para Twyla.

– Se você não se importa, moça, para que isso tudo?

– Para mim.

– Ah, OK. Eu estava imaginando que fosse doar isso para algum lugar. Eu lembro que, quando eu estava no Clube de Meninos e Meninas, umas mulheres levaram um monte de maquiagem para as meninas. Achei que estava fazendo alguma coisa assim.

– Não, é só para mim mesmo. – Twyla ficou mortificada.

A garota olhou-a fixamente e, por fim, disse:

– Você está bem?

– Eu só quero me sentir bonita – Twyla respondeu à moça do caixa. Não tinha ninguém ali para testemunhar a cena. Gary a havia deixado, afinal, e ela não achava que ele voltaria.

– Bom, se isso tudo não funcionar, nada vai – disse a garota.

Twyla parou de descarregar o carrinho. Ela estava certa. Nada iria adiantar.

– Sabe o quê? Não vou levar nada.

A garota soltou ar pelo nariz em desaprovação.

– Você vai me fazer colocar isso tudo de volta nas prateleiras? É sério?

– Desculpa. Sinto muito mesmo – respondeu Twyla. Ela colocou a mão dentro da bolsa. – Estou sem dinheiro. Eu te daria algum se pudesse.

– Moça, tudo bem. Pode ir.

Essa gente acha que o meu tempo não vale nada, pensou a garota enquanto olhava a mulher sair da loja, a mão na cabeça, resmungando algo, mostrando pele demais, queimada de sol, acabada. *Essa mulher não me conhece. Mas meu tempo vale, sim. Eu tenho valor. Eu trabalho duro. Eu ganho meu próprio dinheiro. Eu economizo. Não desperdiço. Ano que vem, não estou mais aqui. Vou estar em Atlanta. Na faculdade. Ano que vem, não vou mais ter que lidar com mulheres assim. Ano que vem, Atlanta.*

16

Alex, no bonde na St. Charles Avenue, admirando a cidade sem distrações, sem ângulos, sem arestas, só a vista. Num quarteirão, uma fileira de casas cor-de-rosa coladas umas nas outras, aí mansão depois de mansão com varandas na frente onde os donos podiam se sentar, uma igreja que ofuscava a vista de tão branca, um grupo de turistas tirando fotos defronte a ela, os galhos das árvores suspensos, o trânsito trotando lento, um sonho, névoa, calor e rua.

Sentou-se bem atrás do motorista.

– Vai até onde? – perguntou.

– O canal – ele disse.

– OK – falou meio atordoada. – Canal. Beleza.

– Para onde você queria ir? – *Mais um turista perdido*, pensou.

– Não sei – admitiu.

Chegaram a um viaduto que passava por cima de uma rodovia. Ela viu um acampamento de sem-teto, tendas e caixas de papelão e sacos de dormir, alguns cachorros, e alguns homens caminhando. Uma mensagem pichada para uma mulher chamada Kat. *Estão procurando você, Kat*, pensou Alex.

— Bom, vamos passar pelos museus em breve e, se ficar mais um pouco, vamos chegar logo ao French Quarter. — Ele parou no sinal e sinalizou com a mão. — Esse aí é o Lee Circle.

Ela olhou para um pilar vazio, uma protuberância em cima da qual antes havia uma estátua.

— Vai continuar sendo chamada de Lee Circle agora que o Lee não está mais ali?

— Não sei responder. Não sei se podemos chamar de outra coisa — disse o motorista. — Apesar de que eu provavelmente poderia criar uma lista de sugestões. — Ele sorriu, pensando em seus heróis. — Não sinto falta da estátua. Disso eu tenho certeza. — Parou por um instante. — Mas algumas pessoas sentem. Depende de com quem você está falando.

Ela saltou no ponto, o que talvez não tenha sido uma boa decisão, pois estava extremamente quente, porém ela havia esquecido do fato. Mas ela queria ver um pouco de história, ou a ausência dela, supôs. Um local vazio. Deu uma volta na base da estátua. *Robert E. Lee, nunca te conheci*, pensou. *E agora nunca conhecerei. Nunca vou sentir a sua falta.*

Saiu caminhando. As ruas estavam vazias, o calor opressivo e gordo, Alex via-se atravessando-o como se com um facão. *Que tipo de pessoa vem para Nova Orleans em agosto? Só um idiota. Ou alguém cujo pai está morrendo*, pensou.

Passou por um pequeno museu da Guerra Civil e, depois, pelo Museu Ogden, o segundo andar feito de paredes de blocos de vidro flutuando sobre o chão, e o Centro de Arte Contemporânea, que estava fechado pelo verão, pelo que se podia observar, tudo isso em meio a um vórtice de um tipo específico de cultura aparentemente anômalo ao resto da cidade. Qual fora a última vez em que ela visitara um museu? Qual a última vez em que tivera a oportunidade de investir em qualquer tipo de curiosidade natural? Havia quanto tempo não pensava em coisas não relacionadas ao trabalho? Havia muitos museus em Chicago, cultura brotando dos poros. Uma vasta cidade. Um lugar para se esconder. Por que ela ainda morava longe do centro? A vida era realmente mais fácil lá? Tudo o que fazia era dirigir ou pegar o metrô até o centro. Já que Bobby tinha que morar em Denver, por que ela não podia voltar a viver na cidade? Sentia-se selvagem, e, repentinamente, com raiva. Parou em um bar para tomar um drink. Pediu, para um bartender bonito que vestia uma jaqueta branca, de cabeça raspada e óculos grandes demais, um Pimm's Cup para viagem. Enquanto servia o coquetel em um copo de plástico, chamou-a de "madame". Ela sentiu-se velha e disse:

— Te dou uma bela gorjeta se você nunca mais me chamar de madame.

Ele pensou: *Não sei nem como não dizer madame, assim como você também não sabe como não reclamar sobre isso.* No entanto, sugeriu:

— E que tal "senhorita"?

— Senhorita... dá para tolerar. — Ela sorriu, deu-lhe uma nota de vinte e saiu pesquisando algo no Google enquanto caminhava.

Coisas para fazer em Nova Orleans. Beber, comer, beber, comer, jazz. O Rio Mississippi. Cemitérios e fantasmas. Jacarés. Cruzou a Canal Street e entrou no French Quarter. Beber, comer, jazz. Fantasmas.

Pensou em ser turista por um tempo, em como estava defronte a toda uma verdade diferente sobre a cidade. Alex podia trilhar o caminho mais comum, para o qual era levada por forças maiores que ela. *Diga adeus ao seu livre-arbítrio. Você acha que está escolhendo, mas, na verdade, já escolheram por você, aqueles bares e restaurantes, aqueles músicos de rua, aquelas lojas de antiguidades, os estabelecimentos que vendem todo tipo de frozen daiquiri, os passeios, as varandas de ferro forjado no segundo andar com arabescos, a camiseta com uma flor-de-lis, os cigarros eletrônicos, os beignets cobertos de açúcar, os chapéus de aba larga para evitar que o sol destrua os seus olhos e a sua pele.* Tudo preciso e autêntico, ela supunha, no sentido de que a economia do turismo tinha sua própria verdade. Mas alguém estava por detrás daquilo. Havia os empresários e políticos e os funcionários dos estabelecimentos. *E fantasmas, provavelmente*, pensou. *Talvez sejam os fantasmas que administram essa cidade.* Ela apertou os olhos por conta do sol e tentou ver um ou dois deles, mas só enxergou turistas alcoolizados. *Se você não consegue vencê-los*, pensou, *então se larga.*

Na Bourbon Street, comprou mais um drink, um sugar-sour-sweet daiquiri, e pagou um dólar a mais por uma dose de rum 50% álcool, só para garantir que a bebida faria efeito. Comprou óculos escuros baratos cujos cantos externos superiores tinham ângulos mais agudos, mesmo que o sol já estivesse se pondo, porque estava com vontade de gastar dinheiro que não tinha. Parou defronte a músicos de rua e jogou um trocado no balde, bebeu do drink e se escondeu atrás dos óculos, fingindo que não era ninguém, certamente que não era uma mulher cujo pai estava no leito de morte. Alex parou em uma loja de lingerie e considerou comprar um sutiã de quinta categoria, contudo se deu conta de que não tinha para quem usar além de si mesma, e sabia que ela mesma era suficiente, porém, naquele momento, não sentia dessa forma. No dia seguinte se sentiria diferente. Mas agora ela se sentia assim. É assim que as pessoas se sentem quando os pais estão à beira da morte. Você só sabe como é até que acontece com você.

Checou, no celular, qual era o bar mais próximo de onde estava, usando o site de viagens que ela deixava guiar seu destino. O Hotel Monteleone estava localizado a meio quarteirão de distância, e, dentro dele, havia o Carousel Bar, que era redondo e girava. "Icônico", dizia o site. "Não deixe de ir, ou você poderá se arrepender", escreveu um rapaz de 24 anos mal remunerado e sem seguro de saúde, de uma mesa em algum lugar, curtindo uma ressaca da noite anterior, contemplando seus próprios arrependimentos. "Crucial", escreveu. "Você precisa ir".

— Ok, tá bom então — murmurou Alex, e seguiu em direção ao hotel.

Uma lufada de ar gelado vinda do lobby a arrebatou, e ela seguiu em direção ao bar, onde pegou o último lugar vazio e pediu um Sazerac a um bartender magro de cabelos grisalhos com uma mandíbula angulosa e olhos que pareciam amêndoas enormes. Ao seu lado, um casal namorava. O bar se movia bem devagar, quase imperceptivelmente, mas de fato se movia. Ela encheu a boca de um mix de nuts qualquer, suspirou e ligou para a mãe. *E lá vamos nós*, pensou.

— Sim, alô? — disse a mãe.

— Barbra — disse. — Não acredito que você não vai me contar a verdade.

— Não estou com tempo para isso — respondeu a mãe.

As pessoas ao lado de Alex continuavam namorando, e agora faziam barulhos de beijos. Alex odiava aquele som.

— Estou com raiva — falou Alex. — Não consigo evitar.

Uma mão apareceu deslizando em sua frente e um drink se materializou. Ela tirou uma nota de vinte da carteira e fez um "obrigada" com a boca para o bartender.

— A morte faz emergir qualidades diferentes em pessoas diferentes — disse a mãe. — Ou defeitos. Seu pai sabia como lidar com a morte; ele agia, e agressivamente. Eu fiquei passiva.

— *Ficou* passiva?

A mãe a ignorou.

— Seu irmão, aparentemente, não lida bem com a morte.

— Meu Deus, pois é, onde está o Gary?

— E você fica com raiva.

— Eu sempre fui raivosa — respondeu Alex, mas ficou pensando se aquilo era realmente verdade. Tivera muitos momentos de alegria pura quando criança.

Já fui feliz, pensou.

— Se tem alguém que deveria estar com raiva, sou eu — Barbra comentou.

Ah-ha! Tinha algo ali. Uma rachadura. Me diz alguma coisa, mulher, Alex pensou.

— Por quê? — perguntou Alex, e tomou um grande gole do drink.

Esse drink vai ferrar comigo. É esse. (Estava errada; ainda precisaria de mais dois drinks até ficar totalmente bêbada.)

— Porque vou ficar sozinha agora — disse a mãe, que emitiu um pequeno soluço.

— Ah, mãe. Você não está sozinha — retrucou Alex. — Eu estou aqui. — Ela nem sabia o quanto podia realmente oferecer, mas não queria ficar sozinha também.

— Não está, não. Estou sozinha agora.

— Também estou. Não importa. Não precisamos deles. — Era como se fosse uma espécie de grito de guerra tanto para ela quanto para a mãe. *Cá estou eu*, pensou.

— Ah, querida. Pelo amor de Deus. Fale por si própria. — A mãe desligou.

Alex acenou para o bartender, que replicou com um educado meneio de cabeça.

– Quero outro – pediu.

Sempre querem, ele pensou pela milésima vez na vida. Falar com a mãe no telefone do bar é, no mínimo, dois drinks. Ele já havia passado por isso. Colocou uma substanciosa dose de uísque de camaradagem para ela.

Alex se virou para o casal que estava do lado e falou:

– Eu pago a próxima rodada se pararem de fazer o que estão fazendo agora.

Continuaram, como se não a tivessem escutado.

Enquanto isso, pensou: *Sério, onde é que está o Gary?* Seu pai tivera o ataque cardíaco três dias antes.

━━━━━━━ ■ ■ ■

O caso do irmão perdido. Normalmente era presente, prestativo, e demonstrava uma curiosidade genuína a respeito de sua vida. *Intrometido, até*, pensou. Ela se lembrou de tê-lo pegado lendo seu diário quando estava no Ensino Médio. Não tinha nada de interessante para relatar à época, mas sentia muita coisa. Ela mantinha o diário escondido debaixo de um balde nos fundos do chalé da Nana, atrás da piscina, um lugar onde ela achou que ninguém procuraria. Quem diabos ia tão fundo assim no terreno? Havia muitos lugares onde olhar antes de procurar lá: a longa entrada de carros na frente em formato de círculo, onde Alex ficava rodando eternamente de bicicleta quando não aguentava mais falar com a família; e a própria casa, uma fortaleza de tijolos e madeira, com seus papéis de parede e pintura e tapetes e sofás que mudavam constantemente. Sua mãe tinha um ótimo olho para design de interiores, isso Alex reconhecia, as modificações que fazia no ambiente da casa eram precisas e vibrantes, mas davam uma sensação de instabilidade para Alex, aquelas eternas mudanças na decoração, algo que ela discutiria anos depois na análise, aquela sensação de náusea que sentia já adulta quando voltava para casa. Era o motivo, concluíra, de ter passado anos e anos sem visitar, logo que se deu conta de que tinha o direito de não ir, tão logo se deu permissão para fazer o que queria. Nunca mais teria que ver o interior daquela casa, aquele verniz impenetrável, a sala de estar que estava constantemente em obra, a cozinha na qual a mãe quase não encostava, a não ser quando cortava fatias e fatias de limão para colocar em uma jarra de água que ela bebia sem parar o dia todo. Não era limonada – um copo de limonada seria gostoso –, mas água cheia de limões. Ela levava um copo do líquido, subindo a escada, atravessando um longo corredor de luz indireta, passando pelo quarto do casal, por três quartos para visitas em sequência, depois pelo quarto do irmão e pelo dela, um defronte o outro, porta com porta, onde, por vezes, passavam bilhetes um para o outro por debaixo da porta (numa época em que as pessoas passavam bilhetes para cima e para baixo ao invés de mandarem mensagens de texto), pois pensamentos e segredos e reclamações tinham que ser compartilhados de alguma forma naquela casa ampla e silenciosa, o motivo de ter ficado tão chocada quando soube que Gary lera seu diário. *Estou bem aqui, cara. O que você queria saber?*

Depois da piscina, para onde ele fora, aquela piscina escandalosa de outra era, de outro lugar do país, aquele design Art Déco, como se tivesse sido arrancada de algum hotel de Miami e descarregada ali em Connecticut, para o pequeno chalé de pedra nos fundos da casa, debaixo dos robustos e sólidos bordos vermelhos que resfriavam o chalé, cujas janelas davam para o pátio, para que Nana pudesse olhar as crianças enquanto brincavam na piscina, apesar de Anya preferir ficar do lado de dentro, longe do calor, coisa com a qual ela nunca se acostumara nos EUA. "Vocês nadam, eu faço tricô", dizia, mas ela não conseguia ir muito longe, pois requisitavam sua atenção constantemente.

Nós clamávamos por amor, pensou Alex. Ela escrevera à época: "Estou desesperada por amor".

No diário, atrás do chalé onde assavam cookies, onde ficavam todos os livros velhos, a prataria que ela ajudava Nana a deixar brilhando, pequenas caixas de plástico cheias de receitas escritas em fichas catalográficas, uma caixa de joias cheia de pedras brilhantes de cores verde e roxa, presentes do avô Mordechai, de quando ele não estava bebendo, que Nana dizia que passariam a ela quando morresse – e passaram de fato –, e que Alex levara para ser avaliada, mas a qual o joalheiro disse que não valia nada, exceto pelo anel de diamantes, que não tinha muito mais que uma lasca, mas, pelo menos, era de verdade. Então ela guardou para Sadie, uma pequena oferenda, a memória de uma mulher que se importava com ela em um momento em que sua mãe não se importava. Tudo isso naquele chalé. Atrás do qual Gary gananciosamente leu seu diário um dia. Depois, quando perguntou o porquê, ele respondeu:

– Ninguém me fala como são as meninas, como lidar com elas. Tudo o que eu sei é que eu tenho que ser o oposto do papai.

– Não fique fuçando a garagem – Alex lhe disse. – Ignore as revistas.

– Já fucei – Gary retrucou. – É como se elas estivessem olhando direto para mim.

– Estão olhando para a câmera – disse com candura. – É tudo fingimento. Tudo bem elas fingirem. Mas não estão olhando para você.

– Fala mais – ele disse.

Ficaram amigos. Ela escolheu ser gentil com o irmão. Poderia ter ficado brava por ter lido seu diário, mas compreendeu. Ninguém os estavam ensinando como funcionar no mundo. Os adultos estavam muito ocupados mantendo seus segredos. O pai era mau, a mãe era fria, e Nana os alimentava. E ela seria amiga do irmão.

Na Jackson Square, sentiu vontade de ligar para Sadie. Estava com saudade, e queria que a filha estivesse ali com ela, não para ajudá-la com aquela situação difícil, mas, especificamente, para estar ali com ela naquele belo quarteirão, naquele momento em que o sol baixava por detrás daquele parque bem cuidado. Para além, o Mississippi, e ela, ali, defronte à

Catedral St. Louis, branca e majestosa, lembrando-a de um reino distante, apesar de algumas pessoas que liam cartas de tarô e vendiam obras de arte e que dobravam suas mesas e cadeiras ao seu redor, encerrando as atividades pelo dia. Não era o melhor lugar do mundo, mas era ótimo. Um conto de fadas para sua filha. Ter tempo longe dela era bom, Alex tinha consciência disso, mas gostava de presentear Sadie, mostrar-lhe o mundo, compartilhar experiências e momentos de alegria com a filha quando possível. Haviam atravessado o divórcio, agora estavam do outro lado, será que não podiam aproveitar o resto da vida juntas?

O divórcio poderia ter sido pior, pensou enquanto se escorava no portão de ferro fundido que cercava o parque, *mas também não foi divertido para ninguém, claro.* Casos extraconjugais foram revelados, e Alex não estava nem procurando. Era a primeira vez em que ela não queria saber de algo. Mas Bobby fez com que fosse impossível ignorar. Ele continuava usando o cartão de crédito errado. Como ela poderia deixar de perceber os quartos de hotéis em dias em que estava na cidade, além dos restaurantes caros e lojas de lingerie e tudo o mais? Isso em um mês só. Cartão de crédito errado na carteira da traição. Como ele poderia ser tão burro? Era um cara bem-sucedido, mais que ela. Ela perguntou certa vez a ele se queria ter sido pego.

– Só gente burra comete esse tipo de erro – disse. – Você poderia simplesmente ter me contado. Não teria sido mais fácil?

– Nada é fácil com você – ele respondeu.

Seguiu com uma lista de coisas que Alex fazia serem difíceis em várias áreas de suas vidas, e Alex contra-argumentava (corretamente, claro!) que nada daquilo importava agora porque ele a havia traído, que ele estava errado, que havia errado com ela, e que certamente Sadie ouvira aquilo tudo naquela casa silenciosa e espaçosa, e que talvez os vizinhos tivessem ouvido também. Ninguém quer que os filhos tenham que passar por isso. Ninguém. Horrorizada pelo barulho que faziam, pela volatilidade de suas vozes, concordaram em, a partir daquele momento, tratar da questão de forma calma e razoável. Pelo bem de Sadie.

As portas da igreja se abriram, e uma festa de casamento inteira começou a atravessar lentamente o calor da praça. Ali perto, um grupo de músicos usando bonés, camisas sociais e gravatas-borboletas iguais descansavam, preparando-se enquanto terminavam seus cigarros.

Ligou para a filha.

– Oi, mãe – disse Sadie, incomodada, Alex supôs, pela vida, e não a culpava.

– Sadie, eu queria te dizer….

– Espera. Deixa eu fechar a porta. – Uma pausa e um clique. – Estou me escondendo dele. As coisas estão feias aqui agora.

– Desculpa, querida. Queria que você pudesse ter vindo, mas não quero você aqui, acredite em mim. É melhor aí, prometo. Tudo bem. vamos lá. Você não precisa mentir por ele. Somos uma família. Somos um conjunto. Mas você é uma pessoa, uma mulher por si só, ou quase mulher, mas a questão aqui é que você é uma pessoa distinta, e é você que tem que decidir o que diz e o que não diz. Não precisa ser cúmplice de nada. Escolha *a si própria*.

– Ok, mãe.

– Eu também não sou perfeita. Queria dizer isso também. Eu cometo erros o tempo todo.

Eu poderia ter tentado mais, pensou, mas, à época, parecia que tudo que ela só fazia era tentar.

– Não quero que você se coloque para baixo para acertar as coisas com o papai – disse Sadie. – Papai pode simplesmente ser mau, tudo bem.

A minha garotinha está chateada, Alex pensou. Adultos são as pessoas mais decepcionantes do mundo.

– É que a gente quer amar esses caras, esses homens – continuou Alex. E uma sensação intensamente dúbia atravessou seu corpo. – Amamos mesmo.

– Eu não amo – respondeu a filha.

– Pode ser que ame um dia.

– Nunca.

Ou não, pensou Alex. *Pode ser que você goste de mulheres, então. Ou que você não se sinta mulher. Ou você também pode não gostar de ninguém, nunca. São tantas opções, mas não podia esperar um pouco mais para termos essa conversa?*

Ficaram em silêncio um tempo. Um trompetista praticou umas notas na igreja.

– Vou gritar com o papai agora – disse Sadie.

Alex não discutiu. *Deixa alguém ser decidida e cheia de propósito na família*, pensou. *Deixa a vida dela ter sentido. Deixa ela estar certa.*

O casamento começou a caminhar. A noiva era jovem, estava feliz, sorria, o cabelo cheio e castanho em um coque apoiado sobre a nuca, a maquiagem leve e fresca, os lábios num tom suave de lilás. As sardas apareciam através da maquiagem. Dois brincos de diamantes brilharam com a luz do sol. Alex não sentiu rancor ou inveja em relação a essa noiva específica, mas tinha uma sensação negativa, sombria quanto a ela que quase a colocou para baixo, e se apoiou ainda mais no cercado. *Certamente não tem como eu me sentir assim para sempre*, pensou. Arroz no ar, e vivas. Então uma mulher mais velha no fundo do grupo caiu por sobre um jovem que estava ao seu lado. Estava muito calor ao sol, calor demais para ela. Alguém abanou a mulher com um programa do casamento, e ajudaram-na a voltar para dentro. O casamento foi interrompido por um instante, mas ninguém contou à banda, que já havia começado a tocar.

17

Carver, ainda tentando mover-se com a cadeira de rodas pelo hospital, sentindo saudade da filha. Ele não havia criado Raquel, mas tinha contato com ela, especialmente depois de adulta, e ele a admirava. Não queria que ela tivesse convivido com a versão mais jovem de si. Era difícil. Uma pessoa egoísta. Não era confiável. Não bebia, mas tropeçava por aí, era mais um sonhador que vivia no próprio mundo, construindo coisas na cabeça. Esquemas, mas nada ilegal. Ele restaurava barcos de madeira, bonitos, para colecionadores que passavam de nariz empinado em feiras de barcos, ricos que gostavam de ver seus esquifes nas docas. Mas ele queria construir barcos também, era isso que via quando fechava os olhos: os projetos, os materiais, as ferramentas em suas mãos. Em sua mente, havia uma armada de barcos esperando para serem construídos. Demandava dinheiro, um ambiente, tempo e espaço mental. Não sobrava muito para uma criança. E ele gostava de morar longe da cidade, com outras pessoas como ele, que prefeririam o som do mar ao barulho do trânsito.

A mãe de Raquel havia reconhecido isso tudo nele, que era uma pessoa boa o suficiente, que seria um pai horrível, e se separou dele antes de Raquel nascer, apesar de achá-lo bonito, sua vistosa bandana vermelha e pele negra. Era uma mulher inteligente, professora. "Eu sabia que isso ia acontecer", dissera.

Raquel e a mãe moravam em Gentilly, próximo à pista de corridas, mas ele morava em casas flutuantes em vários rios ou lagos, dependendo de onde uma oportunidade profissional o levasse, e uma vez a cada poucos meses (e, depois, anos) via Raquel. Ela havia herdado seu vitiligo, mas ficava melhor nela que nele. Cachos ruivos, sardas, pele incomum, e olhos cor de âmbar. Ela parecia um pôr do sol em forma de gente, era o que Carver sempre pensara. Com algumas nuvens flutuando aqui e ali. Dissera isso a ela já adulta, na primeira vez em que tentaram estar um na vida do outro de novo, quando ele passou por Baltimore para fazer uma visita, quando ela chorou, e ele pediu desculpas.

– Foi algo estranho a se dizer? – perguntou.

– Não. Foi lindo – ela respondeu. – Eu só poderia ter ouvido mais disso quando era mais jovem, só isso.

Depois daquilo, recusou-se a vê-lo por um ano. Ódio antigo borbulhando pelas tampas.

– Meus sentimentos me pegaram despreparada – ela disse a ele. – Mas vou respeitá-los.

Ele deixou que ela serenasse. Esperou, escreveu uma carta, e ligava de vez em quando. Quando se viram a próxima vez, as coisas estavam melhores, mais fáceis, e quando se abraçaram para se despedirem, sentiu um afeto genuíno da parte dela. Ali, teve esperança de que poderiam vir a se conhecer melhor. Era só o que queria: conhecê-la.

De qualquer forma, ela estava em Baltimore agora, e ele havia tido um derrame, estava no hospital, inútil, sem conseguir falar nem fazer nada, ou avisar a qualquer pessoa que tudo o que queria era ver a filha novamente. Vinha levando a cadeira de rodas para lá e para cá como um louco o dia todo. Se ao menos conseguisse falar. Se conseguisse ficar de pé. Se conseguisse ser ouvido. Talvez, assim, entendessem, talvez ela ficasse sabendo.

Juntou todas as forças que tinha e começou a se levantar.

18

O senhor que estava na cadeira de rodas havia caído. Havia levantado da cadeira e caído no chão. Um gesto de força. Levantou-se. Tentou.
A enfermeira procurou acalmá-lo.
– Sr. Carver, o senhor consegue me ouvir?
Ele fez que sim com a cabeça, gesto que Barbra viu enquanto passava. Seus olhos estavam abertos, a esclerótica amarela da cor de manteiga, e tinha expressão de medo. A enfermeira o levantou com facilidade – *não tinha como pesar mais do que quarenta quilos*, pensou –, colocando-o novamente sentado na cadeira. Outra enfermeira se aproximou. Ambas o arrumaram. Barbra ouviu falarem algo sobre procurarem seu parente mais próximo. O recado estava dado.

Você foi embora para o mais longe possível, Alex, ela pensou, *e tão cedo quanto pôde. Seu irmão também fez o mesmo. Você acha que eu não percebi o que vocês estavam fazendo? Você acha que uma mãe não se dá conta quando os filhos desaparecem?*

Alex foi fazer Direito em Chicago e se casou com aquele homem lindo – bonito demais, magro demais –, e Barbra passou anos sem vê-la. Ela havia parado de visitar os pais nos feriados um ano e nunca mais voltou. Gary morava em qualquer lugar do mundo que tivesse trabalho para ele, mas não depois que se mudou para Los Angeles e se casou com Twyla, *um desperdício*, pensava Barbra, *de um homem bom*. Nunca aceitou um centavo sequer dos pais todo esse tempo, nem para pagar o casamento. Barbra teve que forçá-lo a aceitar um cheque quando o bebê nasceu, insistindo que não era para ele, que ele não poderia tomar aquele tipo de decisão em nome da filha, e ele acabou cedendo. No entanto, exceto por isso, sobrevivia por conta própria – mais que isso, pois ele prosperou. Ela estava orgulhosa dele, apesar de saber que a origem dos princípios do filho eram o ressentimento que tinha em relação a Victor. E quando ele pôde tomar decisões em relação à sua própria vida, escolheu viver longe deles. Ambos os filhos estavam longe dela, em algum lugar dos Estados Unidos. Com isso ela não tinha problemas, no entanto. Estavam vivos, funcionando e produtivos. E a salvo. Ela havia feito um bom trabalho.

Depois, finalmente, tiveram filhos, e apareceram de novo, querendo, ela supunha, mostrar aos filhos uma vida normal, criar uma estrutura convencional, uma avó, um avô, aniversários, feriados, comemorações, cartões no correio acompanhados de um cheque, assinados com um coração. Durante muito tempo, ela era a avó que morava longe, e não tinha problemas com isso porque, mesmo depois de todos aqueles anos, ainda não gostava de crianças. Não tinha o que fazer com o tempo além de decorar a casa, mas também não tinha problemas com isso. Gostava dos cômodos. Estava tudo intocado agora. Nada de mãos sujas, de pernas que derrubavam coisas. Nenhum amassado ou lasca solta. Os cômodos respiravam livremente no ar e na luz. Era isso que imaginava à noite antes de ir para a cama. Mexer peças de um lugar para outro. Um quebra-cabeça gigantesco. E tudo se encaixava exatamente como ela queria.

Victor estava sempre fora, raramente chegava para jantar. O mais comum era que Barbra recebesse uma mensagem de texto dele avisando que trabalharia até mais tarde. Usava o escritório da casa de vez em quando, onde guardava papéis de cunho privado, que ela fotografava com uma câmera digital. Quanto mais ele se afastava dela, mais ela sentia que precisava da sua proteção; quando o marido estava em casa, ela sabia o que ele estava fazendo e poderia ficar de olho nele. Mas ficou cada vez mais furtivo e esquivo (como se fosse possível) depois que as crianças foram embora.

Ele batia nela de vez em quando. Os motivos eram estúpidos, triviais, vazios, sobre dinheiro, coisa da qual tinham muito. Nada valia o uso da violência, com a qual ela havia se acostumado, e, de certa forma, era como sabia que ele ainda prestava atenção a ela. Porque, na maioria do tempo, Victor não estava mais em casa.

Ela testou o terreno certa vez, para ver o quão verdadeiramente desconectado ele estava do seu próprio lar: jogou fora as caixas de revistas pornográficas que ficavam na garagem. Demorou o dia inteiro. A faxineira poderia ter ajudado; ela já estivera na garagem, então não seria surpresa ver as revistas. Mas quem tinha que fazer aquilo era Barbra. Havia umas sacolas de lixo de tamanho industrial debaixo da pia da cozinha. Ela as pegou e foi para a garagem. As revistas estavam cobertas de poeira; ele provavelmente não tocava nelas havia meses, e, na verdade, a data de publicação da mais recente era de cinco anos antes. Ele parara de se importar com elas. Barbra encheu os sacos de lixo e fez duas viagens ao lixão da cidade. Pombos procuravam comida ao seu redor. Ela esfregou o pescoço. Havia distendido algum músculo. *Está doendo muito*, pensou. Começou a chorar. Completava 59 anos de idade naquele dia, e estava praticamente sozinha.

De vez em quando, ela encontrava Victor na cidade. Eles nunca ficavam no apartamento dele no Soho. Sempre no Waldorf. Ele gostava da luz, dizia. Era bom para os dois. Na última vez em que estiveram no hotel – um ano antes de tudo ter caído por terra – ele havia sido gentil com ela, palavras amenas, mãos macias, com comiseração em relação à idade dos dois (agora que parava para pensar no assunto, parecia que havia mais relação com a idade dela do que com a dele).

— Você ainda é linda — ele reafirmava. — Você segurou bem, Barbie.

Ficou surpresa com o fato de que a questão importava para ela, aquelas palavras, mas importava. Tinha a ver com o amor que ele lhe dava. Eles tinham tantos altos e baixos. Eram companheiros de vida; o que precisavam um do outro estava claramente definido. Nesses momentos, ela sentia que havia muito que os conectava: distância, espaço, dinheiro, silêncio, apoio. E, frequentemente, o reconhecimento da humanidade do outro. A mão dele em seus seios. *Essa carne existe e, portanto, você também.*

Um ano depois, outro cômodo reformado, e mais um após aquele. Lá estava ela, pegando sol e lendo suas revistas. Com o toque ocasional de Victor. *Se eu conseguir levar isso até o fim eu talvez seja feliz*, pensou. *Ou perto o suficiente.* "O que é felicidade?", perguntou a ninguém.

O velho fora levado embora na cadeira de rodas, escondido, supôs, em algum quarto, longe da vista daqueles que ainda tinham saúde. *É bem possível que ele morra em breve*, pensou.

Quando ela tinha 62 de idade, sua vida mudou, foi dobrada e reconfigurada de forma surpreendente. Começou no supermercado. Estava lá por tédio e necessidade. Ela precisava de papel higiênico. A empregada poderia ter saído para comprar, mas não o fizera e agora estavam no final de semana e ela não estava lá. Barbra poderia ter reclamado. (De fato, reclamaria na segunda.) Mas lá estava ela, suprindo aquela necessidade banal. Victor estava na cidade. Não havia ninguém em casa além dela. Se podia passar horas (dias, semanas, meses, anos, se tudo somado) em leilões avaliando os móveis, podia ir até o supermercado para comprar papel higiênico.

Usava óculos escuros mesmo dentro dos estabelecimentos: não era por ser esnobe ou qualquer subterfúgio, mas por puro desinteresse. Sair para fazer esse tipo de compras e para comprar esse tipo de coisa não a atraía nem um pouco. Eram coisas básicas: produzidas em massa e sem qualquer mistério. Ela queria o impossível. Tinha um desejo por tesouros. Mas, fosse um tesouro ou não, ainda precisava limpar a bunda como qualquer outra pessoa.

No supermercado, balançando a pequena cesta no braço como se fosse uma bolsa de um designer famoso, demorou para encontrar o corredor do papel higiênico. Ao que parecia, usar óculos escuros ali era uma boa ideia. Passou pelo corredor dos produtos de limpeza, e viu um vislumbre de si mesma em um espelho de mão pequeno que balançava em um dos corredores. Como a luz era forte e hostil. Uma experiência terrivelmente cruel. Quem precisa estar ciente dos seus defeitos daquela forma? Viu uma mulher de salto alto e óculos escuros, e uma cumprimentou a outra com um meneio de cabeça quando cruzaram um o caminho da outra. Ao se aproximar do fim do corredor, os dois pares de saltos clicando no piso duro, ouviu seu nome.

– Barbra, sou eu, Elena.

Barbra levantou os óculos.

– A mãe da Portia. Era da turma do Gary no colégio... – Elena sorriu, o batom aplicado uniformemente, a testa falsamente sedosa por causa da terapia a laser. – Sei que faz um tempo. – Ela não se lembrava de Portia, mas Elena ela conhecia. Elena, radiante. – Adorei os sapatos – disse.

– Adorei os seus também – disse Barbra, e era verdade.

– Passa lá na loja qualquer hora – Elena falou.

Tinha isso, Elena tinha um brechó que era mais hobby que negócio, ela lhe dissera certa vez; as contas quase nunca fechavam, mas o negócio a tirava de casa. Barbra preferia sair para fazer compras em Manhattan, e pagar à vista no cartão de crédito do marido, para que ele soubesse que ela estava gastando o seu dinheiro. A ideia de comprar roupas usadas por outra pessoa a incomodava, apesar de que não tinha qualquer problema em se sentar em uma poltrona antiga.

– Recebemos um monte de coisas novas – disse Elena. – Nem foram usadas, ainda com a etiqueta da loja. Tudo com trinta por cento de desconto às terças. Passa lá para dar um oi. Vai que você encontra alguma coisa de que gosta. – Elena estava com a mão sobre o braço de Barbra, e o apertou nesse momento, o que a surpreendeu, já que não entendeu o porquê, mas logo se deu conta de que era porque alguém havia encostado nela.

Alguns dias depois, Barbra foi até a loja. Elena bateu uma palma contra a outra e pulou para o fundo da loja, retornando com uma garrafa de champanhe nas mãos. Uma hora depois, sem nenhum cliente à vista, Elena sentava-se em uma poltrona de couro com excesso de enchimento, enquanto Barbra estava esparramada em um sofá violeta de veludo. Falavam sobre os maridos. Barbra perguntou se Elena ainda amava o dela.

– Eu o amei. Eu o amo. Eu o amava mais quando eu era mais jovem. Ele ainda me surpreende de vez em quando. – Elena se virou e jogou as pernas depiladas por sobre um dos braços da poltrona. – Ele não é perfeito. Ele é profunda e maravilhosamente imperfeito. – Ela riu uma risada tintilante, feminina. – Quer dizer, ele é um bandido, querida – sussurrou.

– Meu marido também – Barbra sussurrou de volta, e Elena esbugalhou os olhos com surpresa.

– Não tem algo sexy em ser casada com um bandido? – perguntou Elena.

– Eu nunca tinha pensado nisso dessa forma, mas acho que sim – respondeu Barbra. Apesar de ter para si ali instantaneamente que era verdade, nunca o expressara verbalmente. Se fosse o caso, isso a transformava no quê?

– Claro, eu largaria ele instantaneamente se precisasse – disse Elena. – Meu tempo é precioso.

– Não sei se conseguiria fazer isso – Barbra respondeu.

– Você o ama? – Elena retrucou.

– Não sei. Acho que sim. Assim como também não sei o que mais faria da vida nesse ponto.

– Ah, você encontra alguma coisa – disse Elena.

Elena organizava degustações de vinhos na loja, então Barbra ficava horas ali. Estava frequentando o supermercado também, mesmo quando não precisava de nada em casa. Só queria passear pelos corredores. Tédio de novo. E solidão, uma palavra que ela nunca achou que usaria.

Misantropos mudam? Aí Jeannie Parsley – que não usava óculos escuros, que tinha olhos grandes, que estava envelhecendo maravilhosamente bem e ficava bonita até mesmo sob luz forte, que nunca fizera plástica e que era só sorrisos, rugas de expressão e manchas de pele causadas pelo sol – a convidou para fazer parte de seu clube do livro, e também da sociedade horticultural. (Só a sociedade horticultural causava algum interesse em Barbra, mas ler um livro não a mataria.)

– Me dá seu telefone – disse Jeannie. – Você está no Facebook?

Será que ela deveria entrar no Facebook? Entrou no Facebook.

– Meus filhos foram embora – disse Barbra, do nada, o que a surpreendeu.

– Mas já saíram de casa há um tempo, não? – Jeannie fez uma cara engraçada.

Alex se casara seis anos antes, fora para a faculdade havia uns outros doze.

– É, acho que sim... – Barbra disse, deixando no ar as palavras.

– O tempo voa – respondeu Jeannie, tocando a mão de Barbra.

Mais um toque. Quem são essas pessoas que tocam tanto assim umas nas outras? Ela entrou tanto na sociedade horticultural quanto no clube do livro. (Na verdade, ela entrou em três clubes do livro.) Começou a realizar mais tarefas durante o dia, naqueles lugares aos quais as outras mulheres iam. Fez amizades quase que imediatamente. Mulheres que moravam nos subúrbios, iguais a ela, cujos filhos já haviam saído de casa, e cujos maridos estavam fazendo o que quer que fosse que estavam fazendo. Clubes e grupos. Vinho. Por que ela demorara tanto? Porque tinha a mãe. Por causa de Victor.

Era nesses momentos de conexão, "encontros" – que era o que ela os considerava, e era como os classificava no calendário –, que começou a sentir algo que, agora, chamaria de prazer, mas que, à época, não conseguia definir. Se somasse todo o prazer que teve nesse período, que durou dos 62 até os 66 anos de idade, quando seu marido foi processado, de uma vez só, onze vezes por assédio sexual, a sensação conjunta era a de felicidade. Não era a satisfação soturna que tinha ao terminar a reforma de mais um cômodo da casa, sabendo que ela logo desfaria tudo e começaria tudo do começo mais uma vez, apesar de saber que ambas as sensações eram temporárias. Contudo, ali se tratava de um estado leve, agradável e puro. Estava ocupada com *pessoas*, que eram menos horríveis do que ela presumira todos esses anos. Ela não era uma pessoa alegre, mas era íntima. E se sentia livre.

Isso durou até dois anos atrás. Barbra em Connecticut, sendo feliz. Victor em Nova York, fazendo o que quer que fosse. Passavam o final de semana juntos, e jantavam bifes em silêncio. Um parceiro de negócios ocasional, e o escritório da casa cheio de fumaça depois. Barbra tirando fotos dos arquivos de Victor quando lhe dava vontade. Era sempre bom, por segurança. Ela preenchia as lacunas.

▬▬▬▬▬ ▪ ▪ ▪

Barbra viu, adiante, uma enfermeira chamar a outra, e uma onda se formou sobre a serenidade que reinava naquele andar, as ondas começando a bater como se tivessem vindo do nada. As duas saíram correndo.

▬▬▬▬▬ ▪ ▪ ▪

Fim de primavera. Vestia um sobretudo de seda lilás e uma corrente de ouro simples no pescoço, além de um diamante em um dos dedos. As unhas feitas recentemente. Dezoito mil passos naquele dia. Tivera um encontro do clube do livro, tomara uma taça de vinho e, escandalosamente, comera um brownie. No clube, haviam discutido um romance pós-apocalíptico que acompanhava o caminho solitário de um homem corajoso e seu triste filho. Tentou recolher os pratos de todos ao fim da noite, mas Sally Martinelli foi mais rápida que ela porque Barbra estava no banheiro, e ela ficou furiosa. Enquanto estacionava o carro na frente de casa, disse a si mesma: "Esquece esse assunto de vez".

Lá dentro, ouviu vozes masculinas e seguiu o som, passando pela sala de estar recentemente pintada até o escritório do marido, mas, dessa vez, o clima estava sério, pois não havia fumaça no ar, não havia prazer, camaradagem, ou homens brincando de Deus. Quando esticou o pescoço e colocou a cabeça no vão da porta para ver se precisavam de algo, gesto cortês e falso de sua parte para esse ponto de sua vida, viu que o marido estava pálido, sentado em um pufe, como se tivesse caído antes de chegar a uma poltrona. Ao seu redor, homens de um tom sombrio e cinza de pele, as camisas com as mangas arregaçadas e manchadas nas axilas. *Todos envelheceram*, pensou.

– Senhores, querem um lanche? – perguntou.

Os homens imediatamente pararam de falar, levantaram os olhos e olharam para ela, reconhecendo-a vagamente. Lá estava ela, mesmo depois de todo esse tempo. Victor colocou a mão no peito. Não era um ataque cardíaco, não era nada que ocorrera agora, mas havia uma fissura dentro dele. Por um momento, achou que ele estava morrendo bem ali na sua frente. "Estamos todos morrendo, todo e qualquer um de nós", ele disse, na praia, no dia em que se conheceram. "Morremos todo dia." Ele colocara levemente a mão em sua cintura. "E é por isso que o nosso trabalho aqui é viver."

– O que foi? – ela perguntou. – Você está bem? –

– Estou bem! Estou bem. – Ele respirou fundo algumas vezes. – Não estou bem.

– Fala o que é agora – ela disse.

– Querida, estão nos processando.

– *Eu* estou sendo processada? – ela perguntou.

– Está bem, só eu, mas o que é meu é seu – ele respondeu.

Os homens começaram a sair em fila do escritório, arrumando os paletós, jogados sobre ombros, dobrados sobre braços, taças de conhaque cheias nas mãos, marchando para o pátio, onde se sentaram nas cadeiras reclináveis que havia próximas à piscina. Alguém virou um interruptor e as luzes da piscina se acenderam em um tom de azul, traços curtos de dourado brilhando na superfície.

Tiveram que contar tudo a ela, sobre todas as mulheres durante anos e anos. Ela sabia de algumas, e outras ela decidira ignorar. Nenhuma a surpreendeu. Em sua mente, ela gritava: *Eu sei!* No entanto, calmamente interrompeu com a mão o que ele dizia, caminhou até o lado da mesa, vomitou no cesto de lixo e limpou a boca elegantemente na manga da camisa.

– Prossiga – disse.

Mas não era só o assédio, assistentes administrativos, representantes de venda, um gerente de escritório, promessas feitas e desfeitas, demandas, demissões, tudo isso – apesar de que, claro, isso já era horrível. Mas era pior: havia agressões físicas envolvidas.

– Eu bati em alguns deles – disse. – Não muito forte. Mas você sabe. – Ela fez que sim com a cabeça. – E alguns casos foram documentados – contou.

Ela pensou nas vezes em que ele batera nela ou que fora fisicamente agressivo, especialmente quando eram mais jovens e o caso se repetia mais frequentemente: ele com o antebraço em seu pescoço quando queria que ela ficasse em silêncio, as mãos agarrando seus ombros quando queria que ela ficasse parada. Durante anos, ela se lembrava de cada ato de violência individualmente, mas eles haviam se mesclado uns aos outros com o passar das décadas. Uma ameaça, que havia passado. Quando descobriu que ele batera em outras pessoas ao longo do tempo, seu primeiro instinto não foi de descrença – claro que era possível que ele tivesse feito isso, afinal, fizera-o a ela, era absolutamente factível –, mas de um estranho tipo de ciúme. *Como ele pôde fazer isso com outra pessoa?* Era ela que guardava seus segredos, e esse era um deles, o fato de que era um monstro. Mas lá estava ele sendo um monstro com qualquer senhora que atravessava o seu caminho. Por algum motivo, foi isso que mais a machucou.

Ela achava que ele batia nela porque se importava com ela. Porque ela havia se entremeado tão profundamente nele, em seu sistema, que ele ficava sem opção a não ser reagir com raiva. No fim das contas, ele tinha raiva de todos. *Será que fui especial em algum momento? Ele não suportava dizer essas palavras?* Mas ela também sentia culpa. Ela permitira que ele a machucasse, tinha isso. E não impedir que ele a machucasse era permitir que machucasse outras mulheres. Ela nunca se perdoaria por isso. Ela não era responsável pelas ações de Victor, mas, claro, a culpa era toda dela. Sentiu a vergonha cercando-a de todos os lados. Raios de vergonha que a queimavam.

— Vai custar muito para resolver o assunto — disse. — Não tudo, mas muito.

Pousou a cabeça sobre as mãos, os pulsos cobrindo os olhos. Pensou no quão longe havia chegado, e no quão humilhante seria. Uma coisa era roubar dinheiro; outra era bater em uma mulher. Esses processos judiciais duram um longo tempo, mesmo que o réu seja considerado inocente. E ele *não era* inocente. Todos sabiam. É vergonhoso independentemente. *Acabou meu clube do livro*, pensou.

— Pague a eles. Pague a eles e resolva a questão.

— Podemos brigar — ele respondeu, subitamente mais arrogante. Furioso com a chateação.

Ela viu que seu ego permanecia intacto. Mas eram onze processos. Talvez mais aparecessem. Talvez tivesse que se defender nos tribunais para sempre.

— Todos eles estão mentindo, claro — ele disse. — Eram amantes, só isso. Putas, muitas delas. Diferentes de você. Diferentes da minha Barbie.

Ela ficou olhando pela janela, na direção da piscina, para além dela. *Ele está calculando o peso da briga*, pensou. *Bom, eu não vou brigar.*

Ela disse-lhe que pagasse às mulheres. Que ela tinha como fazê-lo pagar. As fotos dos seus documentos. (O fato de Barbra ter essas fotos o deixou chocado, e ela se sentiu triunfante.) Iam acabar com os processos e depois veriam o que fazer. Ele ficou sem escolha e teve que concordar.

As coisas começaram a andar rápido depois disso, a vida acontecendo toda de uma vez só. E, de fato, mais mulheres apareceram. Ele tinha dinheiro escondido, assim como ela. Mesmo assim, sabiam que teriam que vender a casa. Concordaram que não diriam nada às crianças. "Não vamos dar mais um motivo para nos odiar", ele disse. "Odiar *você*", ela retrucou; "eu, não". Mas ela entendia que receberia parte da culpa também. Afinal, continuaria casada com ele.

Sentiria falta dos amigos de Connecticut, apesar de sua relação com eles ter esfriado depois que descobriram tudo. Ele fora corrupto por tanto tempo, o tipo de corrupção importava? Importava. Em um momento raro de abertura — *fraqueza*, pensou depois com amargor —, falou para Elena sobre o marido sentada no sofá da loja enquanto bebia com ela numa sexta-feira. Elena ficou de boca aberta e, depois, começou a balançar a cabeça, triste, girou o vinho na taça e bebeu tudo de um gole só, para, por fim, servir mais uma taça para cada uma delas.

— Eu sei que a gente gosta de bandidos, mas não *desse* tipo de bandido – disse Elena. – Você vai pedir o divórcio, não é?

— Não é simples assim – disse Barbra.

— Tire tudo dele – aconselhou Elena.

— Não vai ter mais um tudo.

— Tira o que sobrar.

Não conseguiu se explicar para Elena e, talvez, nem para si mesma, por que não o fazer, exceto em relação ao fato de que ele era tudo que ela tinha. Na próxima vez em que Barbra foi visitar Elena, ela não lhe ofereceu uma taça de vinho ou um lugar onde se sentar. Só apontou para um par de botas da Chanel que estavam em promoção. Como se Barbra agora ainda tivesse como comprar Chanel.

Fecharam a casa. Escolheu muito seletivamente os móveis e peças favoritas e os mandou na mudança. Não conseguiria se desfazer de muitos outros objetos, mas não haveria espaço na nova casa para eles. Algumas das coisas da mãe, bibelôs, nada de valor, mas que ela não conseguiria jogar fora, pois isso representaria o fim último de Anya. Talvez Alex quisesse aqueles objetos algum dia. Havia também os álbuns de família, pois era Anya quem os guardava. *Quem mais sabe que eles existem?*, pensou enquanto os folheava. Provavelmente as crianças. Tantas fotos das crianças ainda bebês. Barbra tentou lembrar-se da mãe com uma câmera na mão. Mas aquelas fotos eram de Anya com Alex e Gary no colo. Victor tirara as fotos? Ela o imaginou tirando as fotos e sentiu uma ponta de amor, mesmo depois de todo esse tempo. Ninguém poderia entender, mas houve momentos em que era fácil amá-lo pelos últimos cinquenta anos. Qualquer pequeno gesto de carinho, qualquer surpresa, fazia ela achar que tudo valia a pena. E lá estava uma foto que ela se lembrava de Anya ter tirado: A formatura de Alex do jardim de infância. Gary segurando sua mão, ainda criança. Lá estavam eles, juntos, mãe, pai, irmã e irmão, Barbra de pé na frente das crianças e Victor, Victor mais alto que todos, nunca sorrindo, com seu nariz torto, rosto soturno e corpo robusto, aqueles braços eram armas, e suas abotoaduras, e seus lábios ásperos e grossos, sempre inchados. Uma mulher pequena, duas crianças, um homem grande. Ela não tinha como jogar essas fotos fora, mas não conseguia suportar tê-las em sua vida. Elas, também, foram para o guarda-móveis. Quatrocentos dólares por mês para guardar suas memórias. Valia a pena.

Mais à frente, as enfermeiras se juntaram e depois dispersaram. *Victor, se ao menos você tivesse morrido dois anos antes no seu escritório*, pensou. *Teria sido melhor para todos. Principalmente para mim.*

■■■

Organizaram um leilão na casa em um dia de inverno de céu limpo, mas no qual a neve se transformara em gelo, impenetrável. Ela ficou observando estranhos caminhando pelos quartos, sentando-se nos seus móveis, apertando os olhos e imaginando como essa cadeira ou sofá ficariam em suas casas. Fixou o olhar no sol do lado de fora das janelas. Aquelas árvores todas estavam mortas, e era assim que ela se lembraria da casa. Esqueceria da exuberância das árvores no verão. Em sua mente, ela as enxergaria como sempre secas.

TARDE

19

Twyla não conseguia pensar em nenhuma outra opção além de se embebedar. Pegou o carro e foi em direção ao French Quarter, passando por um trecho particularmente pouco atraente de Carrollton com várias lojas de celular e lanchonetes *fast-food* em centros de comércio decadentes, o estacionamento de uma loja que vendia daiquiris onde recentemente houvera um tiroteio, o Superdome à frente e uma meia lua emergindo do concreto da cidade. *Vou beber até ficar cega, é isso que eu vou fazer*, pensou. *Vou beber até voltar no tempo e me lembrar como ser. Como ser melhor.* Saiu na Canal Street, vazia por conta do calor de verão que fazia naquele começo de noite rabugento, e seguiu em direção ao rio até um estacionamento em Tchoupitoulas Street. Verificou o batom antes de sair do carro. Quão rosa ele poderia ficar? *Eu rejeito a ti, carro*, pensou enquanto o trancava usando o controle integrado na chave, que gerou um gratificante – bip –. Deu-se conta de que estava rebolando enquanto andava.

As palmeiras da Canal Street empenaram com um vento súbito, e o bonde soou o sino. Era a época do ano em que aconteciam os furacões. Havia tempestades o tempo todo. Uma nuvem escura, colossal, flutuava sobre o outro lado do Mississippi, perto de sua casa, pronta para causar devastação. Imaginou por um instante uma lufada de vento carregando sua casa, fazendo-a girar no ar e largando-a dentro do rio. Parecia o único jeito de sair dessa confusão. Destruição total e completa. Mas Twyla tinha outra forma de causar destruição, no entanto. Seguiu para o Harrah's.

O começo oficial do declínio de sua vida adulta foi em um jantar do Dia de Ação de Graças quase dois anos antes. Os pais de Gary haviam decidido vir naquele ano, e, aparentemente, sem motivo.

– Que horror – disse Alex, mais tarde, no speaker do telefone.

– Ah, você também vai vir, Alex – Gary falou. – Você não vai me deixar aqui sozinho com esses dois.

– Se precisar de mim, vou ficar escondida na cozinha a noite toda – falou Twyla.

– Talvez seja blefe – disse Alex. – Aposto que eles nem entram no avião. Ela vai ter uma dor de cabeça ou coisa assim.

– Aposto cem pratas que eles aparecem – disse Gary.

Apareceram. Sentaram-se todos à grande mesa que havia próxima à janela, as crianças em uma ponta, conversando, dois primos animados em verem um ao outro – até que, mais tarde, a conversa inevitavelmente se transformou em troca de mensagens de texto e o constante intercâmbio de telas –, e os adultos na outra: Alex, que recentemente se divorciara, mas não queria falar do assunto; Gary firmemente colocado entre Alex e Twyla; e Victor e Barbra, que misteriosamente compareceram depois de terem recusado todo e qualquer convite para participarem do Dia de Ação de Graças nos últimos quinze anos. Nas paredes, as fotografias que Gary tirara das cidades onde havia morado: Los Angeles, Nova York, Paris, São Francisco. Outras vidas. A vista dava para o Mississippi, o centro de Nova Orleans e além, visível vagamente. Era o grande Dia de Ação de Graças sulista pelo qual Twyla lutara tanto. Lá estavam todos eles.

Não estava brincando quando disse que se esconderia na cozinha a noite toda. Cozinhou, com prazer, para todos. Gary a informara havia muito tempo que sua mãe não cozinhava nunca; que ele tivera uma avó, que ele a amava, e que ela, sim, cozinhava para a família quando comiam em casa – se não tivessem comprado algum *take-out* por aí, claro. Era Nana que fazia a comida e os juntava à força em algum lugar, a mãe não levantava um dedo na cozinha, aparentemente ocupada com as compras que fazia, tendo particular interesse pela decoração da casa, que mudou repetidamente durante décadas, ele disse. A casa estava permanentemente em estado de reforma, então ele nunca sabia o que encontraria quando chegava em casa. ("Minha mãe não é muito acalentadora", disse.) Quando Twyla e Gary compraram o primeiro sofá juntos, ele disse: "Vamos fazer direito, colocar um dinheiro nisso. Vamos comprar um que a gente queira ter pro resto da vida". À época, Twyla achou que era a coisa mais linda que já ouvira – até que a morte os separe! –, mas, agora que os pais dele haviam vindo passar o final de semana, ela se dera conta de que aquilo fora um ato de rebeldia também, comprar uma coisa e ficar com ela para sempre e, quando parou para pensar um pouco mais, era terrivelmente triste. Ele precisava desesperadamente saber que as coisas ficariam iguais. Quinze anos haviam se passado, então ela tinha a esperança de que ele já tivesse se convencido disso. Twyla cozinhou a refeição mais confortante que conseguiu seguindo as receitas da mãe – peru assado com torta salgada de milho, caçarola de feijão verde, couve refogada, caçarola de batata-doce, e a melhor torta de noz-pecã que podia fazer e que saiu perfeita, porque ela fazia essa torta com a mãe desde que tinha idade suficiente para ficar ao seu lado no balcão da cozinha –, deu um passo atrás e esperou que tudo desse certo.

E, apesar de não ter havido alegria ali, o encontro foi acolhedor o suficiente. Não houve brigas, e todos tentavam impressionar. Gary contou fofocas sobre os atores do trabalho. Victor foi complacente com as crianças, dando notas de cem dólares a todas elas. Muitos elogios à sua comida, até da sogra, que não pareceu ter comido nada.

– Eu não conseguiria fazer tudo isso – disse Alex, apontando com a mão para as travessas sobre a mesa. Ela trouxera três garrafas de champanhe caro. A família acabara com todas.

– Você sabe comprar, e isso já é metade do caminho – disse Twyla com candura.

Brindaram batendo as taças, mas não sentia como se fosse sua irmã, nem sua cunhada, nem parte da família. Era uma mulher falando com outra, talvez até como amigas. E Barbra fez um esforço extremamente óbvio de tentar ajudar com a limpeza depois da refeição, levando absolutamente todos os pratos para a cozinha e empilhando-os ao lado da cuba, lavando as mãos imediatamente e, depois, de maneira vistosa, suspirando com orgulho, como se ela mesma tivesse preparado a refeição.

Durante o jantar, no entanto, Twyla era a que mais falava, Twyla entretinha os convidados, Twyla que levava o show. Sentira uma tensão no ar aquele dia desde cedo – Alex e Barbra sentadas em cantos opostos da sala, Gary caminhando de um lado para outro na varanda enquanto fumava um cigarro –, e isso ela não queria em sua casa. Então, quando se sentaram para comer, riu de todas as piadas, bajulou os convivas, insistindo que contassem histórias, que comessem mais (exceto Barbra, que quase não comera nem o primeiro prato), que apreciassem a vista e curtissem a brisa que entrava pela janela.

– A sensação do ar na pele está tão gostosa, não está? Não é incrível que ainda esteja quente aqui? – disse Twyla.

– Não sei por que reclamam tanto do aquecimento global – Victor falou.

Ela não entendeu se ele estava brincando ou não, mas riu do mesmo jeito. *Continue rindo*, pensou. *Se esperar tempo suficiente, qualquer coisa pode ser engraçada.* Estavam terminando a última garrafa de vinho quando contou a melhor história de Dia de Ação de Graças de quando era jovem na fazenda do Alabama. Tinham alguns gatos preguiçosos que viviam na propriedade, um Staffordshire Bull Terrier que vigiava o perímetro, uma vira-latas que lhe fazia companhia, quatro galinhas e um bode que a jovem Twyla tinha como animais de estimação. Uma semana antes do Dia de Ação de Graças, seu pai havia comprado um peru de uma fazenda próxima para o grande jantar. Twyla não tinha ideia do que seria feito com o peru, só sabia que era mais um animal, pelo qual se apaixonou instantaneamente. Quando o pai foi finalmente abater o peru, este fugiu da gaiola. Ele saiu atrás do animal com o machado, depois veio a mãe com uma rede, mas o peru era muito astuto e estava desesperado. No fim das contas, Twyla descobriu como atrair o peru de volta para a gaiola com uma trilha de sementes e nozes, sem perceber que o estava levando direto para a morte. Ela viu o pai se aproximando do peru com o machado, e todas as peças se encaixaram em sua mente. Chorando, negociou sua liberdade.

– Meu pai não conseguiu dizer não para mim – disse.

Na mesa, os Tuchman prestavam atenção em Twyla. Ela se deu conta de que usara um sotaque forte do Alabama para contar a história, e a mesa, cheia de pessoas do norte, estava encantada.

– Naquele ano, comemos um bocado de torta salgada de milho – disse, e Barbra e Victor riram nervosamente. *Essas pessoas simples são engraçadas*, pensou. – Aquele peru viveu uma vida longa conosco. – Eles sorriram. – Claro, no ano seguinte, minha mãe veio do supermercado com um peru já pronto pra ir ao forno. Porque meu pai queria um Dia de Ação de Graças de verdade de novo. Ele estava com saudade de comer a carne dele. – Ela girou o vinho na taça. – E, claro, não podíamos dizer não para o papai.

A família estava em silêncio, pensando, supôs, sobre a ideia de alguém dizer "não" ao pai. Era silêncio demais para o gosto de Twyla.

– E torta de milho demais não é bom – disse.

Todos riram um pouco mais alto. Sentiu que gostavam dela pelo fato de que não era um deles. Gary não podia estar mais orgulhoso; arrastou sua cadeira na direção de Twyla e a abraçou com um dos braços enquanto Victor fazia que sim com a cabeça vigorosamente para os dois. Por um breve instante, ela teve uma sensação de enfado – comparável, mas não exatamente, à que sentiu quando tinha trinta e poucos anos. *Como é triste que não possam amar uns aos outros,* pensou. *E, para compensar, precisam gostar de mim.*

– Qual era o nome do peru? – perguntou Victor. – O que ficou com vocês.

– Ah, era Ringo – respondeu.

Riram mais dessa vez, e ela não entendeu o porquê, exceto pelo fato de que todos estavam mais bêbados e de que o nome realmente tinha graça.

– Um peru chamado Ringo – repetiu Victor, dando um tapa na própria coxa.

— Pândego — retrucou Barbra, um sorriso curto, o batom borrado.

Gary apertou seu joelho levemente sob a mesa. Por que ela sentia como se estivesse fazendo uma audição para eles, após quinze anos com Gary? Deu-se conta de que ela mal os conhecia. Mesmo depois de todo esse tempo, ainda eram estranhos. Seria gentil com eles, decidiu em um surto de generosidade. O que fizeram no passado não era problema dela. Ela se abriria àquelas pessoas.

━━━━━━━━━━ ■ ■ ■

E ali, bem ali naquele momento, foi que eu errei, pensou Twyla no foyer do Harrah's, onde um aroma floral exageradamente doce permeava o ar que a cercava, disseminado no ambiente pelos senhores do cassino. *Foi ali que eu errei. Deixando que se aproximassem.*

━━━━━━━━━━ ■ ■ ■

Naquela mesma noite, depois que o vinho acabara, entraram fundo no armário de bebidas. Twyla levou uma taça de conhaque para Victor, que estava na varanda da frente olhando a vista da casa para o centro de Nova Orleans.

— Não é exatamente um *skyline* bonito — disse Victor.

— Melhor que nada — retrucou Twyla com uma piscadela.

— É como se eu estivesse olhando você com novos olhos.

Ela sorriu constrangida. Como ele a via antes?

— Você é deslumbrante — ele falou. — Se eu tivesse uma mulher como você, eu rejuvenesceria vários anos.

— OK — ela disse, dando tapinhas em seu braço.

— Estou falando sério — ele retrucou. — Fuja comigo. — Ele segurou sua mão por um instante.

— É mesmo? E para onde iríamos?

Victor apertou sua mão mais forte. Tinha um sorriso melancólico no rosto.

— Para onde você quiser. Não estou brincando.

Agora ela vira que ele, de fato, não estava.

— Todos nós bebemos muito — ela respondeu.

— O que bebemos hoje não é nada para mim. Minha mente está mais clara do que nunca.

Quando Twyla o olhou nos olhos, viu que ele a olhava de soslaio e que seu olhar tinha um brilho tranquilo. Ela virou o rosto, mas voltou a olhá-lo, e, agora, os olhos dele haviam mudado: havia uma paixão dourada e calorosa neles. Ela olhou para a casa para ver se alguém os observava, e, quando se virou novamente para Victor, viu nada mais que um homem muito, muito velho.

— Não se importe com eles — ele pediu. — Isso não tem nada a ver com ninguém além de nós. Eu só queria te dizer o que eu sinto por você. Que vejo como você é especial, mas que também acho que sua vida está sendo desperdiçada aqui. Nós poderíamos ir para Paris, para Saint-Tropez, poderíamos visitar o mundo. Poderíamos fazer mágica, querida. Tudo bem com isso aqui, com o que você tem aqui, mas é algo mediano. Eu sei que você está atrás de algo extraordinário. E só eu posso te dar isso.

Lá estava aquele olhar novamente, um olhar do qual ela sentia falta já havia algum tempo. Alguém a estava enxergando; disso ela tinha certeza. Por que não era suficiente ver-se, todo dia, a qualquer hora, em um espelho? Por que precisava dos olhos dele, ou de qualquer outra pessoa? Ela continuava existindo independentemente. No fundo, ela sabia disso. Estava viva, respirava, sangrava, sentia. Mas também, no fundo, sentia-se ligada a algo para além de si mesma, algo entranhado em si. Ela não sabia se sentir-se assim era bom. Havia uma ordem no Universo e, para ser parte dela, ela precisava ser reconhecida. Havia quanto tempo se sentia assim? Desde sempre? *Desde criança*, pensou.

Que homem audacioso. Twyla afastou-se dele com facilidade, e voltou para o marido, a filha e os pratos que a sogra não lavara. Não podia dizer nada a ninguém. Ele, de fato, a havia colocado em uma posição complicada. Ela ficaria ressentida se não tivesse pena, então decidiu nunca mais estar sozinha no mesmo ambiente que ele. Era fácil. Eles não moravam lá.

Victor e Barbra se mudaram para o Garden District três meses depois.

— Você tem sorte que eles não se mudaram para a sua casa – disse sua amiga Sierra. – De alguns sogros a gente só se livra quando eles morrem.

— Não, eles são ricos – retrucou Twyla. – Não precisam ficar conosco. Só não consigo entender por que vieram para cá. Nos visitaram uma vez em uma década.

Sierra também era dona de casa, apesar de, supostamente, também ser corretora de imóveis.

— Estou em um hiato — disse a Twyla.

Ela estava profundamente entediada; coisa que ela repetia o tempo todo. Não reconhecia a liberdade que tinha, Twyla pensava. Sierra era muito atraente e gastava metade do seu tempo mantendo-se assim, mais tempo que Twyla imaginava investir em qualquer coisa nesse momento para além dos filhos. Sierra fazia aulas de boxe e passava horas todo dia na academia, e andava por aí como se seu corpo fosse uma arma. Seus cabelos eram de um tom ruivo profundo. Sua família vivia em Nova Orleans fazia cinco gerações, e, uma vez por ano, convidava Twyla e a família para um festival realizado em St. Bernard Parish, fora da cidade, onde estacionavam no jardim das pessoas por cinco dólares e comiam ostras frescas debaixo de uma tenda enquanto bandas cover tocavam nas redondezas. Aí, no fim da noite, Sierra já teria bebido demais e começaria uma briga com alguém, a mãe, um primo, qualquer pessoa, e ficaria ali gritando até a hora de ir para casa. O marido era bombeiro e atraente também: ombros largos, musculoso, de olhos azuis com cabelo espetado. Era o único que conseguia acalmá-la. Twyla se pegava pensando se ambos estavam dormindo com outras pessoas, apesar de que, quando brigavam, a infidelidade de um dos dois nunca era mencionada como razão. Com frequência, o motivo parecia ser dinheiro, mais especificamente Sierra pedindo dinheiro ao marido.

— Não é bem pedir — disse Sierra, — mas avisar a ele o quanto eu gastei. Ele quase sempre me dá o que eu quero.

Mas, se eu ganhasse meu próprio dinheiro, ele não poderia dizer nada. Estou cansada de pedir dinheiro a ele.

Twyla, no entanto, não tinha problema nenhum em aceitar o dinheiro de Gary. Uma coisa a menos com que se preocupar, era o que pensava. Talvez viesse a achar o mesmo de Victor e Barbra aparecendo assim do nada em suas vidas. *Aceita a ajuda e cala a boca.*

— Talvez eles estejam prontos para serem avós agora — Sierra falou.

Ela estava certa. Por que criar problemas que não existiam? Estavam oferecendo para serem avós da filha, que não tinha nenhum avô. Estavam bem na sua frente com os braços estendidos, quase 140 anos de experiência. Com certeza, seria bom para todos se pegassem Avery uma vez por semana da escola.

— Que piada — disse Gary. — Aquele homem jamais me pegou na escola em toda sua vida. Ela ao menos me levava de carro quando estava chovendo. Às vezes, aliás.

Gary estava infeliz recentemente. Tinha uma nova diretora no estúdio, e ela era "politicamente correta demais", nas palavras de Gary, seja lá o que isso queria dizer. Twyla não se incomodou em perguntar. Ouviu ele conversando com Alex ao telefone. "Isso. Toda terça! Dá para acreditar? E ofereceram mais." Ele soltou uma risada que mais parecia um latido por causa de algo dito pela irmã. Os dois sempre se deram muito bem, tinham um laço forte, como se fossem testemunhas de um acidente fantástico. Só é possível acreditar que aconteceu se você visse com seus próprios olhos.

— Alex deu duas semanas para eles começarem a levar Avery para o Harrah's ao invés do zoológico — Gary disse depois de desligarem.

Contudo, Victor em particular vinha se comportando muito bem com Avery. Barbra saiu logo de cena. ("Está decorando", disse Victor enquanto dava de ombros.) Alguns dias ele só a deixava na sala de estar com algum dinheiro no bolso, Avery viajando em algum livro sobre pássaros que ele havia comprado para ela, e terminava aí o contato entre os dois pelo dia. Depois ele ficou fazendo piada com Twyla, talvez de nervoso, ela imaginava, arrependendo-se do seu comportamento no Dia de Ação de Graças, que ela nunca mencionara. Contudo, outros dias, ele levava Avery para tudo quanto era lugar, expedições naturais, parques, passeios na cidade, também — ao cinema na Prytania Street, que ele adorava por conta dos imóveis antigos, das cortinas de veludo e das varandas, e nos beignets em City Park, que Avery via com certo desinteresse por ter crescido com eles, mas que eram novidade para Victor. E ela parecia ter um certo prazer em mostrar a cidade a ele, depois contava animadamente à mãe, durante o jantar, todas as coisas que ela e o avô haviam feito naquele dia.

Certa vez, os três foram juntos ao jardim botânico no Mississippi, e alimentaram as tartarugas em um lago. Elas subiam umas nas outras competindo pelos grânulos de comida que Avery e Victor haviam recebido em um saco plástico junto ao ingresso. Avery adorou, ela nunca vira tartarugas se comportarem daquele jeito, e Victor gostou do peixe que se meteu no meio delas e roubou alguns grânulos de comida das tartarugas, e Twyla se encantou com o reflexo exato das árvores na água, como se fosse uma versão de um universo alternativo das árvores – se ela pudesse ir para lá, ela apostava que gostaria.

Mais tarde foram até um pântano cheio de plantas carnívoras, verdes, serenas e levemente ameaçadoras, gramíneas e flores silvestres junto a plantas carnívoras com pontas brancas. Avery explicou que estavam cheias de um néctar poderoso que atraía e prendia insetos e lentamente os dissolvia, e Avery disse que gostava delas porque cresciam em todo tipo de solo, até solo ruim no qual outras plantas não conseguiam crescer. Victor ficou impressionado com elas porque eram carnívoras.

– Que filhas da puta sorrateiras – disse com admiração, e todos ficaram em silêncio, só os três no jardim botânico.

Comparativamente, as palavras de Victor soaram rudes. Todos sabiam. Victor tossiu. E Avery disse, sabiamente:

– Tudo bem, vovô. As pessoas podem gostar da mesma coisa por motivos diferentes.

Twyla pensou: *Que menina boa a inteligente, como eu a amo.*

Chegou o verão e tinha todo tipo de atividade antes de Avery ir para o acampamento, algumas delas do outro lado do rio. Victor gentilmente a levava na balsa várias vezes por semana. Logo, estava sempre presente e, pela primeira vez, Gary não estava, apesar de o programa estar entre uma temporada e outra. Tinha ido para o oeste, planejando seus próximos passos, procurando um novo emprego, sofrendo, talvez, como sempre, por causa da carreira, por qualquer movimento errado que tivesse feito ao longo do tempo, e era melhor que ele o fizesse longe. Ele e Twyla já haviam decidido sobre isso, então agora estavam só ela, Victor e Avery, e, em pouco tempo, estavam só ela e Victor.

Em meados de julho estava extraordinariamente quente, e ficaria assim até outubro. Barbra combatia o calor dormindo. Era o primeiro verão que passava em Nova Orleans.

– Ela não tinha noção de que seria assim – disse Victor.

– Ninguém nunca está preparado para isso – Twyla comentou.

Estavam sentados no deck de trás sob um *ombrellone* tomando chá gelado com vodca. Gary dissera a ela para nunca beber com Victor, a não ser que estivesse disposta a ver um bêbado malvado, mas, meu Deus do céu, estava quente, e estava quente havia muito tempo. O ar não se mexia fazia semanas; ficava ali parado, rolando, no Mississippi.

Mas Victor não estava se comportando mal, pelo menos não até onde ela enxergava. Ele estava sendo encantador, na verdade, até a convencendo de que, em algum momento de sua vida, fora interessante. Começou com Twyla pedindo a ele que contasse histórias da infância de Gary, mas logo o assunto mudou para o sucesso financeiro de Victor. Uma refeição de uma hora de duração sobre investimentos e fusões, acompanhada de construção de edifícios de luxo. Que tipo de pessoa acha isso interessante? Mas ele era um bom contador de histórias, tinha uma voz potente e gesticulava nas horas certas, como os sinaleiros dos aeroportos, os gestos servindo de pontuação. Seu entusiasmo aumentava com o calor e, quanto mais bebiam, mais ela imaginava os dois, não ali, na margem oeste do Rio Mississippi, em Nova Orleans, mas em um bar em Nova York, em algum lugar próximo à Grand Central Station (ela não conhecia a cidade bem o suficiente para imaginar a cena em qualquer outro lugar). E, conforme ele seguia com as histórias sobre guerras de lances em licitações, empreiteiras suspeitas e negociações com a máfia de Nova Jersey e empréstimos estranhos e o suborno de vereadores ("Não repita a ninguém essa última parte, querida"), ela ficou um pouco encantada; apesar de ter noção de que era ridículo, sentiu-se mais jovem e, talvez, lisonjeada pelos gestos paqueradores de Victor, tal como quando ele pinçava a pele do próprio braço.

– Opa, desculpe, eu tive que olhar, e é bonito, claro – ele disse.

Ela se deu conta de que estavam exatamente no mesmo ponto onde estavam no Dia de Ação de Graças, mas, dessa vez, ela se sentia ligeiramente voluptuosa, sexy. Quando ele a abraçou para se despedir – os dois ignorando a quantidade de álcool que rodava em seu sistema e o fato de que sairia de carro em seguida –, foi por uma quantidade de tempo absolutamente inadequada, os corpos um contra o outro, a respiração dele, cheia de desejo, no pescoço de Twyla. Por um instante, ele colocou as mãos em seu cabelo, e em nenhum momento ela o afastou. Então ali, naquele momento, foi que o problema começou. Seis semanas atrás.

■■■■■■■■■■ ■ ■ ■

Twyla estivera em um cassino, uma vez, antes de Nova Orleans. No começo do relacionamento, Gary a havia levado a Las Vegas para o casamento de dois amigos da escola de cinema, pessoas com quem eles não falavam mais. (Será que ainda estavam casados?) Twyla e Gary dividiram um brownie de maconha na varanda do Hotel Circus Circus e aí saíram de cassino em cassino com drinks nas mãos, rindo nervosamente do espetáculo. Ela pensava: *Os Estados Unidos são isso. Eu estou nos Estados Unidos agora.* Mas ficou fixada no modo como a cidade era iluminada como se fosse um palco e se convenceu de que era tudo uma performance, um longo espetáculo que passava de cassino em cassino. Repentinamente, ela sentiu a urgente necessidade de comunicar o fato a Gary. E apertou seu braço, insistindo que ele a ouvisse.

– Você está tendo uma *bad trip* – ele disse a ela.

Ele a levou de volta para o quarto de hotel.

– Não me faça ter que ir lá fora de novo – Twyla implorou.

Gary riu, e cuidou dela até que seus batimentos cardíacos diminuíssem. Deixou-a lá durante uma hora (que pareceram seis para Twyla) para ir à cerimônia. Durante esse tempo, ela tirou a maquiagem brilhante, tomou banho, penteou-se e se deitou, debaixo dos lençóis, nua, esperando o próximo comando do próprio cérebro. Gary chegou, certamente mais doidão do que quando havia saído, inclinou-se em direção a ela e a beijou. Seus lábios tinham um gosto doce.

– Espumante barato – disse. – A gente viaja um bocado pra chegar até aqui achando que eles ofereceriam coisa melhor. – Tirou toda a roupa e deitou-se ao seu lado na cama. – Você se sentiria melhor se o meu pau estivesse na sua boca?

Twyla ficou chocada, e ele mesmo se surpreendeu por ter dito essas palavras, mas ela acabou se abaixando e o aceitando em sua boca.

"Foi esquisitíssimo, mas aquilo realmente fez com que eu me sentisse melhor", escreveu no diário, apesar de não estar certa de que era verdade. Gary casualmente voltaria a sugerir boquetes durante os próximos quinze anos, sempre quando ela estava irritada, distraída ou sentindo-se vulnerável. Virou piada entre os dois. Ocasionalmente, ele fazia uma piada sobre máquinas caça-níqueis. Ao que parecia, boquetes eram hilários.

O Harrah's, em Nova Orleans, era muito parecido com os cassinos de Las Vegas, exceto pelo fato de que era só um cassino, e não havia outro do lado para onde ir, só as ruas do centro da cidade, todas as quais acabavam no rio. Ela lembrava que o Harrah's fizera algum tipo de acordo com o estado da Louisiana no qual seria o único casino da cidade autorizado a operar no centro. Pareceu-lhe algum tipo de trapaça, ganância, mas ela aprendera no tempo que passara na cidade que um conjunto diferente de regras parecia se aplicar aos negócios estabelecidos em Nova Orleans. *Não pense demais no assunto agora*, disse a si mesma. *Não pense demais em nada*. Sentou-se em uma máquina caça-níqueis.

Uma garçonete apareceu imediatamente, intensa na atividade, primeiro turno do dia; no segundo ela fazia Uber. Estava em piloto automático. O uniforme havia ficado largo. Não tinha tempo para comer. Precisava terminar de pagar o apartamento dali a três meses. Estava economizando tudo o que podia. Depois disso, largaria um dos dois empregos e voltaria a ter uma vida. Mas o apartamento seria dela. Agora, sim.

Twyla pediu um drink duplo.

– Não pode ser triplo, pode? – perguntou.

A garçonete sorriu educadamente. *Não*, pensou, *não pode*.

▬▬▬▬▬▬▬ ■ ■ ■

A próxima vez em que Twyla esteve com Victor foi em uma tarde alguns dias depois. Tinha aviso de tempestade todo dia aquela semana, e ele usava um terno de anarruga com uma camisa pêssego, havia acabado de se barbear e sua pele brilhava por conta do sol e da umidade. Ele continuava velho, trinta anos a mais que ela, muito mais próximo da morte (mais próximo do que ela estimava), mas lhe oferecia sua melhor versão de si. *Um homem apaixonado*, pensou. Tomaram juleps de hortelã na varanda, ela levou os copos dos dois para a cozinha, ele veio por detrás dela, e ela pensou: *Tudo bem, faz alguma coisa*.

Se tentasse determinar exatamente por que fez aquilo, se fechasse os olhos e se imaginasse como um pássaro voando no escuro da sua mente, um pelicano, talvez, mergulhando no mar, era porque queria saber o que ele faria com ela, o que aquele senhor de idade faria com aquela jovem – ao seu lado, ela era jovem –, e que seria um tipo novo de prazer, quando Twyla só tinha prazeres antigos havia muito tempo, e, mesmo esses não os tivera recentemente. Além disso, sabia que era errado, mas gostava do fato de ser errado. Era o mais próximo que ela chegaria de cometer um crime. Ninguém poderia colocá-la na cadeia por aquilo, mas, independentemente, era errado. Pousou as mãos abertas sobre a bancada da cozinha, uma de cada lado da cuba. Ele levantou sua saia e abriu o zíper da calça. Brincou com sua boceta até que achou o que estava procurando, aí fodeu ela com dois dedos, eficiente e profissionalmente, e ela sentiu-se estremecida. Atrás dela, ele estava com a mão no pau, masturbando-se, e, quando ela olhou para trás, Victor estudava o próprio membro, movendo a mão continuamente, mas voltou a atenção novamente para ela. Ele riu.

– Menina linda – disse.

Quando ela gozou, descansou a cabeça na bancada e, um minuto depois, ele ejaculou em sua coxa. Victor riu de novo e deu um tapa em uma de suas nádegas.

– Isso nunca vai acontecer de novo – Twyla disse.
– Com certeza – respondeu.

Mas aconteceu. Mais três vezes. Ele lhe enviara algumas mensagens escritas, dia após dia, as quais ela queimava imediatamente. Uma nota vinda de Victor tinha o sabor de um telegrama enviado durante alguma guerra de décadas de duração.

– Deslumbrante mulher. O sonho que tive noite passada. Nunca deixe de ser assim.

Escreveu sobre ele no diário várias vezes, de forma velada, para que, caso ela viesse a ler o trecho anos depois, só ela pudesse entender o significado. Um dia, escreveu: "Foi tão bom ser tocada de novo", e começou a chorar descontroladamente, pois não tinha se dado conta ainda de que era assim que se sentia e de que sentia falta, sentia falta de qualquer tipo de toque.

Depois da terceira vez, escreveu somente isso: "Estou um bagaço".

Isso foi duas semanas e meia atrás, e agora Victor estava quase morto.

Ela perdera cem dólares na máquina, mas agora estava bêbada. Ouviu o eco da voz do pai em um dos sermões que dava no quintal: *O amor pelo dinheiro é a raiz de todo o mal.* Bom, ela não gostava tanto assim de vencer. Ela só queria jogar. Queria não pensar, olhar as luzes e puxar a alavanca.

Victor a levara ao cassino uma vez. Levá-la lá foi um gesto ridículo de sua parte, e ela aceitar mais ridículo ainda. No entanto, parecia um lugar seguro para irem. Turistas em todo lugar. Twyla não achava que encontraria algum conhecido.

Naquela noite, usou um vestido curto que comprara impulsivamente meses antes no shopping, quando fazia compras com a filha. Era curto demais, e ela sabia. Só usava em casa quando estava quente. E agora o estava usando para ele.

Victor vestia um terno de linho novo. Ele estava entusiasmado, animado por estar ali, empolgado por vê-la, por ver como estava bonita. Ela sentou-se com ele nas mesas dos grandes apostadores como se fosse sua amante, que ela supunha ser. Ele a chamava de "boneca", e soltava dinheiro pelas ventas. *Está me mostrando o que pode me oferecer*, pensou. *Está me mostrando como nossa vida poderia ser.* Ela o viu perder cinco mil dólares rapidamente. *Que vida!*

Depois, espremeram-se um do lado do outro no bar, ele com a mão em seu joelho. Sua audácia a desconcertava. Victor bebia uísque escocês, e o cheio era nojento. Twyla vinha virando taças de um vinho branco adstringente gelado a noite toda. Estavam bêbados, pessoas horríveis. Ele estava propondo algo a ela por meio de uma história que contava sobre outra pessoa.

Começou com uma referência casual a um amigo seu de Nova Jersey. Ele checou o telefone e viu uma mensagem de texto dele.

– Esse cara – disse Victor – é uma figura. Acabara de se aposentar de uma carreira na área tecnológica. Nunca fora rico, e tinha uma bela pilha de dinheiro esperando para ser gasta pelo resto de sua vida. Algumas semanas depois de largar o emprego, entrou em um cruzeiro pela primeira vez com a esposa e a sogra. Para a República Dominicana, acho. Para passar uma semana. Nada exagerado.

O amigo de Victor descobriu que adorara aquilo, que a vida em um navio de cruzeiro fazia mais sentido do que qualquer outra coisa. Adorara a brisa marinha, o infinito da vista, os buffets, a estrutura de eventos do navio, a agenda e a organização. Então pensou que poderia morar ali. Queria viver para sempre em navios de cruzeiro, pulando de um para outro. Quem precisava ficar um segundo a mais parado em Nova Jersey? Passara toda a vida em terra firme.

– Tinha muito tempo pela frente. Estava com sessenta e cinco anos, ou seja, uns vinte anos de vida pelo menos, mas ele sentiu os ponteiros do relógio avançando – continuou Victor. – Não tinha mais tempo para brincadeira.

Seu amigo tentou convencer a esposa. Ela não concordou. Disse: "Não podemos ir para a Flórida ao invés disso?". Ele respondeu: "Você pode ir. Eu quero navegar". Não tinham filhos que se importariam se se separassem. Foi fácil. Cinquenta por cento para cada um, pronto.

– Agora ele passa o tempo todo em cruzeiros – Victor disse a Twyla. – Lavam sua roupa, o alimentam, ele joga, toma sol e se sente livre.

Victor pediu mais uma rodada para os dois sem perguntar a Twyla se ela queria mais um. Ele era assim, e assim seria. Estava contando essa história para ela como sugestão. Comunicava uma ideia específica de liberdade, apesar de

Twyla estar certa de que se sentiria presa se tivesse que passar o resto da vida em um navio.

– Tenho algum dinheiro em algumas contas diferentes que Barbra desconhece – disse. – Poderíamos pegar o dinheiro e fugir. – Ele olhou para os lados e passou um dedo em uma das alças finas de raiom de seu vestido. – E você também tem dinheiro, não? Da venda da fazenda? – indagou casualmente, como se houvesse acabado de lhe ocorrer, mas, certamente, não havia.

– Eu coloquei em um fundo fiduciário – explicou Twyla. – Para que minha filha possa fazer faculdade onde quiser.

– Você não consegue acessar esse dinheiro?

– É para Avery – respondeu em voz baixa.

Estava tonta. *Estados Unidos*, pensou de novo, *a mesma coisa em todo lugar*. Mas sua concentração retornou.

– Nunca pensei em nada desse tipo, então, não faço ideia.

– Há sempre um jeito de sair desses fundos. Podemos falar disso em outra hora. – Ele sorriu para ela, e para além dela também.

Mais tarde, Twyla não o convidaria para entrar. No carro, na garagem, ele subiu a mão por dentro de sua saia e a fez gozar rapidamente, mas, quando colocou a mão dela em seu pau, ela disse:

– Acho que chega por aqui.

Então, semana passada, Sierra havia comentado seu estado de humor sem perguntar nada.

– Sua aparência está um lixo.

— Eu sou um lixo – disse Twyla.

Estavam na piscina de bebê de Sierra, usando um cigarro eletrônico, sob o efeito do óleo de cannabis da loja de animais, bebendo latas de espumante rose. Antes desse comentário, Sierra vinha reclamando de o marido não comprar uma piscina de verdade, mas as duas sabiam que era porque ele não tinha dinheiro para isso.

— Não, eu só falei da sua aparência.

— Ok, então são duas coisas.

— Bom, seja o que for que está errado na sua vida, pare com isso agora.

Twyla contou tudo a ela.

— Não conte nada a ninguém, ouviu, menina? – disse a Sierra.

Twyla estava chorando. Bateu a mão na água da piscina acidentalmente.

— Olha para mim – pediu Sierra. – Você não quer saber o que eles fazem, e eles não querem saber o que você faz. – Balançou a mão na frente do rosto dela. – Deixa que vá embora sozinho.

No Harrah's, ela checou o telefone e mandou uma mensagem de texto para Gary pela décima quinta vez. Como ele ficara sabendo? O que ele sabia? O quão fodida estava? O quão fodido estava seu casamento? O quanto sua vida mudaria? E havia alguma coisa que podia fazer para arrumar tudo agora?

20

Alex, na esquina da Decatur Street, a um quarteirão de distância da Jackson Square. O sol estava quase se pondo. *Não sei o que fazer comigo mesma*, ela pensava. *Cá estou eu, sendo eu mesma, e não sei nem o que isso significa.* A bateria do telefone estava acabando, quase morta, e ela desistira de checá-lo para ver se havia alguma novidade, e sua desconexão dessa linha do tempo específico mudara algo nela. Ela não conseguia definir com quem deveria estar preocupada. Se não o pai (quase morto), se não a mãe (intolerável), se não a filha (firme e forte, agora ela estava certa disso), se não os Estados Unidos (ainda queimando ao longe, mas não conseguia lembrar exatamente por que naquele momento), então quem? Pensou em todos que estavam sozinhos, mas, na verdade, quem estava sozinha era ela; sozinha e perdida naquela cidade, longe de casao suficiente para sentir que estava em qualquer lugar que fosse.

Mas, claro, ela estava em Nova Orleans. No French Quarter.

Na esquina, depois da estátua dourada de Joana d'Arc montando triunfante um cavalo, um homem e uma mulher começaram a brigar. A estatura de ambos era baixa, como se algo os tivesse impedido de crescer desde cedo. Ambos estavam com jeans cortados e camisa regata, os colarinhos largos de uso. O cabelo dele era raspado de um dos lados, e o dela estava preso em um coque bagunçado no topo da cabeça. A pele dela era horrível, com marcas de espinhas espremidas. Havia duas crianças com eles, meninas, as duas rechonchudas e queimadas de sol, e pareciam assustadas e tristes. A mulher apontava e balançava o dedo próximo ao rosto do homem, falava rápido, xingava. Ele afastou sua mão uma vez, depois outra, até que, por fim, ele levantou o braço e a estapeou. Todos ao redor pararam, e Alex ouviu alguém dizer "Ei!", mas ninguém se aproximou do casal. Estavam todos esperando para ver o que aconteceria, supôs. Mas por que esperar? Ele já havia batido nela uma vez.

Imaginou como seria se fosse uma heroína, qual seria sua aparência e o que faria. Na verdade, já sabia: essa heroína apartaria a briga. Então, desajeitadamente (apesar de se *sentir* confiante), caminhou até a esquina e se postou entre o homem e a mulher. Gostaria de ter feito o mesmo pela mãe muito antes, deu-se conta enquanto instalava-se entre os dois. Na casa deles, aquela distante casa, lá longe, no norte.

– Não encosta mais nela – disse.

O homem mal a olhou. Era mais baixo que ela, e dava para sentir o cheiro de álcool que vinha dele, mas, por outro lado, ela também havia bebido. O homem empurrou Alex sem nem parar para pensar, e ela distendeu o ombro.

– Você não tem nada a ver com isso – ele disse.

– Vai todo mundo ficar parado enquanto esse cara agride as pessoas? – Alex perguntou para os que estavam ao redor, ainda imóveis.

– Tudo bem, eu resolvo – respondeu a mulher, que estapeou o homem.

Os dois começaram a se atacar, rugindo um para o outro, e parecia que batiam para machucar: ela cravava as unhas no rosto dele, e ele com uma mão em volta do pescoço dela e outra puxando seus cabelos. Alex deu um passo atrás até se apoiar em uma parede, massageando o ombro enquanto, em pouco tempo, a multidão decidiu o destino do casal, finalmente os separando, dois homens grandes segurando cada um deles com facilidade. Então a briga acabou. O homem deu as chaves do carro para a mulher, que pegou as crianças, ambas soluçando de chorar, e as levou adiante. Alguém sugeriu ao homem que ele caminhasse um pouco. Outro disse que lhe pagaria um drink.

– Com isso eu posso concordar – disse, e ela ouviu um claro ronco nasal.

Estavam todos perdoando-o rápido demais, pensou. *Não não não. Rápido demais.* As pessoas voltaram a andar, indo em direção ao rio ou até a praça adiante ou de volta para os seus hotéis, para relaxar no bar do lobby. Para comprar garrafinhas pequenas de molho de pimenta ou uma camiseta cravejada de pingentes ou mais um drink. Alex não havia se dado conta de que caíra no chão até que alguém lhe estendeu a mão, mão essa parte do braço de um homem, que lhe oferecia ajuda para se levantar.

Agora ela estava no bar a alguns quarteirões dali com o homem, o que a havia ajudado a ficar de pé. Ele era loiro, o cabelo cortado na máquina, e era um pouco mais alto que ela, ombros largos, musculoso, como se viesse levantando coisas a vida toda, mas também tinha uma barriguinha de meia-idade, aquela que vinha com uma certa indulgência e permissão ao prazer. Ele era da Carolina do Sul – ela já esquecera de que cidade, mas era tarde demais para perguntar – e estava na cidade para um congresso de oftalmologia.

– Na verdade, é desculpa para visitar a minha cidade favorita no mundo inteiro – explicou.

Tinha os olhos azuis e a pele bronzeada, ela viria a descobrir, por conta da reforma que vinha fazendo na casa que comprara recentemente, reforma na área externa, parcial, mas também jardinagem. Adorava os tomates que plantava e dizia que eram excepcionalmente suculentos. Tinha mãos bonitas. Usava óculos estilosos, com armação de chifre, modernos e angulosos, mas o restante da indumentária era simples.

– E esse é o meu bar preferido em todo o mundo – falou. Bateu com a mão aberta no balcão. Disse a Alex que qualquer bar que tenha nome de mulher é um bar de confiança, ou algo assim, pois ela quase não ouviu o que ele dizia. Estava distraída pelo telefone, que tocava. Finalmente. Era Gary.

– Desculpa. Eu tenho que atender. É muito importante. Mas eu gostaria de continuar depois, se você puder, e tomar aquele drink. Já termino. É meu irmão, é uma questão de família, preciso falar com ele. Mas quando eu terminar, quero voltar para cá, bem aqui, e gostaria de flertar com você, se não tiver problema.

Ele disse:

– Por mim, tudo bem.

– Fica bem aqui – ela pediu, e saiu do bar com o telefone grudado na orelha.

– Gary. Onde está você?

– Estou em Los Angeles.

– Papai está morrendo – Alex falou. – Está já quase morto.

– Eu sei.

– Então por que você não está aqui?

Ela ouviu um ruído do outro lado, e ele tomou um gole longo de alguma coisa. Por fim, Gary disse:

– Essa eu vou ter que passar.

– Como assim? Você não precisa fazer nada. É só vir, ele morre e pronto, acabou. Ele provavelmente já vai ter morrido quando você chegar.

Ele riu.

– Não estou achando graça nenhuma – ela disse.

— Olha, não estou interessado em participar desse evento familiar específico. Estou fora. Depois me conta como foi.

Ele pode fazer isso? Ridículo, pensou.

— Eu faço tudo que tenho que fazer — ele continuou. — Já fiz de tudo. Sou um ótimo pai e fui um bom filho, já dei mais a eles do que mereciam, considerando tudo.

Mais à frente no quarteirão, ela viu o homem que estava brigando mais cedo com a namorada ou mulher ou seja lá o que for. Andava cambaleante e lentamente em direção e ela.

— É verdade, você tem sido um ser humano correto.

— Não vejo, por exemplo, você recebendo os dois para o Dia de Ação de Graças — Gary falou.

— Ei.

— Não é uma crítica. É só para mostrar que eu fiz minha parte.

O homem finalmente alcançou a mulher e começou a dizer algo ininteligível com um dedo em riste apontado para o peito dela. *Que palhaço.*

— Espera um segundo, Gary. Não desliga. Espera. — Ela segurou o telefone contra o peito e fuzilou o homem com um olhar gelado enquanto dizia: — Se você não for embora da minha frente agora, eu vou acabar com você, moleque.

Ele fechou a boca e seguiu adiante.

Ela voltou para o telefone.

— Gary. Vem, por favor.

— Olha. Já chega. Eu não gostava dele. Eu não o amava, e não consigo fingir. Eu já fingi tanto — sua voz falhou —, mas isso, isso eu não consigo.

Sua mãe a obrigara a fazer aquela despedida dramática no hospital e ele não ia nem aparecer? Ela se sentia enganada e com inveja de não ter pensado nisso antes. Mas, mesmo assim, era justo que ela passasse por isso tudo sozinha?

— Acho injusto isso tudo ficar nas minhas costas — disse Alex.

— Lembra quando a Nana morreu? — ele perguntou.

Ela soube imediatamente ao que ele se referia, ao trauma do dia do funeral, os dois arrasados porque Anya era a pessoa que mais os amava em todo o mundo, que os ensinara a ser quem eram, pelo menos a parte boa, e estavam genuinamente sofrendo a morte de um ser humano gentil e solidário. As lágrimas e emoções haviam irritado o pai, que gritara com eles e os mandara para os seus quartos mesmo os dois já sendo adultos, e Alex se meteu debaixo das cobertas e chorou porque lhe parecia que não havia mais amor nenhum no mundo para ela, e sempre acreditara que Gary fizera o mesmo. Mas não era o caso.

— Papai entrou no meu quarto, eu estava deitado, e se sentou do meu lado na cama — Gary disse. — Aí ele colocou uma das mãos no meu pescoço, me pegando totalmente de surpresa, porque, se eu estivesse de pé, a briga teria sido mais justa e eu poderia ter acabado com ele.

— Não duvido — comentou Alex.

– Aí ele me enforcou, sabe, com força, e me disse pra eu me controlar e deixar de ser criança ou qualquer merda assim, e eu não desmaiei, mas foi quase.

– Eu não sabia que isso tinha acontecido.

– Você sabia de metade do que acontecia. Na maioria das vezes ele não mexia com você.

– Pois é. Eu sei.

Alex ficou com vontade de chorar, e sentiu uma lágrima quente descer, além de uma excitação vaga, o que a deixou confusa. Ser a pessoa favorita de alguém era algo que não tinha preço. Mas ser a favorita *dele*? Sentiu-se meio vadia.

– Seja como for, eu penso muito naquele dia desde que soube que ele teve um ataque cardíaco, e talvez eu venha pensando sobre isso desde que aconteceu, se for para ser honesto comigo mesmo. – Ele deu outro gole grande no que quer que o estivesse ajudando a aguentar aquela noite. – Em como ele não queria que eu ficasse de luto. Então, decidi que não vou ficar de luto por ele.

Ela sentiu a espinha colapsar por um instante.

– Prometo que vou quando for a mamãe – Gary disse.

– Não é uma troca.

– Desculpa, mas é isso que eu posso dar. Estou fora.

Ela se desesperou.

– Gary, se você vier, talvez ela conte algo sobre ele. As coisas horríveis que ele fez. O porquê de ela ter ficado com ele. O porquê de terem se mudado para Nova Orleans. E tudo mais.

— Não quero saber isso.

— Mas se você souber da verdade...

— Mas...

— Talvez você venha a se sentir pior ainda.

— Se eu sei o porquê dele ser do jeito que é, talvez eu possa entender o porquê de eu ser do jeito que eu sou. – disse.

— O que mais você quer saber? Papai era bandido.

— Era... – ela concordou.

— E ele provavelmente traiu Barbra.

— Sim.

— E ele batia nela, e bateu em mim, e bateu em você.

— Bateu.

— De que outra informação você precisa? Que grande segredo vai ser revelado?

— Quero entender por que ela ainda o amava.

— Você quer entender por que *você* ainda o amava.

— É.

— E se, de alguma forma, eu sou que nem ele. Também me preocupo com isso. – Ela gemeu. Estava cansada de si mesma.

— Alex, querida, você não é nem um pouco parecida com ele. Eu conheço você. Minha irmã, minha amiga. Você não é tão má quanto pensa que é... Você não é nem um pouco má. Você é uma boa pessoa, isso eu te prometo. Eu te conheço. Você é uma pessoa boa. Não se preocupe mais com ele. Você precisa se deixar esquecer que ele existiu. Porque é isso que eu pretendo fazer.

Ela recostou-se em uma parede de tijolos quebradiços do lado de fora do bar, bateu a cabeça levemente contra ela algumas vezes, aceitando a poeira que se depositava em sua testa.

— Estou te falando, você não quer saber — ele disse essa última parte enfaticamente.

Aí disseram um ao outro que se amavam e despediram-se. Alex não o veria por mais um ano, o que, ali, ela não sabia. Sua vida estava prestes a mudar. Gary ficaria mais atarefado, e as coisas mais complicadas. E quando eventualmente ela o via, ele estava branco que nem uma vela e magro e envelhecido e triste e desolado e solitário, mas mais bem-sucedido do que estivera em toda a sua carreira. Ela dizia-lhe que ele era bom, também, e digno de amor porque, então, a pessoa forte era ela. Era ela que podia alimentá-lo com esperança, e ele nunca acreditaria nela como ela acreditava nele agora, pois, às vezes, o amor é uma via de mão única. Mas, pelo menos, à época, funcionou.

No bar, mais um drink, e agora era ela o valentão bêbado, mas aquele homem ali não parecia se importar. Seu nome era Rich. Às vezes, saía para caçar.

— Não importa o que aconteça hoje, não vamos conversar sobre política — ela pediu.

— É, acho que é uma boa ideia — Rich continuou.

— Isso aqui é um marco para mim — ela falou.

— O quê?

Mas ela já havia emendado em outro assunto, no caso, os olhos dele — *sempre foram tão azuis?* O sol já havia se posto, e as ruas estavam vazias e silenciosas, os turistas em seus quartos de hotel cochilando para descansar das atividades do dia, enquanto o turno da noite da indústria de serviços já havia chegado para trabalhar. Mas os dois não tinham o que fazer, Rich e Alex, exceto estar ali um com o outro. Decidiram ir caminhando até a beira do rio. Ele segurou sua mão, e, no conforto daquele toque, ela se lembrou de tudo – o porquê de estar em Nova Orleans, seu pai, sua mãe, seu irmão, sua filha – e instantaneamente pegou o telefone, que não era carregado havia horas e cuja bateria, claro, tinha acabado. Entrou em pânico.

– Acho que eu preciso colocar isso para carregar. Tipo agora mesmo – ela disse.

Estavam em um pequeno píer na beira da água. Um barco cujo deck estava cheio de gente com copos descartáveis nas mãos emergiu da escuridão e lentamente estacionou em uma das docas. Alguém no barco deu um viva.

– Para que você precisa do telefone? – perguntou. – Estamos aqui. Vamos viver o momento. – ele disse, colocando um dos braços em volta de sua cintura.

– Você está certo – ela respondeu. – Eu deveria até jogá-lo no Mississippi.

– Não, não faça isso. Celular é uma coisa cara.

– Você é tão esperto. – Ela o beijou, e ele a beijou.

Para ela, fazer isso em público era algo extravagante e sensual; como é que ela não sabia disso desde o início? Rich a reclinou para trás um pouco e Alex riu.

Depois, quando contar essa história para sua colega de quarto da faculdade Kimberly (que era professora substituta na Northwestern University, instituição que nunca lhe daria o que precisava – ou seja, um trabalho em tempo integral –, e que à época estava se recuperando do término de um longo namoro que nunca lhe daria o que ela queria, ou seja, um marido), com quem havia se reconectado via Facebook quando tentava expandir seus horizontes sociais ao voltar de Nova Orleans para Chicago, Rich será mais alto, mais jovem, mas não precisará mentir sobre o pau dele, cujo tamanho ela demonstrava colocando um punho fechado sobre o outro, dizendo "mais ou menos por aí". (Ela não discutia tamanho de pau desde a faculdade, agora que parava para pensar. *Quem discute esse tipo de coisa depois de velho? Quem tem tempo de lazer?*) Na sua versão da história, ele era sócio pleno do consultório de oftalmologia; e não teria um chefe chato, como tinha na realidade, só para complicar a narrativa; mas seu esforço em agradá-la oralmente será sublinhado, e essa parte também não será mentira. Kimberly fará que sim com a cabeça, animada, a única resposta adequada nesse contexto.

Alex também não mencionará que sentiu, por um momento, uma calma completamente neutra enquanto ele a chupava, quando virou a cabeça e olhou para fora da janela do hotel e para os pequenos móveis de metal que havia na varanda, e aí tudo se apagou e o mundo desapareceu ao seu redor. Ela não mencionará nem essa parte, pois, por algum motivo, sentiu mais intimidade ali do que em qualquer momento juntos, e isso não era da conta de Kimberly, nem como se sentiu quando gozou. Também porque isso deixava implícita, por contraste, a infelicidade do resto de sua vida. E porque estava decidida a não estragar essa oportunidade de ter uma amiga falando de suas crises existenciais, pelo menos não de início. Então, Kimberly ouviu, com exclusividade, os pontos altos.

– Quando ele me beijou, eu senti como se o mundo tivesse parado por um segundo, e estávamos sozinhos ali, na beira do rio – ela disse.

Essa parte também não era mentira. Ali, naquele momento, sentindo a brisa do Mississippi, na pequena ilusão de privacidade que tinham sob o teto do píer, o telefone não importava, sua família não importava, aquele homem que governava o país não importava. De que importava a política e a família quando esse homem de coração leve e torso forte mordiscava delicadamente o lóbulo de sua orelha, com as duas mãos cravadas firmemente na sua bunda, e agradando enormemente?

– Caraca, mulher – ele disse enquanto a apalpava. – Você vem malhando um bocado.

Não malho por você, pensou. *Eu malho por mim mesma, para ficar em forma e manter a saúde, para que eu viva uma vida longa e para que eu tenha energia suficiente para conseguir ser mãe solteira e fazer tudo o que tenho que fazer no meu trabalho, para pagar as contas e manter o humor nessa era de incertezas.*

Em voz alta, no entanto, ela só disse, flertando:

– A gente faz o que pode.

Voltaram de mãos dadas até o hotel onde ele estava hospedado e, meu Deus, como era bom ser tocada, e ela sentiu-se um pouco gananciosa em relação a isso. *Nunca mais vou te ver*, pensou. *Me dê tudo o que você tem.* Pararam em cada esquina para se beijarem. Lambuzaram-se e foram gentis um com o outro. Logo que chegaram ao seu quarto de hotel, no limiar do French Quarter, se jogaram, sem pensar, na cama. Era óbvio que era isso que iriam fazer, que nenhum tipo de negociação era necessário. Ela se esquecera do telefone; ficou sem bateria o resto da noite. E foi por isso que não atendeu ao telefonema do hospital que a avisaria que seu pai havia falecido.

21

As enfermeiras do novo turno haviam chegado, Barbra notara, e estavam conversando educadamente entre si. Barbra não as reconhecera, e sentiu-se súbita e completamente desconectada de onde estava. Como ela chegara ao hospital? Como chegara a essa localização exata? O espaço estava encolhendo defronte a ela, mas ela continuou caminhando. As pinturas estavam pulsando, fitas roxas, verdes e douradas que respiravam. Ela poderia estar flutuando acima do chão ou debaixo da terra. Não chegaria ao fim até que ele chegasse.

Mudar-se para Nova Orleans havia sido ideia dele, não dela, depois que tudo tinha ido para a casa do caralho.

Um jantar de Dia de Ação de Graças em família na casa do filho em Algiers, onde todo mundo parecia se dar bem, e Victor decidira que, pronto, eles podiam voltar a ser uma família. O passado seria esquecido. Não resolveriam nada. Só esqueceriam.

— Esse tempo é louco, né? — disse.

E ela admitiu que era bom fazer calor no Dia de Ação de Graças, apesar de suspeitar que os verões seriam complicados. E a neta Avery parecia bem-comportada, interessante e inteligente, ele insistia, palavras que ela achava difícil de acreditar que haviam saído de sua boca. Os imóveis eram baratos, ele acrescentara, e isso ela sabia que era verdade. A cidade parecia ter se recuperado totalmente do Katrina. Victor se identificava com a luta para reconstruir algo a partir dos escombros. Talvez houvesse oportunidades ali, ele disse.

Ele está se enganando, ela pensou. Ele nunca mais poderia voltar a trabalhar. Havia sido ejetado do sistema. Barbra deu de ombros.

— Ou talvez possamos só envelhecer e morrer aqui — ela disse.

— Isso também — ele respondeu.

Para a família, disseram que queriam mudar de ares. Mas sabiam que estavam escondendo alguma coisa.

– Vamos começar do zero de novo. Ninguém sabe quem somos lá – ele sugeriu.

Ainda não haviam decepcionado ninguém. Ela tinha a esperança de que não viveriam por tempo suficiente para destruir mais nada.

– Tem certeza? É quente lá – Barbra comentou. – Você odeia ficar suado.

– É para isso que serve o ar-condicionado – ele respondeu.

Ela não gostava de brigar.

E eles não tinham se divertido quando ele a levara para ver o jazz no lobby do Four Seasons? Não era a mesma sensação de sofisticação dos encontros que tinham na cidade? Aos seus olhos, nada, absolutamente nada, substituiria Manhattan, mas ela conseguia entender a elegância despojada de Nova Orleans, que havia mais do que o suor, a bebida, a comida frita e turistas obscenos e barulhentos usando bermudas. Ela a levou para um restaurante em Uptown. Sentaram-se em um cômodo grande com janelões de vidro cercados de árvores e luz, os garçons vestidos formal e impecavelmente, servindo-lhes dramaticamente criações empratadas formosamente – eram pesadas demais para ela comer, mas também qualquer coisa era pesada demais para ela comer. E todos os outros detalhes a encantaram, então já era o suficiente. E tinha todos os antiquários. Ruas cheias de antiquários no French Quarter, e em Uptown também. Ele até foi com ela um dia, apesar de ela preferir fazer compras sozinha. Parecia que ele estava prometendo uma vida diferente da que conheciam. Isso a atraía, o fato de que poderiam passar tempo juntos. Estava furiosa com ele, e mortificada por tudo que Victor fizera, mas, mesmo assim, não se surpreendera, e já estava com ele havia tanto tempo, e agora pelo menos poderia tê-lo todo para si. Ou pelo menos pensava que poderia.

Encontraram um apartamento, empacotaram tudo, mudaram-se, desempacotaram tudo. Ela passou dias mexendo os móveis e as peças de arte um pouco para lá ou para cá, mas não tinha muito que pudesse fazer para que tudo coubesse ali. O apartamento fora reformado recentemente, e o belo piso escuro de madeira era um consolo, mas não havia luz também, pois tinham escurecido as janelas. *Estamos presos aqui*, ela pensava todo dia. Pelo menos o pé-direito era alto, pelo menos o ar circulava. Mesmo assim, ela reduziu tudo ao mínimo, mas não importava. Tinham só cinco quartos e 247 metros quadrados. *Se ele não tivesse tido um ataque cardíaco, eventualmente um teria assassinado o outro*, pensou. Haviam passado de 1.500 metros quadrados para uma ninharia. Foram ricos, mas agora, até onde importava a ela, eram pobres. Contas feitas, claro estava: teriam que viver com uma renda fixa o resto da vida. Nada de viagem extravagantes, nada de joias, só uma casa e pronto. Só os dois, e se esforçando para pagar as contas.

Mas, agora, será que ele pelo menos pararia de transar com outras mulheres? Seus relógios de parede antigos favoritos estavam pendurados em fila em uma das paredes da casa nova. Se ele soubesse as horas, talvez lhe desse mais atenção, finalmente. Ordem, um sistema; com certeza Victor se comportaria. Ele não tinha mais dinheiro para dar para as mulheres, para paparicar alguma, impressionar, e estava envelhecendo rapidamente, isso ela conseguia ver. Será que ela poderia finalmente se permitir confiar nele? Poderiam recolher-se silenciosamente na escuridão?

Mas ele ainda conseguiria surpreendê-la. Uma última vez. Transando com Twyla.

Ah, você achava que ela não sabia? Ora, por favor. Ela sabia.

▄▄▄▄▄▄▄▄▄▄▄▄ ▪ ▪ ▪

Se é para ser honesta, Alex, só estou aqui para garantir que ele foi embora mesmo.

▄▄▄▄▄▄▄▄▄▄▄▄ ▪ ▪ ▪

Nenhum dos dois conseguiu emprego. Eram velhos demais – e finalmente Barbra entendera que a palavra se aplicava também a ela, e não só a ele. E ela também não teria ido trabalhar. Era tarde demais para os dois. Seu último emprego fora havia cinquenta anos. O que ela sabia fazer? Teriam que sobreviver com o que tinham.

Mesmo assim, de alguma forma, os papéis começaram a se acumular na mesa de trabalho que ele insistia em ter, mesmo que não houvesse espaço para ela. No que ele estaria trabalhando? O que ele tinha para fazer? Quando olhou os papéis, tudo o que viu foram formulários de pedido de cartões de crédito, informações sobre taxas de juros. *Coisas inofensivas*, pensou.

Então, viu um molho extra de chaves. Isso foi um mês antes. Não estava bisbilhotando, estava só *vivendo*. Estavam na sua mesa de cabeceira. Um chaveiro promocional de um corretor de imóveis, letras douradas em um abridor de garrafas. *Inadequado para um negócio*, pensou. *Perspicaz. Mas que portas essas chaves abririam?* Aprendera havia muito tempo a não pedir a verdade a ele. E sua mesa estava vazia agora, uma mesa fantasma, exceto por uma conta de eletricidade, da qual reclamaria com a Entergy. Ele não entendia como podia ser tão alta em um apartamento tão pequeno.

– Achei que tudo era mais barato aqui – Victor disse. Nunca se preocupara com a conta de eletricidade em toda sua vida. Agora era assim?

Ele passava a maior parte dos dias fora, e ela se deu conta de que não sabia aonde o marido ia. Para um bar, para um café, para a piscina do prédio, quem sabia? Durante um período, era para estarem ajudando com os netos, mas o tempo de qualidade que passavam juntos havia de pouco em pouco acabado, Victor relatando que não eram mais necessários, Twyla dissera isso a ele, o que Barbra aceitara sem problemas; já era suficiente ter que jantar em família a cada poucas semanas, arrastando-se para o outro lado do rio, em Westbank, Victor alegremente fumando seu charuto enquanto dirigia.

Uma vez, na primavera, foram comer lagostim na casa de um vizinho do filho – quando Gary ainda estava na cidade – e Barbra parou um instante para olhar para o grupo sorridente e exuberante de pessoas de cada lado da longa mesa, para as pilhas e pilhas de lagostins, espigas de milho e linguiças fumegantes, e pensou: *Estão brincando comigo?* Sentou-se em um canto com um copo plástico de cerveja tirada de um barril e ficou observando o marido e todos os outros gananciosamente atacarem os crustáceos apimentados. Victor havia arregaçado as mangas da camisa. Ele suava e parecia feliz. Barbra de pernas cruzadas, o casaco de linho balançando com a brisa. Mesmo que ela mesma não estivesse se divertindo, o resto da família estava. Um sucesso menor, supôs.

No meio de toda a confusão, ela viu Victor conversando com Twyla. Que expressão era aquela em seu rosto? Aquele sorriso bobo, aqueles gestos expansivos e animados. *Ele... está apaixonado por ela?*

Meses depois, com o molho de chaves na mão, ligou para Twyla e perguntou se tinha visto Victor.

– Ele acabou de sair, Barbra – disse. – Liga para ele. Você deve conseguir falar com ele pelo celular.

Ah, pelo amor de Deus, pensou.

Depois foi fácil. Ligou para o corretor de imóveis, perguntando para onde mandar um presente que comprara para o marido de surpresa; estava ficando esquecida com a idade. Aí roubou as chaves antes de sair para a sua caminhada de manhã cedo, fez uma cópia no chaveiro, enquanto, em sua mente, cozinhava a questão em fogo brando. Uma coisa era fazer isso em outra cidade, como ele fazia quando moravam em Connecticut, mas ela checou o endereço no Google Maps, e era a dez minutos dali. Um apartamento desinteressante no Warehouse District, que ela visitou uma hora depois enquanto Victor dormia, recuperando-se do que quer que seja que havia bebido na noite anterior em casa. E era a mesma coisa do apartamento de Manhattan, sempre o mesmo, um colchão no chão, uma mesa, uma cadeira. Parecia uma cela, mas ela sabia que aquele apartamento significava liberdade para ele. Lá estavam os papéis dele, mais formulários de contratação de cartões de crédito e uma carta de amor inacabada, também, para Twyla. Ela só leu "Quando toquei em você" e deixou a carta cair no chão. Poderia tê-lo assassinado, realmente poderia... Se ele estivesse ali naquele momento e ela tivesse uma arma nas mãos, teria atirado.

Dá para acreditar que Barbra viveu cinquenta anos dessa forma com esse homem? Mesmo no fim, Victor não conseguia ser nada além de mau. Ele nunca se reabilitaria, não haveria redenção para ele. Algumas pessoas são simplesmente más para sempre. Ele nunca iria aprender. Mas ela poderia aprender. Não poderia?

■■■■■■■■■■■■■■■■ ■ ■ ■

Esqueça a queda. Pense somente na ascensão. É isso que eu tenho que fazer. Preciso ascender.

Do lado de fora do quarto, Barbra parou por um instante. Do lado de dentro, ouviu um sinal sonoro constante.

Barbra pensou em entrar para dizer adeus, mas simplesmente jogou a palavra no ar em sua direção. "Até mais, querido."

Ela presumia que teria que assinar papéis, planejar o funeral. Contudo, não era obrigada a fazer qualquer coisa por aquele homem. Ela não queria estar ao lado de um túmulo, vestida de preto, de luto por ele. Não havia nada em seu coração para ele.

Continue andando, Barbra, pensou. Então, continuou. Seguiu pelo corredor até o elevador, que se abriu para uma mulher ruiva, esbaforida, de pele morena com manchas brancas e sardas em alguns lugares, olhos grandes e castanhos. Ela estava em pânico, com pressa, a cabeça girando para todos os lados antes de descer o corredor correndo.

No térreo, defronte ao hospital, Barbra parou um minuto, um pouco tonta. Estava se reacostumando com o mundo. Já era noite, e estava mais frio, apesar de ainda estar quente e úmido, o ar gordo e prenhe.

Para casa, eu quero ir para casa, pensou. Mas seja lá o que isso costumava ser, não existia mais para ela. Ela teria que reinventá-la.

22

Não tenho para onde ir, só para casa, Twyla pensou. Onde não havia ninguém. Caminhou pela Canal Street até o terminal de balsas, o céu já quase escuro, passada a hora do rush, a rua vazia, apesar de as luzes redondas dos postes já estarem acesas por debaixo das palmeiras, e parecia que estavam esperando por convidados que ainda não haviam chegado. A balsa ainda atravessava o rio. Tonta, apoiou a cabeça na grade que separava o atracadouro do píer. A água emitia sons baixos conforme batia contra os pilares. Como pequenas lambidas. Fora isso, o ambiente estava silencioso. Era o silêncio que a mataria. Estaria sozinha em uma casa vazia. *Só eu e meus erros*, pensou. Só pensara nisso nas últimas duas semanas.

Foi quando Gary foi embora. Ele estava lá uma noite, e na seguinte já não estava mais. Ele havia vindo para casa de uma viagem para Los Angeles, e estava feliz por estar em casa, abraçando-a assim que entrou. Afeto, uma mão boba, um tapinha na bunda, e andou pela casa possessivamente, passando a mão na mesa da cozinha, na estante de livros, antes de se jogar no sofá, sorrindo. A viagem a LA não fora um sucesso, mas dera-lhe esperança. Teve boas reuniões. Viu potencial.

Perguntou quando a filha voltava do acampamento.

— Faltam algumas semanas ainda — respondeu Twyla. Hesitou em ficar com ele. Ao invés disso, apoiou-se na ilha central da cozinha. Estava plena de mentiras e não sabia como lidar com elas, como escondê-las ou as enviar para um local seguro.
— Dia 22, aí as aulas começam duas semanas depois. — Começou a recitar a agenda da filha distraidamente de início e depois mais entusiasmadamente. Teriam restrições novamente. Regras. Tudo voltaria ao normal, ela esperava. Poderia ignorar Victor. Provavelmente poderia forçá-lo para fora de suas vidas de todo. É, não seria difícil fazer Victor desaparecer.

Se eu queria que ele morresse? Talvez, pensou enquanto pisava no concreto do terminal da balsa.

———————— ▄▄▄▄

— Deveríamos aproveitar esse momento? — disse Gary naquela última noite.

Ele estava falando de sexo, agora Twyla já entendera, mas, naquele momento, ela estava distraída pela mentira que havia entre eles. Estava prostrada ali na sua frente, um ponto escuro e piscante, um indicador de dor e culpa.

— Eu estava aqui pensando que o jardim de trás estava precisando de atenção — ela disse.

Ele fez uma cara engraçada para ela.

— Ou você está querendo dizer que quer sair para jantar? Seria legal.

— Estou falando de eu e você na cama. Fazendo coisas.
— Ele levantou as sobrancelhas.

— Ah! Ah, desculpa.

Ficou algo no ar por um segundo, e ambos se desculparam instantaneamente.

Os dois eram sempre gentis um com o outro, independentemente da raiva que sentiriam no futuro, porque ele se recusava a ser uma pessoa raivosa como o pai, e mesmo que merecesse a raiva dela, nela essa raiva seria desativada pela culpa que sentiria o resto da vida — e foram juntos para a cama, sem jeito de início, como se estivessem transando pela primeira vez, mas não empolgadamente, quando tudo é novo e eletrizante, porém por meio de uma timidez hesitante e desconfortável. Twyla acidentalmente colocou o dedo no olho de Gary. Ele soltou um ganido, e ela pediu desculpas novamente (quantas vezes já se desculpara hoje, e não pelo motivo certo?), e disse:

— Achei que eu é que tinha estar colocando algo em você, e não o contrário.

Isso ajudou, uma piada idiota ajudou, e, depois, estavam trabalhando juntos, empenhados para fazer a coisa funcionar, seu pau tomando vida, ele alisando o corpo todo de Twyla com as mãos, sexo exaustivo e agradecido. Ele deixara a barba crescer, e ela a arranhava com as unhas, além do peito e das costas de Gary. E ele gemeu e gozou, e voltaram a se amar de novo. *Vai ficar tudo bem*, ela pensou enquanto o abraçava.

Contudo, na manhã do dia seguinte, tudo mudou. Ela acordou antes do marido. Fez café, tomou banho, desfez a mala dele e colocou roupa para lavar. Agora pressionava as costas de uma espátula contra uma omelete. Tudo voltava ao normal. Tudo de que ela precisava agora era ter Avery de volta, para completar o cenário. Se ele tivesse que ficar indo e voltando de duas cidades, fariam o esquema funcionar de alguma forma. Ela e Avery poderiam ir visitá-lo de vez em quando também. Caso fosse necessário irem morar de novo em Los Angeles, melhor ainda. Ela estava preparada para que tudo mudasse e das melhores formas possíveis, e aceitaria algumas das piores formas se fosse preciso para continuar com a vida. Faria o que quer que fosse preciso. *Tenho uma segunda chance*, pensou, e lá ficou fazendo que sim com a cabeça, determinada, até que o marido entrou na cozinha. Ele havia acabado de se barbear, parecia mais jovem e mais magro, mas também pálido e preocupado. Suas mãos tremiam. Sua camisa estava amassada. *Vou passar mais tarde*, pensou.

Sem preâmbulos, ele beijou seu pescoço e desceu seu corpo beijando-o. Ela ficou ali parada, atônita, e deu-se a ele ali na ilha central da cozinha. Rápido, com foco, ele a lambeu até a fazer gozar.

— Ufa — ela disse rindo.

Quando ele se levantou, porém, parecia preocupado.

— Você está diferente. Foi como eu pensei.

— Como assim? — Ela riu nervosamente. — Quer café? Eu fiz café. Contando ontem à noite e hoje, você certamente está merecendo. — Ela começou a verter um pouco em uma xícara.

— Estamos juntos há muito tempo, Twyla. Eu sei do que estou falando. Eu sei quando tem alguma coisa errada. Seu corpo estava diferente ontem, os movimentos que você fez. E você está estranha agora, a forma como está me olhando, esse olhar bem aí!

O que estava fazendo? O que seu rosto estava fazendo? Twyla começou a se desesperar.

Ele apertou os olhos, e fez essa última acusação, lenta e cruelmente:

— Seu gosto está diferente.

Twyla ficou chocada.

— Isso é piada?

— Estou com cara de quem está fazendo alguma porra de uma piada?

Ele estava calmo, apesar de ter falado um palavrão. Ele a havia pressionado eficientemente. Não tinha qualquer evidência, exceto por um instinto. Mas ela logo cedeu. Não tinha nascido para mentir. Tinha nascido para acalmar, para apaziguar. Para agradar, para satisfazer. Mas não para mentir. Teve um homem, mas não diria quem foi. Enquanto Gary se enraivecia, enfurecia-se e chorava, ela ficou olhando pela janela detrás dele, para o rio, e enquanto ele fazia as malas, barcaças passavam e ela sonhava em estar em uma, e, enquanto ele ia embora para o aeroporto sem se despedir, ela pensava: *Acho que consigo ir até o Alabama, acho que consigo voltar para casa.* Mas aí lembrou: não tinha mais uma casa lá. Havia sido vendida para os pais de Darcy.

■ ■ ■

Alguma coisa mordeu Twyla no terminal da balsa. Ela deu um tapa na perna. Reconheceu a sensação: formiga-lava-pés. Ficaria com uma bolha no local por semanas. O menor de seus problemas.

Vou ligar para ele uma última vez, pensou, e pegou o telefone. Ele precisa falar comigo em algum momento. Estamos *casados.*

Dessa vez, Gary atendeu.

– O que foi? – disse.

– Espera um minuto – retrucou.

Duas pessoas saíram da balsa, e Twyla, trôpega, subiu. Era a última balsa da noite, e ela estava sozinha. Deu duas notas amassadas de um dólar para o condutor, que as desamassou lentamente na frente dela enquanto ela esperava, antes de aceitá-las e colocá-las na caixa transparente. Isso para que aquela mulher ali na frente dele soubesse o que fazer com o dinheiro na próxima vez. Para que aquela mulher soubesse como tratá-lo. Conhecesse o processo. Ela precisava aprender. Havia um sistema. Dois dólares na máquina. Não jogados para ele como se ele fosse uma stripper. Ela agradeceu, mas não lhe pareceu grata o suficiente, na sua opinião. Havia sido um longo dia, mas, apesar de ser um profissional do turismo, não estava nem aí para os "obrigadas" dela. Twyla recostou a cintura no corrimão do deck e colocou o telefone no ouvido.

– Ok. Estou aqui.

— Onde você está?

— Na balsa.

— Por que você está na balsa?

— Eu fui à cidade, aí comecei a beber, aí achei melhor não pegar o carro.

— Que bom, Twyla.

Ele esperava que ela estivesse em casa, ela supôs. Em casa esperando-o voltar.

A balsa começou a andar, e, imediatamente, a deliciosa brisa do rio acariciou sua pele.

— Onde você deixou o carro? — ele perguntou.

— E você se importa? Você não vem em casa há duas semanas.

— Fui eu que paguei por ele. Eu tenho o direito de perguntar onde ele está.

Vamos continuar assim, pensou. *Vamos ficar alfinetando um ao outro. Vamos falar sobre outra coisa, não sobre o que aconteceu.*

— O carro está no meu nome.

— Twyla.

— Está num estacionamento perto da Canal Street.

Ela começou a odiar o diálogo, aquela não conversa.

— O carro está bem — disse. — Não aconteceu nada com ele.

Silêncio, exceto pelo som de Gary inalando algo.

— Fala logo — ela pediu. — Fala logo o que você quer falar.

— Então — Gary começou. — Isso é inegociável. Eu preciso saber quem foi. Posso te perdoar, acho, ou pelo menos tentar te perdoar e continuar. Mas você precisa me dizer quem foi.

Por um instante, pareceu que a balsa parou na água e que houve um grande momento de quietude, mas não era verdade. Era só ela, as partículas que compunham seu corpo parando por um instante, congeladas no ar na noite, deixando sua pele, sua alma e a si mesma dormentes. Se não contasse, estava tudo acabado. Se contasse, também, e ele ficaria arrasado.

Assim, não disse nada.

– Twyla, é a sua vida – ele implorava. – Você, eu e Avery, mas também a nossa relação. Pensa no que nós somos. Se você me contar, ainda temos uma chance.

Ele disse outras coisas depois, mas ela havia sintonizado sua mente nos sons da balsa, que eram bem românticos, a água batendo, o ruído do motor, até que, eventualmente, Gary desligou e ela ficou ali, sozinha, com o telefone na mão. *Adeus, amor, até a próxima vez.*

Ela olhou para a cidade, o *skyline* iluminado, o zum-zum, de braços abertos para o que quer que fosse acontecer a seguir. A luz refletia na água, e Twyla olhou fixamente para ela, em desespero. Pessoas morriam sempre no rio; a corrente era forte e implacável. De quando em vez ela lia no jornal alguma matéria sobre um bêbado que resolveu dar um mergulho e acabou arrastado. Por um instante, pensou em pular. Isso resolveria seus problemas. Mas ela nunca poderia abandonar Avery.

Alguém viria a amá-la no futuro. Mas nunca esqueceria Gary. Ela o amaria pelo resto da vida, porém não poderiam mais estar juntos.

No fim, o que mais ela poderia querer além de amor? Tinha gente que fazia coisas, que realizava coisas. Por décadas, seus pais alimentaram pessoas com comida que eles mesmos cultivavam, com seu próprio trabalho. Ela era mãe, e sabia que era importante, que envolvia trabalho também, além de amor. Nada com o que sonhar além daquilo. O que mais havia em seu horizonte? Ela olhou para a frente. Um céu sem estrelas, nublado, a umidade sufocante no ar. Sentiu o empuxo da água. E se não houvesse nada à sua frente além de solidão? *Eu não mereço nada*, pensou. *Nesse momento, não mereço nada.*

A viagem de balsa do centro de Nova Orleans até Algiers é surpreendentemente curta, alguns poucos minutos. Dá uma boa ideia de como são os dois lados do rio, de como é construído. De um lado, tem a cidade, o cassino, o French Quarter, a catedral St. Louis, a exuberante indústria da hospitalidade, brotando das ruas históricas. Um *skyline* de gabarito baixo, exceto por alguns hotéis e o World Trade Center, outrora abandonado, mas que agora estava sendo transformado em apartamentos de luxo. Do outro lado, tem Algiers, um bloco pequeno residencial resguardado do rio pelo dique, a estrada I-90, cheia de acessos e agulhas, protegendo-o. No passeio da balsa, o vento sopra constantemente, e não faz frio; a capacidade do vento de alterar sua temperatura é ilusória, mas a sensação é muito boa, especialmente no verão, quando a temperatura não dá folga. Quando você acha que está se aliviando do calor, você chega.

Durante a viagem da balsa, o condutor perdoara a insensatez de Twyla com o dinheiro, ao menos e ao certo suficientemente para desejar-lhe uma boa-noite enquanto desembarcava. Ela nunca prosperara no ódio, e não tinha mais tempo para tal. Por que odiar quando havia tanto amor no mundo?

MEIA-NOITE

23

Imagine que você encontrou uma garota, uma garota bonita – tá, uma *mulher*, que é uma forma mais respeitosa de se referir a ela –, e ela era gentil, honesta e saudável mentalmente, e ela parecia gostar de você, e você sabia que gostava dela, e você não queria estragar tudo. Na verdade, tudo o que você queria era ser perfeito para ela.
Esse era o Gary. E era assim que ele pensava havia quinze anos.
Imagine que você vinha tentando entender as mulheres a sua vida toda. Porque sua mãe era fria e ausente, e seu pai era cruel e ausente, e sua avó o amava e tentava colocá-lo no caminho certo, mas entendia que o mundo funcionava de uma maneira específica, e sua irmã também estava tentando entender como sobreviver e sabia algumas coisas, mais do que você, mas não tudo, e não era nada parecida com essa mulher, que, independentemente da sua saúde mental, também tinha seus mistérios. Todas as mulheres eram misteriosas; eram e pronto.

Não podemos mudar o Gary. É nisso que ele acredita. Não me interprete mal. Você pode *ter* mulheres. Você já teve. Isso não era problema. Mas você sabe como fazê-las felizes? Você sabe como funcionar como parceiro delas? Porque é importante saber de tudo isso, ser isso tudo. Você já viu o que acontece se as coisas acontecem de outra forma. Você já viu prejuízo, já *sentiu* o prejuízo. Você quer ser curado pelo amor.

Mas aí imagine que você transa com essa mulher, o que também não foi difícil para você, os dois estavam a fim pouco depois de se conhecerem e de alguns encontros, mas você leva a coisa a sério, ela te leva a sério, vocês estão felizes ali, na cama dela, ela tem um corpo maravilhoso, e você não deixa passar despercebido, especialmente em relação aos seios. Você nem sabia que tinha preferência por uma parte específica do corpo feminino! E agora você adora peitos. (Alguns anos depois, após ela ter seu filho, seu desejo por eles será selvagem.) E você assiste a ela sair do quarto para escovar os dentes no banheiro – e mais tarde descobre que para se maquiar também, o que o encanta – e, quando ela vai embora, você passa algum tempo explorando seu quarto, seu closet impecável onde os sapatos estão alinhados e as camisas empilhadas como se à venda em uma loja, e sua série de livros de autoajuda e de busca espiritual, e um caderno Moleskine que, depois, você descobre ser um diário. E você olha para os lados e escuta que a pia do banheiro ainda está ligada e...

Ainda estamos falando do Gary, que estava prestes a fazer isso.

Então, você folheia apressadamente o diário e encontra uma página próxima ao fim onde ela fizera uma lista de características que procura em um homem, e quem poderia culpá-lo por ler a lista e tê-la gravado na memória? Você já era metade da lista. Você poderia se transformar na outra metade rapidamente. Alguém poderia culpá-lo por querer ser a pessoa perfeita? Seria desonesto se o objetivo era fazê-la feliz?

E alguém poderia recriminá-lo também por ter voltado ao caderno depois, e ao próximo caderno, e ao próximo – pois ela escrevia muito neles, ao que parece; sentia muita coisa –, e, a cada vez, você ajustava algo em si mesmo, deixava a barba crescer, dava gorjetas maiores, beijava as bochechas dela como os europeus, consertava pias e instalava cortinas e provava sua utilidade, cozinhava algo interessante vez ou outra, trabalhava bastante, ganhava dinheiro e o gastava com ela. Certa vez, ela escreveu que estava preocupada com o gosto dele *lá embaixo*, o que era absurdo, pois ela ficava tão feliz lá. Então, na próxima vez que esteve com ela, disse que ela era feita de néctar. O diário alimentou você, e, em pouco tempo, você se tornou a pessoa que ela desejava, e se casou com ela, e tiveram uma filha, e construíram um lar, e, ao invés de você ser você mesmo, passaram a ser uma unidade distinta, eles. Você saiu de Los Angeles, porque Los Angeles é uma bosta, e fez uma vida no sul, onde as coisas eram mais tranquilas, em uma cidade menor, onde sua amada poderia estar mais próxima dos pais, que ela amava e que você, claro, amava também (número 13 da lista).

Parabéns, Gary. Agora não tem como voltar atrás.

Eventualmente, você parou de precisar do diário e não o lia mais. Contudo, de vez em quando, só para garantir que você se mantinha no caminho certo, que estava sendo um bom pai, principalmente, pois, afinal, havia se tornado o que ela precisava que fosse, e estava tudo perfeito agora, e você já deveria saber o que fazer, como ser um bom parceiro, e você também tem outras coisas com que se preocupar além dela, os pensamentos dela e o casamento, que não deveria demandar tanta atenção o tempo todo. E, ao invés disso, talvez devesse olhar para sua carreira estagnada, para o fato de morar longe de Hollywood há tanto tempo, e para a possibilidade de o programa em que trabalha desde sempre poder ser cancelado, e para o fato de que os telefonemas que você vem fazendo o verão todo não o levaram a lugar algum. E, no futuro, o que vai fazer para ganhar dinheiro? Sua linda esposa nunca conseguirá pagar as contas. E, se as coisas são assim, a culpa é sua, você reconhece. Afinal, foi você que a estimulou a largar o trabalho, que a tirou de Los Angeles, de perto dos seus contatos. Talvez você quisesse que ela dependesse um pouco mesmo de você. Você viu que ela tinha medo de dar esse salto, de abrir mão de sua independência financeira, mas ela se sentiu bem com a transição também, e você sabe disso, claro, porque leu sobre isso no diário dela. (Há dinheiro, a herança da sua esposa, mas é para a sua filha, e vocês dois concordaram que esse dinheiro deve continuar assim, em um fundo intocável.) Agora ela já estava havia tanto tempo sem trabalhar, quem sabe o que ela poderia fazer se voltasse ao mercado? E agora cabe a você reacender esse sonho, e você está nervoso, e sente que o seu pau é inútil, e sabe que não vem sendo emocionalmente presente para ela há um tempo, algo que jurou que sempre seria, mas, ao invés de olhar para si mesmo, você sempre olhou para ela, para seus pensamentos secretos. Além disso tudo, a porra dos seus pais, que você não ama, nem um pouco, que mal consegue suportar, mudaram-se, sem motivo aparente, para a cidade onde você mora.

Gary, sua tempestade está quase totalmente formada.

Agora, imagine que você vai para Los Angeles pessoalmente para tentar arrumar um trabalho com pessoas de quem você gosta e pessoas de quem você não gosta, que investe tudo só para ver o que acontece. E que essas reuniões não são horríveis, e você parece um rosto novo para eles depois desse tempo todo, confiável e tranquilo, porque, afinal, você *é*, de fato, confiável e tranquilo, e pegou um pouco de sotaque do sul – o qual, por algum motivo, essas pessoas estão adorando. Então, ao final da reunião, você virou um interiorano, falando "y'all" para tudo quanto é lado. Dando belos apertos de mão. Tapinhas nas costas. Isso pode dar certo. E quando você volta para Nova Orleans, seu pau está funcionando bem, e você leva sua esposa para a cama quase que imediatamente, e percebe também quase que imediatamente que tem algo de errado entre vocês dois. Será que é porque não transam há algum tempo? Será que ela está infeliz? Amanhã, quando ela se levantar da cama, você vai ler o diário dela. Como nos bons tempos.

Na manhã seguinte, enquanto escuta o som de algo fritando na cozinha e sente o cheiro de café de chicória no ar, você se mete na mesa dela (e se lembra de sua infância, sua mãe abrindo as gavetas da mesa do pai, procurando algo, quem sabe o quê?), e você acha o diário dela, o mesmo caderno que ela vem usando pelos últimos quinze anos. Você passa as páginas, parando aleatoriamente. A maior parte é sobre a filha de vocês. Uma parte é sobre a sensação de ser inútil. Um dia ela sente falta de você, e você tem vontade de chorar. E, próximo ao fim, você encontra uma frase solta, "Foi bom ser tocada novamente". Você volta uma página e passa outra; não há nada além disso sobre esse tópico. Você checa a data. Você não estava nem perto de Nova Orleans.

Gary, afundando na cama, o caderno ainda em mãos.

Alguém poderia recriminá-lo por ir ao encontro de sua esposa, que estava recostada na ilha da cozinha fazendo uma omelete maravilhosa para você, e beijá-la no pescoço, nas bochechas e no pescoço de novo, descendo seu corpo, desabotoando os shorts dela, e dizer-lhe que sentiu saudade? E quem poderia recriminá-lo se você a beijasse um pouco mais, gentilmente, e acabasse entre suas pernas, chupando-a caprichosamente até que gozasse, para lembrar como era quando você a fazia gozar, o quão bem você conhecia seu corpo? E quem poderia recriminá-lo se, imediatamente depois, você dissesse: "Você está diferente"?

Apesar de as palavras que você viria a dizer em seguida não terem sido gentis, ali, era você sendo igual ao seu pai, e você vai aceitar a culpa por ter dito: "Seu gosto está diferente".

Dali em diante, ela desmoronou. E você sabia que desmoronaria.

E ninguém poderia culpá-lo se você pegasse um avião para Los Angeles para passar a semana, e depois outra; porque, afinal, você voltaria para o quê? Não havia nada, havia menos que nada, uma lacuna. E aí, na última sexta-feira, você volta à sinagoga na qual você e sua mulher se conheceram e, durante o culto do Shabat, você pede por uma resposta para a pergunta "o que fazer a seguir?". E não obtém resposta. E, no dia seguinte, sua irmã liga para você e diz que seu pai está à beira da morte. Você começa a comprar uma passagem de avião, mas hesita. De manhã, você, por fim, acaba comprando a passagem, mas acaba perdendo o voo. Aí, no dia seguinte, você compra outra passagem, porque realmente você já deveria ter voltado, e está sentado, nu, na varanda de trás do seu apartamento, segurando um cachimbo apagado cheio de maconha que você comprou de um outro cara que também aluga um apartamento no mesmo prédio, com o pinto e o saco gelados e gentilmente acomodados entre suas coxas, meio afogando-se em lágrimas, pensando no que fazer, se é possível manter sua vida intacta, pelo menos um pouco.

Gary! Gary. E se tudo isso foi um sinal para que você fique exatamente onde está? E se aquela vida acabou, e essa for a nova? E se o futuro começasse agora?

24

Sharon vinha olhando para o terreno do vizinho por sobre a cerca no quintal dos fundos o verão inteiro. A cerca era dela, na verdade; pagara US$ 1.011 por ela havia três anos, quando o novo vizinho comprou a casa e começou a alugá-la para estranhos nos fins de semana, e alguns dias de semana também. Um dia, pouco tempo depois de ele comprar a casa, ao sair para a varanda de trás com o café em mãos e sentar-se para aproveitar o silêncio do início da manhã, olhando o céu azul, os resedás cor-de-rosa floridos ao longo do quintal, Sharon ouviu uma tosse, virou-se e viu que havia lá um homem magrelo e branco de cueca samba-canção fumando um baseado. Ela deu um grito. O Airbnb havia chegado.

Antes, a casa era da família Louis, um grupo gentil, mas um tanto efusivo. Terrence e Gloria Joyce Louis haviam morado na casa por décadas antes de vendê-la. Viveram lá com o filho Mikel, que morava em Baton Rouge agora com a mãe de seus filhos, depois de terem um passado tempestuoso, segundo Sharon ouviu dizer. Mikel trabalhava na Universidade do Estado da Louisiana como superintendente de manutenção em paisagismo. *Bom para ele*, pensou, *sossegar assim*. Quase quatro anos antes, o Sr. Louis tornou-se diabético. Encontraram uma casa de repouso próxima de onde Mikel morava e venderam a casa para quem pagou mais, nesse caso, um locador ausente que morava na Califórnia e que Sharon via, talvez, uma vez ao ano, no Jazz Fest ou no Mardi Gras. Ele tinha uns quarenta anos, sua pele era muito branca, praticamente translúcida, e não era muito amigável. Nunca queria bater papo ou retornava um aceno de boas-vindas. Não recriminava os Louis por terem vendido a casa. Não sabiam o que estavam fazendo, e não era responsabilidade deles cuidar da vizinhança depois de irem embora. E quem poderia saber o que aconteceria? Não tinha como saber. Ela não desejava mal algum a Terrence e Gloria Joyce. Ainda rezava por eles aos domingos. Em relação ao novo dono, no entanto, já não podia dizer o mesmo.

Mãe de Deus, essa cerca. Feita de madeira de cipreste, com dois metros e quarenta de altura. Nem luz passava entre as tábuas. Os homens que a construíram realmente haviam feito um bom trabalho. Mesmo assim, batia bastante sol no quintal, o que era ótimo para o jardim. Sharon passava horas todo final de semana trabalhando no terreno, que fora dado a ela pelos pais, apesar de que ela já pagava as parcelas do financiamento para eles fazia anos. Seus pais haviam comprado a casa, no Upper Ninth Ward de Nova Orleans em 1955. Seu pai acabara de terminar o serviço militar; a mãe trabalhava nos correios. Os dois ajudavam a pagar o financiamento da casa, o que fora mais fácil para eles do que para a maioria dos negros que conheciam. Trabalhe para o governo, diziam a ela desde sempre. O governo vai cuidar de você. Em grande parte pelo menos.

Era uma casa pequena com corredor lateral pintada num tom de lavanda, com uma varanda grande na frente pintada de cinza-chumbo, e um segundo andar na parte de trás que construíram depois que ela nasceu, fora de hora para a mãe, uma surpresa aos 39 anos, quando os pais já não achavam possível ter filhos, mas ainda não haviam superado a questão. Seu pai chorou no parto e ficava com lágrimas nos olhos em seu aniversário todo ano. Os pais a diziam que não seria mimada. Iria para a escola, trabalharia duro, vestir-se-ia bem, seria uma pessoa correta, seria agradecida por tudo que receberia, mas também se consideraria merecedora, se ela trabalhasse por aquilo. "É só trabalhar, Sharon."

E depois de tudo que acrescentaram à casa, tudo o que fizeram por ela, todo o dinheiro que economizaram e gastaram, nunca haviam sentido necessidade de mudar a tela de arame que separava os terrenos. Conheciam os vizinhos, e gostavam deles, e não tinham o que esconder no jardim dos fundos. Mas há como recriminar Sharon por não querer ver um homem branco de Portland doidão da vida às oito da manhã de sábado?

Pronto, subiu a cerca. A mesma cerca para a qual olhava fixamente antes de cometer aquela loucura. O quintal parecia mais silencioso com a cerca; dera-se conta disso num fim de semana de tarde, quando mexia no jardim. Ela plantava abóbora, tomate e todo tipo de ervas. Tinha morango, amora, uva muscadine, porque apreciava a colocação similar ao bronze que tinha e também porque dava para fazer uma geleia deliciosa com ela. Tinha também limão meyer, que usava para fazer conservas, e uma tangerineira que ela pilhava todo inverno, perto do seu aniversário, comendo as frutas direto do pé no café da manhã, levando uma escada até a árvore de vez em quando para alcançar as mais altas. Todo outono, contava com as tangerinas quando precisava delas. Teve galinhas durante um tempo, mas algum bicho veio e as comeu durante a noite. Nunca soube qual animal foi, mas não conseguiria passar por aquilo tudo de novo, porém os ovos frescos eram maravilhosos, e sentia falta de pegá-los todo dia de manhã, um presente das suas "garotas", como as chamava. Tudo o que plantava ou criava, ela usava, comia e compartilhava. Dava mais abóbora do que conseguia comer, as plantas cresciam, então ela dava mudas de várias plantas a cada primavera para quem estivesse interessado. No ano passado, colocara as plantas em apresentação na varanda da frente. A vizinhança precisava se alimentar melhor, pensou. Precisavam de comida para aguentar o dia. Às vezes, tinha medo de ficar conhecida como "a mulher das plantas" do quarteirão. Era a história que contariam sobre ela depois de ir embora. E talvez fosse aquilo mesmo. Talvez fosse a pessoa que mais pensava na terra entre os vizinhos. Talvez. Mas Sharon se considerava uma das guardiãs *dessa* terra, ali, naquela cidade.

Durante muito tempo, depois que terminou a escola, saiu da cidade e foi morar nos subúrbios de Washington, D.C., em um edifício alto, onde não precisava de cercas porque não havia quintal e onde nunca via os vizinhos. Foi lá que começou sua nova carreira. Considerava a cidade seu lar. Nova Orleans era onde o seu pessoal estava. Ficara longe todo aquele tempo porque queria ver como uma cidade grande funcionava e também se afirmar no mundo, alongar-se para fora de tudo que conhecera antes.

E tinha um homem também. Um garoto, na verdade, Matthew, de quem ela estava tentando fugir. Ele não era violento, mas cometeu erros demais. Tinha mais esquemas que soluções. Ficava na rua até tarde o tempo todo. Sharon sabia que só poderia superá-lo se o deixasse para trás. Quando ela estava com Matthew, ele a arrastou para o fundo do poço consigo. Ela fez um aborto aos dezoito. Teve que sair do estado para fazê-lo e pedir dinheiro emprestado e contar todo tipo de mentiras para a mãe; a única vez em que não foi sincera com ela, mas Sharon sabia que a decepcionaria enormemente. Ela mentira para a mãe uma única vez, e era por causa dele. Ela o culpou; não importava se era justo ou não, pois ele a lembrava da mentira. Então era a gente se vê depois, adeus amigo, mas, no fim das contas, ela nunca mais o veria, porque ele morreu como as pessoas por vezes morrem em Nova

Orleans, morto com um tiro sem motivo aparente. Ela ficou sabendo, chorou sua morte e seguiu em frente. Foi mais fácil para ela porque estava longe. Não o conhecia mais. Baleado sem motivo; ela balançou a cabeça negativamente. *Boa noite, Matthew. Você era bonito.*

Mas teve que voltar depois do Katrina. Para ajudar de alguma forma, fazendo o que fazia de melhor, porque ela era boa em algumas coisas. Poderia ser útil.

Primeiro, retornou por pouco tempo só para ajudar a mãe e o pai a colocar as coisas de pé de novo. Depois do furacão, os pais ficaram com uma tia em Houston durante um mês e, depois, com ela por mais alguns meses. Sharon foi atenciosa em relação à papelada deles, os papéis da Agência Federal de Gestão de Emergências, do seguro e tudo o mais. Não tinham trabalhado a vida toda para tomarem uma rasteira da natureza. Mas o Katrina os prejudicou, no entanto. Já eram mais velhos, com mais de setenta anos. Os olhos da mãe eram marrom-escuros, os do pai eram de um tom azul noturno, pretos e sérios. Ela não suportava ver os pais chorando. "Vocês estão bem, estão aqui, estão vivos", dizia-lhes. Estavam desconfortáveis no apartamento da filha. Sentiam falta da varanda, do quarto da frente, onde batia muito sol e de escutar o barulho do trem na Press Street de manhã cedo. Quando finalmente voltaram para Nova Orleans, a comida que haviam deixado na geladeira passara aquele tempo todo apodrecendo, três árvores haviam caído no quintal e todo o jardim crescera demasiado, as ervas daninhas se espalhando, ratos vasculhando as ruas, cachorros e gatos perdidos, galinhas andando por aí. Mas a casa estava intacta. Tinha bons ossos. Dava para ver que era sólida. Sharon tinha os olhos da mãe, mas a postura do pai, os braços relaxados e a coluna ereta. Tinha quase um metro e oitenta, e muito orgulho de ser filha deles e daquela cidade. Ajoelhou na terra do quintal com a mãe e, juntas, reconstruíram o jardim.

Voltou para sua vida em D.C., mas agora sentia uma falta enorme de Nova Orleans, e se apegou à ideia de ser *de* um lugar. E seus pais não viveriam para sempre. Ela reconhecia que a cidade se beneficiaria de alguém como ela, alguém com suas habilidades. Sharon arrumaria algum trabalho facilmente, e voltou a morar com os pais. Construiu sua própria vida, reconectada à família. Começando pela igreja aos domingos, seguida dos desfiles da *second line*, terminando na casa de um primo em Treme, no quintal, comendo churrasco e bebendo vinho gelado. Seja bem-vinda, disse a cidade.

Ela estava feliz por estar ali, independentemente do número de problemas que a cidade tinha. As crateras no asfalto, as drogas e a violência e a corrupção, fora a desigualdade de renda, que não a afetava diretamente, pois seu salário era bom. Mas claro que a afetava – como ser humano, e como não se deixar afetar? Ademais, ela tinha primos, família, pessoas que estavam em dificuldade, e ela fazia o máximo para dar-lhes amor e apoio e sabedoria e dinheiro. Mas as pessoas estavam por aí matando umas às outras.

De vez em quando, lembrava com carinho de sua existência suburbana no oeste. Sushi em pequenos shopping centers de bairro, a eficiência tranquila do metrô, a inscrição em uma academia de ginástica que ela quase não usava. Sua melhor amiga, Tamara, sempre a arrastava para um spa para passar o dia, para um happy hour, para lojas que estavam em promoção, tudo para profissionais jovens e negras como elas. Tamara, com seus cílios postiços e risada de menina, terninhos imaculados e trabalhos de consultoria muito bem pagos para várias instituições de lobby. Saíram para encontros juntas mais de uma vez, mas sempre gostavam mais de estarem a sós uma com a outra. Ela era gente boa, e as duas se divertiam.

Sharon agora estava de volta. Metade do encanamento do quarteirão congelara no inverno, faltava luz regularmente no bairro na temporada de furações. Um dia, de manhã, atiraram no seu carro. A bala atravessou o vidro traseiro e se alojou no banco do motorista, bem onde sua cabeça estaria se estivesse dirigindo. No carro, a caminho da oficina, cada solavanco fazia com que mais cacos de vidro caíssem. O tinido do vidro caindo lhe trazia, ao mesmo tempo, uma sensação de satisfação e terror. Em outra manhã, sua prima mais nova Jazmine foi baleada na perna no Lower Ninth quando caminhava para o ponto de ônibus no primeiro dia de aula do Ensino Médio. As balas não sabem para onde foram atiradas; elas simplesmente atingem um alvo. Mesmo assim, Sharon conhecia os vizinhos, os cumprimentava na rua, e o bairro era uma entidade viva, e ela amava aquela cidade mesmo com todos os defeitos, que a definiam também e com os quais ela teria que lidar. Ela não os queria super-romantizar. Ela só conhecia sua própria verdade. Mas tinha a cerca. Por algum motivo, nos últimos meses – *seis já?* –, o vizinho havia descuidado de tudo no quintal. Ela achava que parara de pagar a quem tomava conta da casa. *Pão-duro filho da mãe, que surpresa.* Ou talvez ele não estivesse conseguindo pagar as parcelas do financiamento da casa. Talvez não valesse a pena para ele manter o quintal bem cuidado. Mas agora tinha erva daninha em tudo quanto era lugar, alimentadas pelas chuvas e o sol do verão. Apesar de o espaço entre as pranchas de madeira da cerca ser estreito, o caule monstruoso das unhas-de-gato passavam entre elas de qualquer forma e dominaram a cerca, brotando do quintal dele e passando para o dela, por debaixo da cerca também, atacando sua grama, suas flores, suas árvores frutíferas e jardineiras de legumes. Não importava a quantidade de herbicida que ela aplicasse, elas se recusavam a morrer. Ela as retirava, as arrancava, mas, no dia seguinte, cresciam de novo. Eram invencíveis, e eram culpa dele.

O que era uma casa para esse homem? Nada. Suas propriedades eram investimentos e partes de uma engrenagem, nada mais. Para ele, não havia bairros, vizinhos. E ele nem era muito bom no que fazia, pensou. Era um péssimo proprietário. Um desperdício em uma cidade que precisava de moradia barata desesperadamente. E não tinha nada que pudesse fazer sobre o assunto. Mas aqueles caules, destruindo sua cerca, penetrando no seu jardim, erva daninha em todo lugar. Era intolerável. E ela não queria mais tolerar aquilo.

Alguns vizinhos estavam na frente da sua casa no final da tarde. Ela passou por eles quando ia do ponto de ônibus para casa. Nadine, que ainda vestia seu jaleco de esteticista do salão de beleza da esquina onde trabalhava, disse que houvera um tiroteio na Pauline Street. Um garoto que ela conhecia, não muito bem, mas que tinha visto por aí.

– Ele atirou ou foi baleado? – perguntou Sharon.

– Ele estava armado, é o que disseram – disse Nadine.

Era o terceiro tiroteio da semana, mas a primeira vez em que alguém havia sido baleado. As mulheres estalaram as línguas. Já tinham visto aquilo no passado. Às vezes, era briga por território, essas coisas vinham de muito tempo, ou alguma transação dos traficantes de drogas que não dera certo. Outras vezes, eram os garotos que estavam precisando voltar para a escola; o verão parecia estar durando para sempre. Isso era quando os jovens se metiam em confusão, quando não tinham para onde ir, o que fazer. Falta do que fazer.

As moças agora estavam falando mal da casa do vizinho, o beco coberto de mato, uma moita na altura da cintura cercando a casa. E a pintura da varanda da frente estava começando a descascar? Uma bagunça e uma vergonha, todas declararam.

– Não sei – disse Sharon. – Eu penso nisso o tempo todo. – *Não há ninguém que pense mais nisso do que eu.*

– Deviam ter alguém aqui para tomar conta disso – respondeu Layla, que morava na frente, do outro lado da rua. – Um sobrinho meu poderia fazer, ele está precisando de trabalho.

Nadine estudou a fachada.

– É questão de tempo até a casa cair aos pedaços também.

Todas concordaram com ela, e se solidarizaram com Sharon, que, de qualquer forma, sentiu-se julgada por elas, apesar de que a culpa do problema de forma alguma poderia ser dela.

Aquelas mulheres a conheciam e, ao mesmo tempo, não conheciam. Ela crescera com algumas delas ou com os filhos delas, mas como frequentara a Escola Ben Franklin, que atraía gente de toda a cidade, sempre sentira que havia um fosso entre elas. E, claro, também passara muito tempo fora da cidade, quando fez faculdade. Depois, ainda morou em D.C. Era inevitável que a achassem diferente de quem havia vivido a vida toda lá e sobrevivido ao Katrina. Mas já estava lá fazia dez anos. E havia voltado para ficar. Não conseguiam enxergar isso?

Roxie, prima de Sharon apareceu por ali, puxando um carrinho pequeno no qual vendia pão de milho e brownies. Trocaram cortesias e comentários sobre o calor, concordaram que piorava a cada ano, que fazia calor cada vez mais cedo e até mais tarde. Alguém fez uma piada sobre o aquecimento global, mas não era piada, era só verdade.

– O que vocês vão fazer sobre isso? – Sharon perguntou retoricamente.

Estavam acostumados com catástrofes desde que nasceram. Não conversavam muito sobre política, não havia motivo. A cidade acabara de eleger a primeira prefeita negra da cidade – e todos estavam deixando-a trabalhar. Dê uma chance a ela, por que não?

Nadine voltou para o salão de beleza lamentando o estado da casa mais uma vez.

— Essa casa era bonita — disse. — Durante muito tempo, ela era bonita.

Todos ali no quarteirão se esforçaram muito para consertar e manter as casas depois do furacão, não só Sharon e os pais, mas todas aquelas mulheres e suas famílias também. Ver uma das casas se acabar daquele jeito era uma vergonha. Quem poderia querer mais um flagelo para a cidade? Aquilo a estava enlouquecendo, mas o que ela poderia fazer? O terreno era dele, não dela. Era direito dele destruí-lo, assim como era direito dela manter o seu.

Ela não simplesmente tolerava a questão, claro. Deixara um bilhete na porta do vizinho, e o viu ficar lá por uma semana até ser levado por uma tempestade. Depois escreveu uma carta na esperança de que fosse reenviada ao proprietário, mas deu uma olhada na porta da frente e viu uma pilha de contas na boca da caixa de correio. Procurou o contato do dono na internet, mas só encontrou uma empresa. A casa tinha um proprietário, mas ela não tinha um vizinho.

Depois do pôr do sol, todas haviam ido para suas casas.

Ela pensara muitas vezes em entrar no quintal dele, mas entendia que era assim que negros eram baleados na maioria das vezes. Mas, mesmo assim, na noite anterior, ela decidiu invadir.

Sua casa ficava de um dos lados e, do outro, o salão de beleza, que não tinha janelas e cujo segundo andar era alugado. Achou que ninguém a veria, mas teria que ser rápida. Sua intenção era passar o herbicida nos caules da unha-de-gato que estavam crescendo próximos à sua cerca. Levou alguns sacos de lixo e alguns instrumentos de corte. Ela queria poder levar seu cortador de grama, mas o barulho atrairia a atenção da vizinhança. Não achava que algum de seus vizinhos chamaria a polícia para prendê-la (ou qualquer outra pessoa; não gostavam quando a polícia ia até o lugar), mas não arriscaria. Sua ficha era limpa e ela tinha que ir para o trabalho de manhã, e não precisava de um processo por invasão de propriedade.

Estou só fazendo um favor para um vizinho, pensou. *Eu ficaria agradecida se alguém fizesse o mesmo por mim, cuidasse do meu jardim enquanto eu estivesse fora. Um vizinho ajudando o outro*, pensou, enquanto passava por orelhas-de-elefante de um metro e meio de altura que brotavam por debaixo da casa.

Mais à frente, ela conseguia ver os últimos figos balançando nos galhos. Um limoeiro estava dando frutos cedo.

Eu deveria ter usado peruca, pensou. Assim, ninguém acharia que ela era um homem, caso houvesse algum problema. Ela deixava o cabelo curto e natural. Tinha desistido de mexer com ele, era caro demais, mas achava que o cabelo a havia prejudicado na vida, e, além do mais, para quem ela fazia aquilo tudo? Era ela que tinha que olhar o rosto no espelho. Ela era bonita, sabia disso. Bonita *para uma mulher alta*, ela pensava de vez em quando. Na sua experiência, as pessoas adjetivavam mulheres altas com termos mais aplicáveis a homens, porque ficavam confusas devido à altura. Transformavam mulheres em homens quando se sentiam fisicamente intimidados. Mas ela sempre se identificara como mulher. Tinha uma prima do lado do pai, que morava no lado leste de Nova Orleans, que parecia um pouco com ela e era tão alta quanto ela e que vivia como homem agora, tinha esposa, filhos, um negócio próprio, era respeitado na vizinhança – na maior parte do tempo, apesar de que havia uns babacas aqui e ali –, e sabia que era melhor não falar sobre a sua situação nessa cidade, que podia ser perigosa para pessoas como ele. Sem saber como ele começou a vida no planeta, você não necessariamente questionaria como acabou. *Mas por que questionar esse tipo de coisa?*. pensou. Ele tinha sorte, pois sabia o que queria ser. E ele, de fato, era um belo homem.

Mas Sharon era bonita e magra, e seus olhos pareciam com os da mãe. Tinha um rosto amigável e arredondado, e gordos lábios brilhantes cor de ameixa. Tinha quase cinquenta anos, não tinha barriga ou braços flácidos. Seus braços eram fortes. Ela estava em boa forma. Estava pronta para os próximos cinquenta. "Olha só para mim", ela dizia para si mesma de vez em quando, enquanto se olhava no espelho. "Estou viva."

Você pode ficar feliz por vários motivos, mas só se fica triste por um.

A lua tinha um olhar arrogante e reprovador sobre o desgrenhado quintal. Algumas ervas daninhas batiam na cintura. Começou a brigar com elas. O barulho lhe pareceu alto, e ela ficou preocupada que alguém a pudesse ouvir, mas quem iria ouvir, quem se importava com o que acontecia naquele bairro? Continuou empenhada.

Enquanto aparava as plantas, ouviu sua mãe conversando com ela sobre a importância de tirar as ervas daninhas das plantas toda semana. "Não dá para fazer só uma vez e depois ficar aí toda orgulhosa. Não. Toda semana. As coisas precisam de manutenção. Tem que meter a mão na massa, Sharon. As coisas só vão mudar se você meter a mão na massa."

Ela puxou mãos cheias de mato, cortou, arrancou. Ficou espirrando violentamente por um minuto. Os insetos começaram a se juntar ao seu redor. Passara repelente, mas ainda assim os sentia em sua pele e os espantava com a mão. Sharon sabia que estava fazendo aquilo por si mesma, mas aquilo fazia parte de algo maior, a manutenção da área. Se uma casa cai, por que não achar que a seguinte também não cairá?

Para ela, era previsível que teria que usar o próprio corpo para consertar alguma besteira feita por um homem – especialmente um homem branco, se é para ser honesta – para manter a cidade funcionando. Ela tinha parentes que trabalhavam em toda a cidade e que eram, de uma forma ou de outra, também, guardiões da cidade, assim como ela. Um tio era condutor de bonde, mantinha a cidade em movimento, mesmo que lentamente; um primo era bartender fazia décadas no French Quarter, para o deleite dos turistas; primos eram cuidadores, ou haviam construído casas do chão ao telhado, ou cozinhavam e limpavam ou sorriam em um dos muitos hotéis, bares e restaurantes da cidade.

Ela tinha também outro parente que trabalhava na balsa havia décadas, pegando notas de dólar de estranhos e ajudando as pessoas a atravessar o rio, e, às vezes, ela ia lá dar um oi para ele, perguntar como estavam os sete filhos que tinha. Pegava uma carona até Westbank e volta, e o assistia fazer seu trabalho. Só para ficar orgulhosa dele. Ela tinha primos em tudo quanto é lugar. Ou melhor, ela sentia como se todos fossem seus primos. E muitos deles trabalhavam *muito*.

Nós que movemos essa cidade, pensou. *Somos os corpos, somos o trabalho.*

Continuou cortando. Virou-se para cima, na direção da figueira. Ela levaria tudo o que havia sobrado na árvore consigo depois. Depois se lembrou do pai apoiado na grade antiga com uma cerveja gelada na mão, e o Sr. Louis fazendo um churrasco no terreno ao lado, comendo figos. Sonhou com tempos assim. Ela amara os pais. *Esse tempo passou*, pensou. *Estou sozinha no mundo. Me sentindo um pouco solitária*, supôs. *Quem entre nós não está sozinho?*, pensava todo dia no trabalho enquanto ajudava quem quer que estivesse na sua frente.

Nesse fim de semana, sua família da parte oeste de Nova Orleans estava fazendo um churrasco no feriado do Dia do Trabalho e insistiram que ela fosse, e ela achava que era porque queriam que conhecesse alguém. Há aqueles que não gostam quando você está sozinha e bem com isso. Sim, ela se sentia sozinha às vezes, mas conhecia um número mais do que suficiente de pessoas que tinham parceiros, filhos, e que se sentiam da mesma forma. Ela achava que as pessoas nasciam solitárias. A solidão tinha mais relação com não ser compreendido ou escutado. É possível estar em um lugar cheio de gente e se sentir da mesma forma. Era por isso que ela gostava da igreja. Porque era o tempo que reservava para pensar sobre Deus. Não era sempre que queria contemplar a Deus. Era difícil concentrar naquela imagem específica, naquele tipo de luz em sua cabeça. Mesmo conseguindo, mesmo mantendo a mente aberta, Sharon sentia-se ressentida em relação a Deus por conta do que acontecia no mundo, e não tinha vontade de passar tempo com ele ou ela ou seja lá o que for. Mas, aos domingos, ela estava pronta. E quando pensava em Deus, nos mais puros momentos, nunca estava sozinha.

Ela teve companhia de fato em outros momentos, não que sua família soubesse. Teve um homem do trabalho com quem estava saindo. Não toda noite, mas o suficiente para que ela achasse que não era algo casual. Ele fumava, e por vezes era difícil conviver com isso. Ela sabia o que o hábito fazia com o corpo. Quando ele tossia, e era uma tosse espessa, ela se estremecia toda, apesar de que ele se asseava bem quando saía com ela ou quando ia à sua casa tarde da noite. Mesmo assim, aquilo estava em sua pele, no seu cabelo e nas suas roupas. (Ela tinha um olfato incrível. Conseguia sentir o cheiro de um animal morto a meio quarteirão de distância.) Mas ela gostava do perfume que ele usava, e quando bebiam, havia algo delicioso na interseção entre o fumo, a bebida e o suor, sempre em sua nuca. Iam a shows juntos, no Prime Example, perto do hipódromo. Às vezes, pegavam o carro e saíam da cidade. Era como se estivessem em um relacionamento, exceto pelo fato de que ele ainda morava com a ex-mulher e os filhos, e, talvez, ainda compartilhasse a cama com a ex. "Mas isso não é problema meu", disse a Tamara, que pareceu um pouco chocada ao telefone. Por Sharon, tudo bem, no entanto. Menos aborrecimento. Ela não achava que queria mais do que tinham. Ademais, ela suspeitava que, independentemente da mulher com quem ele vivia, ele provavelmente estaria com outras mulheres por aí também.

Pensou no pai, em como ele estendia a mão para qualquer um. Era estranho que tivesse crescido sentindo-se tão sozinha assim, mas nenhuma alma era igual a outra, e, por outro lado, ela havia herdado aspectos dos pais. Os olhos da mãe, a altura do pai, a inteligência, a determinação e o orgulho dos dois. Tinha saudades loucas deles. Nos meses que passaram juntos em D.C. e depois em Nova Orleans formaram uma unidade carinhosa e confortável. Organizou a vida ao redor deles, levava-os a consultas médicas, ia com os dois à igreja, cozinhava quando já não podiam cozinhar, e discutiu seus desejos para quando morressem, para que, quando a hora chegasse, primeiro o pai e depois a mãe, ela soubesse que estavam tendo exatamente o tipo de homenagem e o tipo de repouso que desejavam. Foi uma conversa difícil, principalmente porque ela achava que os dois viveriam até os cem anos de idade. Mas eles simplificaram as coisas. Tinham um jazigo comprado havia anos, em Greenwood, um cemitério de veteranos. Sabiam o tipo de caixão que queriam. Tinham reservado dinheiro para cobrir as despesas, o que a impressionou, apesar de que não deveria estar surpresa. Sabia que, se tivesse que cuidar de tudo isso, faria a coisa certa pela família. Pensou em quem faria o mesmo por ela quando morresse. Certamente haveria alguém que a amava suficientemente em sua vida para enterrá-la. Talvez o filho de algum dos seus primos.

Ela já limpara um trecho longo de terreno ao longo da cerca e ganhou alguns meses até ter que refazer o trabalho. Mas e as outras cercas que delimitavam o quintal? E a casa? Olhou o restante do gramado e teve a certeza de que não poderia abandoná-lo. O que era mais uma hora do seu tempo? Quando seu pai morreu, houve um pequeno desfile com banda. Todas as vizinhas compareceram. Bem-vestidas. Sharon sentiu o respeito que tinham pelo pai, e isso deu-lhe um arrepio. Tamara veio de avião de D.C. e ficou impressionada com a expressão de dor em público, isso enquanto dava o telefone para o trombonista da banda. "Vocês realmente sabem como chorar a morte de alguém", disse.

Contudo, quando chegou a hora da mãe, ela insistiu que não queria muita confusão. Sharon dissera: "Mãe, não". Mas sua mãe replicara: "Quando a vida dele se acabar, acaba a minha também". E, de fato, ela morreu três meses depois. De qualquer forma, depois, Sharon estava exausta.

Quando se deu conta, já havia passado das dez. Enchera quatro sacos de lixo. O quintal estava limpo. Colocou alguns figos em outro saco e podou alguns galhos dos arbustos de manjericão e alecrim que haviam crescido demais. Decidira fazer geleia de figo, colocar em compotas pequenas e distribuir para as vizinhas. Também colocaria as mudas de manjericão em vasos e os distribuiria no próximo churrasco. Talvez um pouco da sua alface também. Não ficou sabendo depois se alguém utilizara seus presentes, nem se sobreviveram ao calor e vingaram. Mas valia a pena tentar. Esse era o tipo de coisa que sua mãe faria.

No tempo que passaram juntas, sua relação com a mãe foi mais complicada do que qualquer uma das duas desejava ou esperava que fosse. Especialmente entre os trinta e os quarenta. Sharon achava que a mãe havia aceitado suas escolhas, que as admirava até, mas ainda preferia que ela se casasse e desse a ela um neto. Isso não iria acontecer, mas Sharon não sabia como dizer em voz alta, nem para si mesma. De certa forma, era apavorante pensar que estaria sozinha o resto da vida. Na maioria das vezes, era algo libertador. Ela não entendia que essa era sua forma de pensar entre os vinte e os trinta, então escolheu nem considerar o assunto. Depois dos trinta, começou a entender que sua mãe estava brava com ela. Os telefonemas ficaram mais curtos e secos, e terminavam abruptamente. Seu pai pegava o telefone, e ela o via em sua mente balançando a cabeça negativamente para ela. "Ela está bem", disse. "Você sabe como é a sua mãe." Sabia? As pessoas têm conflitos com a mãe na adolescência, não aos 35 anos de idade. Sharon estava fazendo o que Sharon estava fazendo. Ela finalmente terminara a faculdade, e estava trabalhando muito. Tinha um emprego em que exercia uma função que nem todos poderiam executar (ou que nem todos teriam estômago para executar; seu trabalho não era fácil). E sua mãe só se preocupava em quando ela teria um bebê. Nem sabiam se ela podia ter filhos. Era ridículo: ela sabia como o corpo humano funcionava, mas, às vezes, imaginava se o aborto que fizera a prejudicara de alguma forma. Ela fora bastante descuidada no resto da vida, então por que nunca engravidara de novo? Porque não era para ser. Ela estava melhor sozinha; disso ela estava ciente. *Desculpe se não posso ser o que você quer que eu seja*, pensou enquanto a mãe passava o telefone para o pai.

Aos 36, ela foi até Nova Orleans para o Dia de Ação de Graças e tomou uma taça de vinho com a mãe na varanda da frente. Um ano antes do Katrina. Joelho com joelho, sentadas na escada, cumprimentavam os vizinhos que saíam para dar uma volta, a mãe sussurrando fofocas sobre todos que passavam.

– Você é do mal, mãe – Sharon disse.

– Ora, por favor, provavelmente estão fofocando sobre você também – a mãe retrucou.

– Sobre mim? O que eu fiz? Nada.

– Exatamente – respondeu a mãe.

Havia um ruído silencioso entre elas.

– Não sei como te dizer – começou Sharon. – Não sei como te fazer feliz sem me fazer infeliz. E eu sou uma pessoa boa, mãe. Está tudo bem na minha vida. Tudo tranquilo e bem. – Ela balançou a mão da mãe. – É isso. Essa sou eu.

Viu que a mãe estava chorando, um choro sereno, e ela parecia tão linda, 74 anos de idade, uma cor dourada de pele, bem hidratada e macia. Era uma mulher pequena, o cabelo feito para o feriado, uma corrente fina com uma cruz na ponta pendurada no pescoço.

– Quero que você tenha tudo – disse a mãe.

— Eu tenho um carro, um apartamento, um emprego que eu amo, tenho você e o papai, sou respeitada por pessoas inteligentes, além de um closet cheio de sapatos. Isso é tudo de que eu preciso. — Limpou uma lágrima do rosto da mãe. — Eu sou boa no que faço. Por favor, fique feliz por mim.

— Vou tentar — disse a mãe. E tentou.

Sharon desceu o corredor carregando os sacos de lixo e os empilhou em frente de sua casa. Layla, que morava do outro lado da rua, estava fumando na varanda e cumprimentou Sharon com a cabeça, mas não disse nada, só continuou a fumar, coisa que fazia extremamente bem, com luxo, o pulso jogado para trás, as pernas esticadas e cruzadas nos tornozelos, como se o corpo inteiro fosse uma grande extensão do seu cigarro mentolado.

Um garoto branco passou rápido de skate pelo quarteirão, voando em direção ao futuro. Joseph, o dono da borracharia, estava passeando com seu Rottweiler, a língua do cachorro dependurada pesadamente de sua boca. Ainda estava quente, fazia trinta graus às onze da noite, mas a sensação era que estava mais fresco que isso. O corpo fica confuso no calor. Ouviu um carro caindo em um buraco da rua, e o estalo e a efervescência de uma lata de cerveja sendo aberta no final do quarteirão. A lua, orgulhosa, estava quase cheia. O cheiro de um jardim recém-podado, a terra ainda em suas unhas. Ela tinha trabalhado duro, e agora precisava descansar. Estava cansada demais para qualquer euforia.

De manhã, ela mal podia acreditar no que conseguira fazer. Sharon não contaria a ninguém o que fizera. Quem precisava saber? *É só acrescentar isso à minha pilha de segredos*, pensou enquanto apoiava a cabeça na janela do ônibus.

Em D.C., ela ia para o trabalho de metrô todo dia. À época, acordava um pouco mais cedo para não ter que enfrentar as multidões, mas o trem ficava cheio do mesmo jeito. Ela admirava o metrô mesmo assim, achava que funcionava bem, que as sociedades urbanas necessitavam esse tipo de sistema; é isso que faz com que o nosso mundo seja civilizado. Em Nova Orleans, parecia que o ônibus vinha quando queria. Ela poderia ir de carro para o trabalho, supunha; tinha um carro. Volta e meia, quando chovia, ela ia. Mas não gostava do desperdício de combustível, ou do efeito de suas emissões sobre o meio ambiente, e achava que poderia fazer um pequeno sacrifício pela terra. No fundo, queria que o transporte público funcionasse, então decidiu apoiá-lo, apesar de ele não a apoiar. Era filha de servidores públicos; havia sido ensinada a confiar no sistema, ou pelo menos a utilizá-lo ao máximo. Mas todos sabiam que essas regras não se aplicavam a Nova Orleans.

Desceu do ônibus na Canal Street e caminhou até o trabalho para esticar as pernas, para que a sensação que tivera na noite anterior durasse nela um pouco mais enquanto passava defronte à câmara municipal, cinza e sem charme, onde seu pai trabalhara como segurança muitos anos, e à agência dos correios, onde sua mãe estivera empregada. Os dois pegavam juntos o ônibus durante duas décadas. Dá para imaginar amor assim? Nem ela conseguiria imaginar se não tivesse visto com os próprios olhos.

Eu sou amor, pensou, e lembrou da noite anterior, arrancando raízes da terra. *Eu sou amor, sou meu próprio amor.*

Debaixo da rodovia I-10, passou por um acampamento dos sem-teto. Uma mulher chamada Kat havia morrido. Sabia disso, pois seu nome havia sido grafitado em vários locais, com mensagens de amor e lamento. "Saudades, Kat. Fique bem aí no céu. Amamos você, menina." Deu-lhes algumas notas de um dólar. Cumprimentou algumas pessoas, não que as conhecesse, mas porque elas mereciam ser cumprimentadas. Virou na Earhart e continuou caminhando, o barulho dos carros passando como trovões acima afogou o que ainda pensava sobre ter limpado o quintal do vizinho. O trabalho estava feito. Quando chegou ao escritório, suava, mas era um suor bom, um brilho matinal. Riu, mas não de nada em especial, enquanto entrava. Uma das poucas vezes que riria aquele dia. Não havia do que rir em seu trabalho como médica legista, mas ela tentava fazer com que a função fosse agradável e honrosa, assim como todos os seus colegas de trabalho. Ademais, o sopro fresco do ar-condicionado a animara. Outro sistema que se mantinha funcionando por mais um dia.

Olhou seu registro de perito médico-legista. O primeiro caso era um homem de 73 anos de idade, ataque cardíaco, simples. Ela leu o relatório da investigação. Encontraram cocaína no sangue, e um saquinho do produto em seu bolso quando o trouxeram, o que justificava sua presença ali, ao invés de no mortuário.

Velho demais para estar usando. Espero que tenha valido a pena, pensou. *Espero que tenha morrido na onda.*

Saiu do escritório administrativo e foi caminhando pela calçada externa para as salas de autópsia, onde seu técnico a aguardava. "Bruce, pode trazer o próximo caso", disse enquanto colocava as luvas. Examinou o corpo por um instante, então pediu para o técnico colocar o corpo em uma mesa de autópsia que havia em uma sala bastante clara e azulejada. Viu a luz acender por uma pequena janela no topo da parece. *Olá, Victor*, pensou. Ela era a última médica que veria. Não precisava ser educada com ele, mas lhe mandou boas vibrações.

Enquanto colocava todo o equipamento de proteção, pensou mais uma vez sobre a cocaína, em por que precisava usar a droga depois de tantos anos de vida. Que problema haveria com sua alma que demandava esse tipo de conserto? Ele era alto e feio e mesmo morto parecia zangado para ela, alguma coisa a ver com as linhas de expressão na parte externa do rosto e entre suas sobrancelhas, arqueadas de tal modo que pareciam fruto de agressividade, não de depressão. Isso não havia mais como consertar. Não agora. E aquele nariz. Pobre nariz. Ela teria que analisar o raio X, mas só de olhar já via que o havia quebrado várias vezes e que nunca fora consertado corretamente. Provavelmente ocorrera quando ainda era jovem.

Seu técnico estava ocupado abrindo as cavidades do corpo. Sharon concentrou-se e começou a inspecioná-lo, iniciando pelo coração.

▬▬▬▬▬▬▬▬▬▬▬ ▪▪▪

Depois, caminhou pela plataforma de carga e descarga para ver se Corey estaria por ali. Por um lado, seria bom vê-lo; ele era pessoa de fácil trato, e ela gostava de sua barba, das suas orelhas com brilhantes que cintilavam nos lóbulos e de como ele ria, de forma alta e envolvente, o que atraía a atenção, um tipo bom de atenção. Quem é aquele homem ali que está se divertindo tanto? Onde é a festa?

Por outro lado, as coisas estavam um pouco estranhas entre os dois. "Ele estragou tudo", ela escrevera em uma mensagem de texto para Tamara. Ele se oferecera para ir morar com ela no dia anterior. Ele a levara ao parque, dera-lhe um bocado de atenção e um balde do seu frango frito favorito na cidade. Ela sabia que tinha algo estranho quando ele revelou uma garrafa de champanhe ali, naquele calor de 38 graus. Ele estava preparando o terreno. Com aquele calor, por que beber outra coisa que não uma cerveja? Tão logo viu o champanhe, soube que teriam problemas.

Ele vendera sua proposta como um ato de generosidade, e não uma forma de sair de uma casa lotada com três crianças e uma mulher estressada que provavelmente estava cansada das bobagens dele. "Seria bom você ter um homem na casa", ele disse acariciando seu ombro, ao que ela respondeu: "Posso pensar no assunto, querido?".

Mas ela já sabia a resposta, que era: "Por quê?". Era a sua ex-mulher que precisava de ajuda, não Sharon. *Minha casa está em perfeitas condições*, pensou. Ela mantinha tudo funcionando. Tinha uma caixa de ferramentas. Tinha todos aqueles vídeos do YouTube. Ela consertava tudo. Olha, ela sabia como cortar um ser humano pela metade e costurá-lo de novo, então poderia muito bem descobrir como desentupir uma pia. Se precisasse de algo para além das suas capacidades, como ocorrera recentemente quando todos os disjuntores estouraram durante uma tempestade, ela chamaria um eletricista em Gentilly que era da sua turma na escola 35 anos antes. Conhecia um encanador em Holy Cross e um pintor que tinha uma equipe no Irish Channel. Dedetizadores. Técnicos de eletrodomésticos. Gente de confiança, todos eles. Eram eficientes e sorridentes, e quando terminavam o serviço, ela pagava o que lhes devia, os abençoava, e eles iam embora.

Tolerava comentários sobre seu desenvolvimento corporal por parte de estranhos e conhecidos e certos membros da família desde os treze anos de idade, o que significava que havia trinta e sete anos era forçada por homens a contemplar sua forma quando só tentava viver a própria vida, isso sem incluir todos os quase beijos, as apalpadas, um colega de classe da faculdade de Medicina que ela viu colocando um comprimido na sua cerveja quando achou que ela não estava olhando, os cumprimentos mais apertados de alguns homens em círculos profissionais, a pressão constante para que fosse algo que ela não era, ufa. *Chega disso*, pensou. Quando chegava em casa de noite, ela queria sossego.

Você está estragando tudo, pensara, no dia anterior, enquanto olhava os cisnes brancos, que alisavam as penas com o bico em meio ao calor. Sua mente ficou vazia por um instante, mas ela logo recobrou-se. "Eu te dou uma resposta depois", foi o que ela disse em seguida. Mas o que ela pensou foi: *Agora vou ser obrigada a dizer não para você. Agora vou ter mais poder sobre você, um poder que eu não queria e de que não precisava. Agora estamos em uma encruzilhada na qual eu nunca quis estar.*

Ela fora cortês, deixando-o acreditar, por uma última vez, que aquilo, ele se mudar para a sua casa, era uma opção. Ela estava protegendo o seu ego, um ato de generosidade a esse ponto da vida dela. O trabalho que dava proteger a autoestima dos homens era grande demais, especialmente quando as mulheres precisavam estar mais preocupadas com as suas próprias. Era por isso que os homens a deixavam exausta. Era incrível como o mundo não colapsava por conta do peso do ego dos homens, pensava.

Ela não sabia se estava sendo injusta ou não, mas, para além disso: não ligava. Havia ficado de boa. Por que ele não poderia também?

Lá estava ele, o corpo largo, limpando os óculos com um lenço, fazendo que sim para a cabeça para algo, aqueles dois brincos de brilhante enormes na orelha direita; o maior, ela sabia, havia sido presente da sua ex-mulher.

(Talvez ela ainda o comprasse mais um, só para dizer que ainda se importava com ele, mesmo que não quisesse morar com ele.) Seu turno como emergencista começava em dez minutos, e ele estava com Gabe, um dos motoristas que traziam os corpos do hospital para o núcleo de medicina legal, e um investigador chamado Miguel. Todos fumavam. *Não os critique quanto a* isso, pensou Sharon. O trabalho deles já era estressante demais sem ela os pressionar.

Atrás deles erguia-se, cortando o céu, a rodovia, e, mais ao longe, uns oitocentos metros à frente, estava o Superdome, que agora tinha o nome Mercedes-Benz, como se afiliar-se a uma marca de carros de luxo de alguma forma alterasse sua reputação. Havia um caminhão frigorífico, usado quando o número de corpos era excessivo, ligado, num dos cantos do estacionamento. Para além disso, havia só céu e ar e, em contraste com os aromas que ela deixara para trás, o do lugar era fresco e doce. Ela deu uma piscadela marota para Corey, e ele fez que sim com a cabeça. O "não" virá mais tarde. Não precisava estragar o dia de ninguém com tanto mal e doença e morte ao redor. Naquele universo, todos eram gentis. O esforço pela manutenção da constância era coletivo, um acordo tácito. *Se você não entende isso, seu lugar não é aqui.*

Os homens estavam fofocando sobre um dos corpos que haviam trazido mais cedo. "Aquele grandão", disse Gabe. Sharon fez que sim com a cabeça e disse: "Acabei de terminar". De acordo com Miguel, que conversara com uma das enfermeiras do hospital, o corpo havia sido abandonado pela família depois que se despediram. Era comum haver pais indigentes, porém essas pessoas pareciam ricas, a enfermeira os dissera. Ele estava aposentado, mas construíra prédios grandes em Nova York. Ela ouvira sua filha lhes dizer, mas não contando vantagem, só relatando um fato. A esposa estava coberta de joias. Ela foi embora tão logo o paciente faleceu. Miguel havia tentado contactar os parentes próximos do homem, mas só um deles se preocupou em atender ao telefone: o filho. "Podem ficar com esse filho da puta", ele disse.

Ele deve ter sido uma pessoa ruim, pensou Sharon. Um homem muito ruim.

– O que será que ele fez para o odiarem tanto? – perguntou Corey. – Você realmente tem que se esforçar para que a sua família pare de te amar dessa forma.

Todos os homens fizeram que sim com a cabeça, pensando, ela esperava, em suas mulheres e filhos ou namoradas. Em como os havia tratado noite passada, e hoje de manhã. Pensando se haviam se despedido deles com um beijo ou levantado a voz. Não era da conta dela, ela nunca diria nada a eles quanto a isso, mas gostaria que aqueles homens contemplassem a questão naquele momento. Como ser um pouco mais gentil com quem você ama no fim do dia.

TUDO DEPOIS

25

Em New Orleans East, tem um terreno do município, cercado, mas não utilizado. Não tem paisagismo, ou seja, não tem salgueiros exuberantes inclinados nem os antiquíssimos carvalhos nem plantas que crescem bem com a umidade, caladiums cor-de-rosa ou marias-sem-vergonha ou estrelas-do-egito onde os beija-flores podem pousar. Mas a erva daninha é retirada e a grama aparada regularmente, exceto onde só tem terra, onde nada cresce. É debaixo dessa terra que são enterrados os indigentes.

Os enterros acontecem três ou quatro vezes ao ano. Os corpos ficam nos frigoríficos do necrotério da cidade, durante meses às vezes, esperando companhia. Quando os frigoríficos estão cheios, então é feito um chamado, e os corpos são levados até o lugar. São enterrados em sacos mortuários, em covas não marcadas, mas as coordenadas são registradas, escritas à mão, em um livro de registros com capa de couro para as raras ocasiões em que um corpo precisa ser encontrado. Os corpos já enterrados debaixo da superfície não são mexidos para criar espaço; um corpo é colocado ao lado do outro, ou sobre o outro, dependendo da disposição, em uma grande pilha.

O corpo de Victor foi enterrado em um desses grandes buracos pouco mais de um mês após sua morte, e havia um aviso de furacão na cidade que, ao final da tarde, acabou sendo alarme falso. Naquele dia, de manhã, pecando pelo excesso, a cidade executou o plano: aulas foram canceladas, alertas foram emitidos, os cidadãos de Nova Orleans estocaram água, velas, comida e bebida alcoólica. Nas ruas, os vizinhos responsáveis limpavam os ralos, retirando folhas e lixo para abrir caminho para a chuva que não viria.

Os frigoríficos estavam cheios, então os corpos precisavam ser enterrados. O homem que enterrou Victor cavava aqueles buracos havia mais de trinta anos. Suas costas doíam, mas ele ainda era forte, e entendia a atividade como seu trabalho, seu dever, e tentava tratar cada indivíduo com o máximo possível de respeito. Conforme cavava, jurou ter ouvido trovões ao longe. Não tinha medo de fantasmas, mas tremia só de pensar em tempestades. Acelerou suas orações conforme jogava um corpo após o outro no buraco. Dezesseis no total. "Do pó viestes, ao pó voltaremos", sussurrou, secando o suor do rosto. Depois disso, correu até sua casa, porque, apesar de achar que a cidade não colapsaria de novo por causa de um furacão naquele dia, ninguém quer pegar chuva.

26

Primeiro, Twyla faxinou a casa de cima a baixo, machucando as mãos com os produtos químicos; tudo bem, ela merecia.

Depois, doou todas as suas roupas curtas, apertadas ou joviais demais, cortou o cabelo na altura do queixo, fez o compromisso de beber entre oito e dez copos de água por dia e fazer jejum um final de semana por mês. Ela nunca mais beberia álcool.

Começou a ir à igreja, primeiro aos domingos, mas depois também às quartas-feiras. Passou a frequentar a igreja sem pensar muito no assunto. Tinha a igreja, e tinha Avery. Todo o resto era algo borrado, indistinto e irrelevante.

Um dia, timidamente compartilhou a informação de que costumava ser maquiadora em Hollywood com alguns dos outros frequentadores da igreja. Começou a fazer os olhos das mulheres no banheiro depois da missa da manhã. A notícia se espalhou e, em pouco tempo, pediram para ela maquiar também uma das pastoras. A igreja lhe ofereceu um trabalho de meio expediente. Não pagava muito, e Twyla doava o dinheiro para a igreja (além de mais algum), mas isso lhe dava algo que fazer além de criar a filha.

Regularmente, extremamente concentrada, rezava por sua redenção, mas não conseguia visualizar isso acontecendo em um espaço curto de tempo. Em homenagem à mãe, ofereceu ainda mais dinheiro à igreja.

Em memória ao pai, limpou todo o jardim, que havia crescido demais entre o marido a deixar e sua cunhada, Alex, ligar para ela uma sexta-feira à noite e, calmamente, dizer-lhe que precisava botar ordem na casa.

– Corre à boca pequena que a sua vida está uma bagunça – disse.

Aparentemente, Avery havia mandado uma mensagem de texto demonstrando um certo grau de ansiedade pela casa estar em desordem.

– Você tem que dar a volta por cima – disse Alex. – Não só em relação à casa, mas em relação a tudo. Pela Avery. Não quero ter que ligar para o Gary por causa disso.

– Disso o quê? – perguntou Twyla. Parecia ameaçador o suficiente para que Twyla ficasse imaginando o que Alex teria ouvido, talvez da boca de Barbra.

— Dá um jeito nisso, Twyla — respondeu Alex. — Meu Deus.

Seis meses de ervas daninhas, frutas podres que haviam caído das árvores, orelhas-de-elefante brotando de todo canto, as rosas knock out vermelho-coral quase tocando o céu. Seu pai teria vergonha dela. Começou o trabalho. Saco de lixo depois de saco de lixo. Dois dias com uma foice e um cortador de grama. Alguns dias depois, choveu a tarde inteira, e ela ficou com a impressão de que tudo brotou de novo, mas agora ela já entendia o processo melhor, e sabia exatamente o que fazer.

Continue cortando tudo até que as coisas sejam administráveis. Faça todo dia até que você só precise fazer dia sim, dia não, depois uma vez por semana, até ficar bom. "Não podemos deixar as coisas ficarem desse jeito de novo", Twyla disse a si mesma enquanto podava as plantas do jardim.

27

A mãe de Avery gosta quando sua filha vai à igreja com ela, apesar de lhe dizer que ela não é *obrigada* a ir, segundo um acordo feito com o pai. A igreja é algo novo para a mãe, para ambas, apesar de a mãe de Avery já ter dito que costumava frequentar, havia muito tempo, com o pai de Avery. Ele gosta de lembrar a filha a cada telefonema que trocam que ela é metade judia também:

– Não se esqueça de onde você veio.

– Não esqueço – ela responde.

Mas Avery não se importa de ir à igreja, mas gosta por motivos diferentes dos da mãe. Avery acha que a mãe gosta porque ela se sente menos solitária lá, porque sente falta do pai de Avery. Quando sua mãe reza, há rios de dor em seu rosto – Avery já viu, toda vez que vão à igreja. Avery pensa: *Ela se sente muito mal, então eu preciso estar com ela, e não em casa. Eu não devia deixá-la sozinha. Porque, se há um motivo para eu estar neste planeta, é para ajudar minha mãe, que só fez me amar nessa vida. Esse deve ser o motivo da minha existência.*

Quando Avery fecha os olhos, não pensa em Deus, apesar de, às vezes, dizer oi a Deus, que não é menino ou menina, mas uma bola de fogo no céu. Na maioria das vezes, ela pensa na mãe e no pai, e em como as coisas costumavam ser entre os dois. Ela sabe que os dois ainda se amam. Dá para notar pela forma como se falam pelo telefone. Não é sempre, mas, de vez em quando, a voz de sua mãe fica toda lúbrica e complacente. Avery gosta dela assim. Antes, era tudo tão confortável entre os dois, entre todos eles. Viajavam juntos, visitavam as florestas do Alabama, um riacho passando por perto, os três contando estrelas atrás de uma pequena cabana. Uma cama para eles, e um berço para ela. O ronco leve do pai à noite. A colisão ocasional de uma mariposa contra a janela. O rio que nunca parava de correr. Eles pegando girinos em vidros de geleia de manhã. Todos amavam a todos. Nunca se sentira tão segura em toda a sua vida. *Não há como me sentir mais segura do que no meio do nada com pessoas que amo, com todas as estrelas acima de mim*, ela pensa, reza ou seja lá o que faz na igreja. Mas quando abre os olhos ao final da missa, ela não enxerga mais nada disso. Só a realidade. Sua existência, por fim, chegou. Seu pai lá, sua mãe aqui, um espaço do tamanho do universo entre eles.

Mas quem quer realidade?, ela pensa. *Eu quero as estrelas.*

28

Alex, em um carro alugado, em silêncio, enquanto Sadie terminava um FaceTime com o pai. Estavam combinando uma viagem nas férias de inverno. Sadie queria aprender a andar de esqui, e, ora vejam só, o pai dela estava namorando uma instrutora de esqui em Aspen. "Namoro casual", ele dissera a Sadie. "É um tipo de namoro a distância, nos finais de semana." Sadie havia recentemente se transformado na confidente do pai. Se ele precisava ser mais sincero, por que não começar pela filha? Alex tinha um milhão de motivos para achar que não, mas quem era ela para contestar o progresso?

Estacionaram no guarda-móveis. Lá estava Barbra, sentada em meio a todos os seus objetos, todas as coisas que ela mais amava no mundo; um retrato do capitalismo. Alex achava que ela havia se tornado a confidente da mãe também. Não quanto ao passado, enfim – Alex desistira disso –, mas do presente. Por exemplo, ela sabia de todas as suas questões financeiras. Seus planos para o futuro, viagens que queria fazer, cidades glamorosas na Europa.

– Nunca estive sozinha em um café em Paris – disse a mãe. – Isso sempre me pareceu tão romântico. Tomando um café, fumando um cigarro, olhando todas aquelas pessoas, as roupas, os sapatos e os prédios antigos. É como Nova York, só que melhor, porque você não entende nada que estão falando ao seu redor.

Alex a ajudou a encontrar um hotel, dando sua opinião sobre vários links que enviou. A mãe rejeitou a ideia de fazer uma excursão com um grupo de idosos.

– E se eu não gostar de ninguém? Aí tenho que ficar com por eles por duas semanas presa num ônibus. Não, com certeza, não.

A mãe contou a ela sobre Twyla também. Para mim, morreu. Morreu. Ficou se perguntando como seria ser tão egoísta. Ela não se permitia o mesmo tipo de luxo. Ela tinha defeitos, e não era consistente, mas não era como eles. E por isso ela agradecia à falecida avó, enterrada a menos de 10 km dela. Alex e Sadie iriam visitar o túmulo de Anya em algumas horas. E Alex contaria à filha sobre a mulher que morou com a família fodida deles para protegê-los do seu pai.

— Ela deu anos de sua vida para nos salvar — Alex disse a ela. — Porque acreditava que as pessoas não deviam ser tratadas como se pudessem ser compradas ou vendidas ou controladas ou dominadas, mas como seres humanos. Pensar assim não é nada extraordinário, mas, para algumas pessoas, é impossível.

"Para nós, no entanto, é possível. É assim que funcionamos", ela diria à filha. "Você e eu. Nós cuidamos uma da outra, e dos outros também."

29

Não havia mais para onde andar: Barbra chegara ao destino.
Digitou o código e a porta subiu lentamente, e lá estavam, suas belezuras: seus móveis. Achavam que era maluca por guardar aquilo tudo, mas, à época, ela não estava pronta para dizer adeus. Pelo menos ela concordara em reduzir um pouco. Hoje, decidiria o que iria ficar, o que iria para a família, o que seria doado para a caridade, e o que seria vendido. Logo, o guarda-móveis estaria vazio. Ela contrataria um mais barato, e trocaria os móveis em casa quando quisesse. Mas, por hora, eram todos dela, e ela os podia admirar.

Demorou alguns meses para ela fechar a vida em Nova Orleans. Primeiro, tivera que pagar a dívida dos cartões de crédito que o marido contratara sem lhe contar, aquele filho da puta. Depois, tivera que vender o apartamento, fazer as malas, encontrar um lugar para morar em Connecticut, um condomínio fechado para pessoas como ela, não velhas, mas pessoas mais velhas. Ela nunca teria uma casa como aquela de novo, aqueles quartos todos, e se conformara. Alguns amigos estavam se mudando para o sul e consideraram o caminho contrário incoerente e incomum, mas ela os ignorou. "Eu gosto do frio", disse. "Combina comigo."

Ela nunca vira muita utilidade no sol. Não precisava se aquecer. Sua pele permaneceria firme e sem manchar até a morte. As pessoas ficavam impressionadas com sua tez o tempo todo. Bonita e magra, e com uma pele tão bela.

Ela era viúva agora, o que lhe era conveniente. O homem que manchara sua vida estava morto, e os amigos a receberam de volta. Consolidou os recursos.

Por alguns minutos, ficou ali, confiante e delicada, as pernas cruzadas, sentada em uma das suas poltronas preferidas, de couro, cravejada com grandes botões de latão. Ela se lembrava dele todos os dias. Barbra tinha certeza de que acabaria por pensar menos nele, mas ele estava com ela o tempo todo. *Estranho*, pensou, *quando ele nunca estava presente quando estava vivo. Fantasma e maldição, exceto que, sabe o quê, Victor? Eu estou viva, diferente de você, então você que se dane.*

Não se despedira de Twyla nem da neta quando se mudou da cidade. Eram problema de Gary agora.

Viu as horas em seu Piaget cravejado de brilhantes, presente de aniversário. Ele dava bons presentes, isso ela reconhecia, aquele fantasma. Suborno era sua especialidade.

Tudo isso para quê?, pensou. Ficou triste por um instante, profundamente. Uma pontada amarga de sol em um dia frio de inverno.

Mas ouviu o barulho de pneus passando por cascalho, e lá estavam elas. Chegaram, finalmente. Quem cuidaria dela na velhice. Ela estava agradecida. *Só se precisa de uma*, pensou. *Sorte minha, tenho duas*. Alex e Sadie, no carro alugado, atrasadas, mas, ainda assim, presentes. Sentiu que uma promessa finalmente se concretizava. Promessa que ninguém fizera, mas Barbra devia ter feito algum tipo de acordo em algum momento. Não havia qualquer outra explicação para eles ainda a amarem. O que ela fizera para merecer aquilo?

30

Aos quatorze anos, o lance de Sadie é odiar o pai. É um babaca, safado, mulherengo. Havia traído a mãe, e trairia qualquer outra mulher no mundo. Quando Sadie for visitá-lo em Denver no verão, vai estar praticamente vibrando com a negatividade. Vai escrever todo dia em seu diário sobre o assunto, vai mandar incessantes mensagens de texto para os amigos falando mal do pai, e vai perder o sono noites seguidas. (Peso também. No final de agosto, sua calça jeans estaria larga, apesar de que ela não se importava com isso, nem sua avó, que a elogiaria algumas vezes pelo físico mais esguio no Dia de Ação de Graças seguinte.) Mas quando ela vai embora, sente muita falta dele, porque ele é o único pai que ela tem, e ele é dela, é inteligente, bonitão e bem-sucedido, e lhe dá tudo o que quer, menos atenção. É confuso. Sadie está confusa. E o resultado é que ela o odeia. Apesar de que, dali a vinte anos, durante a cerimônia do terceiro casamento do pai, finalmente com alguém de uma idade apropriada, ela vai sussurrar para o namorado: "Não é exatamente um bom exemplo, mas era divertido". Então pelo menos tinha isso.

Aos dezesseis, o lance de Sadie é o sexo, pensar em sexo, falar sobre sexo com os amigos, e escrever histórias longas e pornográficas em cadernos que sua mãe dera a ela e os quais esconde em lugares variados do quarto, tendo descoberto há muito que vem de uma linhagem de enxeridos. Poucos meses depois de começar a fazer sexo, ela já se cansa dos meninos da sua idade, muitos dos quais acha pouco atraentes, exceto os meninos do grupo de skatistas coreanos do punk rock, apesar de que ela gosta mesmo só da aparência deles; são bonitos, magros, bacanas e estilosos e deslizam no ar, franjas sobre os olhos e camisetas repletas de pequenos furos. Um caso que teve com um homem ligeiramente mais velho – um despachante peludo do escritório da mãe com quem ela flertou um dia enquanto esperava Alex sair do trabalho e que, ela virá a aprender, solta grunhidos penosamente altos quando goza – a convence de que já deu de sexo com homens, muito obrigada.

Ela começa a namorar garotas, e adivinha? Gosta. *O que tem para não gostar, sério?* A mãe dá a ela de Chanucá uma câmera digital extravagante, e Sadie produz um curta *queer* que inesperadamente ganha um prêmio em um festival de cinema local. Ela se sente mais lésbica que nunca. Conta à sua prima religiosa Avery sobre seus desejos recém-descobertos, e Avery responde com um: "Deus te ama do mesmo jeito". E Sadie diz "Que coisa escrota de se dizer". E não dizem mais nada; na verdade, ficam sem se falar até a faculdade, quando Avery repensa o que disse e pede desculpas, explicando que estava sob o domínio de um falso deus, e Sadie a perdoa imediatamente, aliviada, pois é sua única prima.

Aos vinte, o lance de Sadie é a bebida, muita, e qualquer estimulante que consiga (todo mundo usa opioides, mas ela, não, ela é das antigas); e, subitamente, ela fica horrível: desbocada, agressiva, rude, má. É como se uma bomba-relógio de babaquice armada nela muito antes de nascer tivesse finalmente explodido. Os amigos se afastaram, e ela mesma sabe que não pode confiar nas suas novas amizades.

Assim, um inverno, quando a prima Avery diz que vai passar por Nova York antes de ir para fora do país por um semestre em um programa de pesquisa científica nerd, Sadie fica superanimada. Alguém com quem conversar. As duas colam uma na outra, riem, ficam de braços entrelaçados e caminham pelas ruas geladas, radiantes de se verem, pois faz anos que não estão ao mesmo tempo no mesmo lugar, apesar de sempre trocarem mensagens de texto. Vão a um bar no East Village, e Sadie bebe muito e rapidamente e começa a zombar de Avery, porque Avery é calma e centrada e sua mente está sempre ocupada de uma forma específica, fazendo-a sempre parecer feliz, ou ao menos satisfeita (mesmo com o quanto pesa, o que deixa Sadie totalmente surpresa). E Sadie quer ser assim também, por que ela não pode ser assim?

Ela também zomba de Avery, mas só porque é fácil, sua prima é um alvo fácil, filha da ovelha negra da família, e Sadie ouvira tanto a mãe e a avó falando mal de sua tia Twyla que ela começou a fazê-lo também. Quando Sadie menciona que Twyla e o avô tiveram um caso logo antes de ele morrer, Avery arregala os olhos, abre a boca e seus lábios começam a tremer.

— Você deve ter ficado sabendo — Sadie diz.

Avery balança a cabeça negativamente.

Sadie sente culpa, depois fica com raiva da própria culpa — quem é responsável por essa culpa certamente não é ela; talvez seja Avery — e diz:

— Ah, espera lá, a família inteira se desintegra de uma vez só e você nem pergunta?

E Sadie casualmente repete algumas das coisas mais cruéis que ouvira a avó falar sobre Twyla, como se fossem verdade atestada (não eram?), e Avery começa a chorar. Ela se levanta e sai do bar, esquecendo-se de levar um pequeno envelope que trouxera consigo, com um foto tirada quando tinham doze anos de idade, as duas abraçando uma à outra sentadas em um sofá rattan na sala de algum lugar em Nova Orleans, o jantar de Ação de Graças atrás delas esperando para ser devorado.

A mãe de Sadie lhe dá uma bronca enorme depois de ficar sabendo o que aconteceu pela sua tia Twyla, que ligara pela primeira vez em anos, furiosa, claro, mas arrasada, também, pois havia perdido a filha, e porque sabia o tempo que levaria para que a perdoasse. E como Alex se sentiria se fosse com ela? Uma família em colapso por causa de uma garota que falara e bebera demais. "Atos têm consequências", Alex disse a Sadie à época. "Não pode sair por aí contando todo e qualquer segredo de família." A mãe imaginava quando a filha voltaria desse universo que a dominara.

Por fim, aos 33, o lance de Sadie são os pedidos de desculpa. Sua avó morre e deixa tudo para ela, ou o que havia sobrado em termos de dinheiro, o suficiente para passar um ano na Europa ou para pagar uma pós – a escolha é sua, Sadie Tuchman-Choi –, além de alguns móveis chiques e três caixas grandes com joias de valor, habilmente organizadas antes da morte de Barbra. (*O lance da avó era ter coisas*, ela pensa.) Sadie decide dividir tudo igualmente com Avery, e a convida para ir a Connecticut para pegar as joias. "É tão parte da sua história quanto é minha", disse Sadie.

Avery pega um avião da Califórnia para vê-la, depois de uma visita ao pai, que ainda está solteiro depois de todos esses anos e agora mora em Beachwood Canyon, em uma casa de poucos móveis com um deck nas costas do imóvel que dá para a copa das arvores.

– Ele sai para caminhar todo dia – diz Avery.

– Isso faz muito bem – fala Sadie.

– Sozinho – retruca Avery. – Ele precisa ter uma vida social, se divertir.

A mãe de Avery pelo menos mora com uma amiga, aquela vizinha ruiva maluca que foi colocada para fora pelo marido por tê-lo traído. Que par Twyla e Sierra faziam. Avery não se importava de visitar tanto.

Avery passa os dedos pelas joias e solta uma risada curta e maligna.

— Vamos ver o que temos aqui.

Sadie sente que está fazendo a coisa certa ao dividir tudo, especialmente dado que nenhuma das duas fizeram nada para ganhar aquilo; o dinheiro e os objetos eram delas simplesmente porque eram quem eram, por terem nascido, nada mais. Apesar de estar certa de que tinha sido melhor para Avery não ter a avó em sua vida – ela não teria tratado Avery corretamente –, pois ser rejeitado nunca é bom. E tinha uma coisa que Sadie podia fazer para compensar. Compartilhar.

Mas Avery escolhe um anel somente. Ela procura nas caixas e o encontra: uma ametista cercada de diamantes.

— Vou levar só esse, se você não se importar – disse. – É o único que reconheço. Tem algum significado para mim, acho. Ela me disse que eu poderia ficar com ele uma vez. Quando ela ainda falava com a gente. – Não havia lamento em sua voz, só saudosismo.

— Não quer mais nada? Pode levar o que quiser. Não me importo. É verdade – disse Sadie.

— Se tem algum dinheiro, você pode doá-lo para alguma dessas.

Avery entrega uma lista de algumas instituições de caridade. Uma organização que tenta evitar a extinção de um sapo no oeste da África. Ajuda para áreas afetadas por desastres naturais. Um grupo de jovens em situação de risco em Nova Orleans.

Lá se vai a Europa, pensou Sadie. Mas está aliviada com o fato de que aquela igreja maluca não está na lista. As pessoas acabam caindo em velhos maus hábitos o tempo todo. Sadie já vira isso acontecer.

– De qualquer forma, não vim aqui por causa de nada disso – diz Avery, apontando para as joias com a mãe. – Vim aqui para ver você. – Ela dá uma piscadela para Sadie. – Afinal, você é da família.

Passam horas usando as joias da avó de brincadeira, imaginando como seria ser Barbra, uma mulher apaixonada por um homem daqueles.

AGRADECIMENTOS

Muita gratidão à Dra. Cynthia Gardner, que me ofereceu informações de valor inestimável e reflexões elegantes sobre o cotidiano de um médico-legista e o funcionamento de um necrotério. Escrevemos sozinhos, mas não somos nada sem nossos pares. Agradeço à minha linha de frente literária pelas críticas e pela motivação enquanto escrevia este livro: Lauren Groff, Courtney Sullivan, e Zachary Lazar. Não posso deixar de mencionar Laura van den Berg, Anne Gisleson, Katy Simpson Smith, Margaret Wilkerson Sexton, Kristen Arnett, Morgan Parker, Maris Kreizman, Alissa Nutting, Maurice Ruffin, Morgan Jerkins, Stefan Block e Maria Semple.

Pela amizade, pelo apoio e pelos conselhos, agradeço a: Tristan Thompson, Alexander Chee, Megan Lynch, Rosie Schaap, Alison Fensterstock, Sarah Lazar, Marisa Meltzer, Karolina Waclawiak, Viola di Grado, Rachel Fershleiser, Amanda Bullock, Jason Richman, Hannah Westland, Jason Kim, Szilvia Molnar, Larry Cooper, KK Wootton, Emily Flake, Bex Schwartz, Vanessa Shanks, John McCormick e Roxane Gay.

Todo amor e admiração ao meu paciente e sábio agente Doug Stewart, com quem tenho a relação mais duradoura da minha vida adulta.

Este é o quarto livro que publico com minha brilhante editora, Helen Atsma, e a cada obra ficamos mais fortes e corajosas. Sou grata por tudo que você faz e preciso dizer o quanto você me inspira.

E, por fim, agradeço à cidade de Nova Orleans, por me receber de braços abertos, com tempo aberto e ensolarado, mesmo quando estava chovendo.

E, como sempre, com amor, para a minha família.

SOBRE A AUTORA

JAMI ATTENBERG é autora best-seller da lista do *New York Times* com sete livros de ficção publicados, incluindo *The Middlesteins* e *All Grown Up*. Escreveu artigos para a *New York Times Magazine*, para o *Wall Street Journal*, para o *Sunday Times* e o *Longreads*, além de outras publicações. Mora em Nova Orleans, Luisiana.

©2020, Pri Primavera Editorial Ltda.

©2020, Jami Attenberg
Equipe editorial: Lourdes Magalhães, Larissa Caldin, Manu Dourado
Tradução: Cristiano Botafogo
Preparação: Larissa Caldin
Revisão: Fernanda Guerriero Antunes
Capa: Nine Editorial
Projeto gráfico e Diagramação: Manu Dourado

Dados Internacionais de Catalogação na Publicação (CIP)
Angelica Ilacqua CRB-8/7057

Jami Attenberg
 Nem tudo tem que ser seu / Jami Attenberg ; tradução de Cristiano Botafogo. -- São Paulo : Primavera Editorial, 2020.
332 p.

ISBN: 978-65-86119-24-4

1. Ficção norte-americana I. Título II. Botafogo, Cristiano

20-2816   CDD 813.6

Índices para catálogo sistemático:

1. Ficção norte-americana

PRIMAVERA
EDITORIAL

Av. Queiroz Filho, 1560 - Torre Gaivota - Sala 109
05319-000 – São Paulo – SP
Telefone: (55 11) 3031-5957
www.primaveraeditorial.com
contato@primaveraeditorial.com

Todos os direitos reservados e protegidos pela lei 9.610 de 19/02/1998. Nenhuma parte desta obra poderá ser reproduzida ou transmitida por quaisquer meios, eletrônicos, mecânicos, fotográficos ou quaisquer outros, sem autorização prévia, por escrito, da editora.

Nem tudo tem que ser seu
foi impresso pela Bartira Gráfica
para Primavera Editorial em
setembro de 2020

Fontes: Garamond; Gill Sans e Bebas Neue
Papel: Polen Soft 80gr

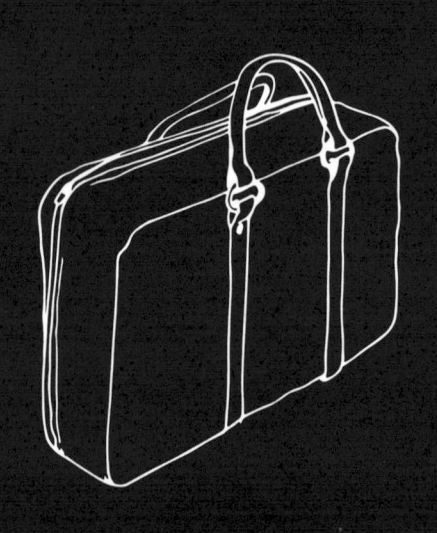